ULLSTEIN

Das Buch

An einem schönen Frühlingsabend zieht der Krimiautor Andrew Thomas ein anonymes Schreiben aus seinem Briefkasten: Auf seinem Grundstück sei die Leiche einer seit kurzem vermissten jungen Frau vergraben, deren Kleidung mit Andrews Blut befleckt und die mit einem seiner Küchenmesser erstochen worden sei. In der Jeans der Toten stecke eine Telefonnummer, die er anrufen solle. Wenn er diese Anweisung nicht befolge, erhalte die Polizei einen anonymen Hinweis, wo die Leiche und die Mordwaffe zu finden seien.
Ein Scherz, denkt Andrew zunächst. Bis ihm einfällt, dass er tatsächlich seit einiger Zeit ein Küchenmesser vermisst. Bis er doch aus Neugier zu der bezeichneten Stelle seines Grundstücks geht – und eine Leiche ausgräbt. Und dies ist, wie ihm schnell klar wird, erst der Beginn eines furchtbaren Alptraums …

Der Autor

Blake Crouch, geboren 1979 in Statesville, North Carolina, studierte englische Literatur und kreatives Schreiben. Blake Crouch ist verheiratet und lebt in Chapel Hill, North Carolina, wo er tagsüber in einer Patentrechtsfirma arbeitet und abends Thriller schreibt. *Bruderherz* ist sein erster Roman.

Blake Crouch

Bruderherz

Thriller

Aus dem Englischen
von Franziska Weyer

Ullstein

Besuchen Sie uns im Internet:
www.ullstein-taschenbuch.de

Umwelthinweis:
Dieses Buch wurde auf chlor- und säurefreiem Papier gedruckt.

Ullstein Verlag
Ullstein ist ein Verlag der
Ullstein Buchverlage GmbH.
Deutsche Erstausgabe
1. Auflage Juli 2004

Titel der amerikanischen Originalausgabe: *Desert Places*
(St. Martin's Press, New York)
Übersetzung: Franziska Weyer
Die Übersetzung der Gedichte von Robert Frost durch Lars Vollert wurde dem Band *Robert Frost: Promises to Keep,* erschienen im Verlag Langewiesche-Brandt, entnommen.
Redaktion: Lothar Strüh
Umschlaggestaltung: Thomas Jarzina, Köln
Titelabbildung: © Thomas Jarzina
Gesetzt aus der Minion
Satz: Buch-Werkstatt GmbH, Bad Aibling
Druck und Bindearbeiten: Clausen & Bosse, Leck
Printed in Germany
ISBN 3-548-25865-4

Sie schrecken mich nicht mit dem Nichts umher:
Um Sterne und auf Sternen menschenleer.
Es liegt in mir, viel näher an zu Haus.
Mich schrecken meine öden Orte mehr.

– *Robert Frost,* »Öde Orte«

Erster Teil

Kapitel 1

An einem schönen Maiabend saß ich auf meiner Veranda und beobachtete, wie die Sonne über dem Norman-See unterging. Ein wundervoller Tag ging zur Neige. Ich war wie immer um fünf Uhr morgens aufgestanden, hatte mir starken französischen Kaffee aufgebrüht und das übliche Frühstück aus Rührei und einer Schale frischer Ananas zubereitet. Um sechs Uhr hatte ich angefangen und bis Mittag ununterbrochen geschrieben. Als ich gerade die beiden am Vorabend gefangenen Barsche gebraten hatte und mich zum Mittagessen hinsetzen wollte, rief meine Agentin an. Immer wenn ich kurz davor bin, einen Roman zu beenden, nimmt Cynthia alle an mich gerichteten Nachrichten entgegen und sortiert sie. Dieses Mal war die einzig wichtige Nachricht, dass sie die Filmrechte für meinen letzten Roman »Blauer Mörder« verkauft hatte. Natürlich war dies eine tolle Neuigkeit. Da aber bereits zwei meiner vorherigen Romane verfilmt worden waren, war ich schon daran gewöhnt.

Den restlichen Nachmittag verbrachte ich wieder schreibend in meinem Arbeitszimmer und hörte erst gegen 18 Uhr 30 auf. Am nächsten Tag würde ich mit den letzten Korrekturen des noch namenlosen Manuskripts fertig werden. Ich war müde, aber mein neuer Thriller »Die Angst, zu leben« würde noch dieser Woche in den Buchläden stehen, also genoss ich das Gefühl der Erschöpfung nach einem arbeitsreichen Tag. Da meine Hände vom vielen Tippen schmerzten und meine Augen vor Trockenheit brannten, schaltete ich den Computer aus und stieß mich mit meinem Drehstuhl vom Schreibtisch weg.

Ich ging nach draußen und spazierte den langen Kiesweg hinab zum Briefkasten. Es war an jenem Tag das erste Mal, dass ich hinaus an die frische Luft kam, und das grelle Sonnenlicht, das durch die hohen Weihrauchkiefern zu beiden Seiten der Auffahrt fiel, brannte mir in den Augen. Was für eine wunderbare Ruhe! Fünfzehn Meilen weiter südlich staute sich in Charlotte immer noch der Feierabendverkehr, und ich war dankbar, nicht Teil dieses Wahnsinns sein zu müssen. Beim Knirschen der kleinen Kieselsteinchen unter meinen Füßen musste ich unwillkürlich an meinen besten Freund Walter Lancing denken und daran, wie er jetzt gerade, vor Wut kochend, in seinem Cadillac saß und das ewige Gehupe und das Meer von Bremslichtern verfluchte, unterwegs von seiner Wohnung im oberen Stadtteil Charlottes, in der er an der vierteljährlich erscheinenden Naturzeitschrift *Der Wanderer* arbeitete, zu seiner Frau und den Kindern. Nicht mit mir, dachte ich, der Einsiedler.

Glücklicherweise quoll heute der Briefkasten nicht über. Nur zwei Briefe. Eine Rechnung und ein Briefumschlag, auf dem nichts außer meiner getippten Anschrift stand. Fanpost.

Zurück im Haus, mixte ich mir einen Jack Daniel's Sun Drop und nahm die Briefe sowie ein Buch über Gerichtspathologie mit nach draußen auf die Veranda. Ich legte bis auf meinen Drink alles auf dem kleinen Glastischchen ab, machte es mir in einem Schaukelstuhl bequem und blickte übers Wasser. Der Garten hinter dem Haus, das ich bereits seit zehn Jahren bewohnte, war schmal, und auf beiden Seiten schirmte mich dichter Wald von jeweils über einer Viertelmeile von meinen Nachbarn ab. In diesem Jahr hatte der Frühling erst Mitte April Einzug gehalten, daher schimmerten die letzten rosa und weißen Hartriegelblüten immer noch zwischen den verschiedenen Grüntönen des Waldes durch. Hellgrüner Rasen erstreckte sich bis hinunter zum Ufer mit dem verwitterten Holzsteg und der alten Trauerweide, deren tief herunterhängende Zweige bis ins Wasser reichten. Dort, wo mein Grundstück bis an den See reichte, war er fast zwei Kilometer breit, so dass man die Häuser am anderen Ufer nur im Winter sehen konnte, wenn die Bäume ihre Blätter abgestreift hatten. Jetzt, mitten im Frühjahr, da die Bäume wieder dichte grüne und gelbe Baumkronen entwickelt hatten, gehörte der See mir allein, und ich fühlte mich, als wäre ich das einzige Lebewesen weit und breit.

Ich setzte meine Lesebrille auf und öffnete den ersten Briefumschlag. Wie erwartet fand ich darin die letzte Telefonrechnung und warf einen prüfenden Blick über die lange Liste der Verbindungen. Anschließend ergriff ich den leichteren Umschlag, auf dem merkwürdigerweise keine Briefmarke klebte. Ich schlitzte ihn auf, zog ein einziges weißes Blatt Papier hervor und entfaltete es. Auf der Blattmitte befand sich lediglich ein mit schwarzer Tinte gedruckter Absatz:

Hallo! Auf deinem Grundstück wurde eine Leiche vergraben, an der dein Blut klebt. Die unglückliche junge Frau hieß Rita Jones. Ich bin sicher, dass du das Gesicht der vermissten Lehrerin in den Nachrichten gesehen hast. In einer Tasche ihrer Jeans findest du einen Zettel, auf dem eine Telefonnummer steht. Du hast einen Tag Zeit, diese Nummer zu wählen. Sollte ich bis morgen (17.5.) 20 Uhr nichts von dir gehört haben, geht auf der Polizeiwache von Charlotte ein anonymer Anruf ein. Ich werde dort melden, wo Rita Jones auf Andrew Thomas' Seegrundstück begraben wurde, wie er sie umgebracht hat und wo sich in seinem Haus die Mordwaffe befindet (ich glaube, in deiner Küche fehlt ein Tranchiermesser). Ich hoffe für dich, diesen Anruf nicht tätigen zu müssen. Ich habe das Grab mit einer Eigentumsmarkierung gekennzeichnet. Folge einfach dem Ufer in Richtung Süden und du wirst darauf stoßen. Ich rate dringend davon ab, zur Polizei zu gehen. Ich beobachte dich ständig.

Unwillkürlich musste ich lächeln. Da meine Romane von Verbrechen und Gewalt handeln, besitzen meine Fans oft einen makabren Humor. Ich habe schon Todesdrohungen und einige grafische Kunstwerke erhalten und sogar Briefe, in denen jemand behauptete, auf die gleiche Art und Weise wie die Serienmörder in meinen Büchern gemordet zu haben. Aber diesen hebe ich auf, dachte ich. Ich konnte mich an keinen so originellen Brief erinnern.

Ich las ihn ein zweites Mal, doch dieses Mal durchzuckte mich eine böse Vorahnung, denn der Absender besaß offenbar gewisse Kenntnisse von meinem Grundstück, außerdem fehlte tatsächlich ein Tranchiermesser in meinem Messerblock. Sorgfältig faltete ich den Brief wieder zusammen und steckte ihn in meine Hosentasche, bevor ich die Stufen hinunter zum See ging.

Während die Sonne allmählich am dunstigen Himmel verschwand, überfluteten im Westen ihre Lichtstrahlen den Horizont, als wäre dort ein Farbeimer ausgelaufen. Die spiegelnde Seeoberfläche glänzte dunkelorange, granatrot und magenta, und so stand ich einfach eine Weile am Ufer und beobachtete, wie sich die zwei Sonnenuntergänge aufeinander zubewegten.

Gegen besseres Wissen folgte ich dem Uferverlauf in Richtung Süden und stolperte schon bald durch raschelndes Laub. Nach ungefähr zweihundert Metern blieb ich abrupt stehen.

Vor meinen Füßen, in einem Gestrüpp aus rosa blühendem Berglorbeer, steckte ein rostiger Metallstab mit einer kleinen roten Fahne im Boden. Die Fahne flatterte leicht in einer vom Wasser kommenden Brise. Das muss ein Scherz sein, dachte ich, aber wenn dem so ist, dann ist es ein verdammt guter.

Während ich mit der Hand ein paar welke Blätter beiseite fegte, begann mein Herz heftig zu schlagen. Der Boden unter dem Fähnchen war fest, nicht locker wie unberührte Erde. Nachdem ich alle Blätter zur Seite geschoben hatte, konnte ich sogar einen halben Fußabdruck erkennen.

Ich rannte zurück zum Haus und kehrte mit einer Schaufel wieder. Da die Erde erst vor kurzem ausgehoben worden war, kam ich den ersten halben Meter direkt unter der Fahne gut voran. Nach knapp siebzig Zentimetern stieß ich mit der Schaufel in etwas Weiches. Mir blieb das Herz stehen. Ich warf die Schaufel beiseite, ließ mich auf alle viere fallen und grub mit den Händen weiter. Verwesungsgeruch strömte mir entgegen, der mit zunehmender Tiefe des Loches immer unerträglicher und beißender wurde.

Meine Finger berührten Fleisch. Entsetzt zog ich meine Hand aus dem Loch und kroch zurück. Während ich mich aufrappelte, starrte ich hinab und konnte durch die Erde eine kaffeebraune Wade und eine weiße, blutbefleckte Socke schimmern sehen. Der Verwesungsgestank war so stark, dass ich nur noch durch den Mund atmete, als ich erneut zur Schaufel griff.

Als die Leiche vollständig freigelegt war und ich sehen konnte, was nach einem Monat Verwesung von einem menschlichen Gesicht übrig geblieben war, erbrach ich mich ins Laub. Die ganze Zeit über dachte ich, dass ich dies aushalten können sollte, schließlich schrieb ich über solche Dinge. Für die Recherche des grauenvollen Handwerks der Serienmörder hatte ich zahllose verstümmelte Leichen betrachtet.

Allerdings hatte ich nie den Gestank von in der Erde verwesenden Leichen gerochen noch feuchte Körperhöhlen gesehen, in denen es von Insekten nur so wimmelte.

Ich riss mich zusammen, hielt mir eine Hand über Mund und Nase und starrte erneut in das Loch. Das Gesicht war nicht mehr zu erkennen, doch es war zweifellos der Körper einer kleinen schwarzen Frau mit dicken Beinen und einer plumpen Statur. Sie trug ein ehemals weißes Hemd, das nun vor Dreck und Blut starrte. Der Stoff war über der Brust, vornehmlich in der Herzgegend, zerrissen. Jeansshorts bedeckten ihre Beine bis zu den Knien. Ich ließ mich wieder auf alle viere fallen, hielt den Atem an und griff in eine ihrer Taschen. Die Beine fühlten sich breiig und aufgedunsen an, und ich musste mich sehr dazu zwingen, eine Hand in die engen Jeans zu stecken. Nachdem ich in der ersten Tasche nichts gefunden hatte, ging ich um das Loch herum und griff in die andere Tasche. Ich zog einen kleinen Papierstreifen heraus, wie man sie in chinesischen Glückskeksen findet, und ließ mich rückwärts und nach frischer Luft ringend ins Laub fallen. Auf der einen Seite des Zettels stand eine Telefonnummer, auf der anderen: DU BIST DIE EINZIGE BLÜTE DER ERBAUUNG IN DER WILDNIS.

Nach fünf Minuten hatte ich die Leiche mitsamt der Fahne wieder vergraben. Ich holte einen kleinen Granitbrocken vom Ufer und legte ihn auf das Grab im Dickicht. Dann ging ich zurück ins Haus. Es war 19 Uhr 45 und der Himmel war fast nachtschwarz.

Zwei Stunden später saß ich im Wohnzimmer auf dem Sofa und wählte die Nummer, die auf dem Zettel stand. Alle Türen des Hauses waren verschlossen, die meisten Lampen waren eingeschaltet und in meinem Schoß lag ein kühler, glänzender und makelloser .357er Revolver.

Aus gutem Grund hatte ich nicht die Polizei angerufen. Die Behauptung, das Blut auf der Frau sei von mir, war vermutlich eine Lüge, doch das Tranchiermesser aus meiner Küche fehlte seit Wochen. Zudem hatte die Suche nach Rita Jones durch die Polizei von Charlotte in den lokalen Zeitungen für solche Schlagzeilen gesorgt, dass allein der Umstand, dass ihre Leiche, ermordet mit meinem Messer, auf dem sich vermutlich meine Fingerabdrücke befanden, auf meinem Grundstück begraben lag, als Beweis ausreichte, um mich einzubuchten. Ich hatte genügend Mordanklagen gelesen, um dessen sicher zu sein.

Als das Telefon klingelte, starrte ich an die gewölbte Decke meines Wohnzimmers, blickte dann wieder auf den schwarzen Flügel, den ich nie zu spielen gelernt hatte, auf die Marmoreinfassung des Kamins und die merkwürdigen Kunstwerke an den Wänden. Eine Frau namens Karen, mit der ich über zwei Jahre liiert war, hatte mich damals überredet, ein halbes Dutzend Bilder eines kürzlich verstorbenen New Yorker Minimalisten zu erwerben, einem Mann, der seine Arbeiten mit »Loman« signierte. Anfänglich hatte ich für Loman nicht sonderlich viel übrig, doch Karen versprach mir, dass ich ihn eines Tages »verstehen« würde. Inzwischen, um 27 000 Dollar und eine Verlobte ärmer, starrte ich auf die 3 mal 3,50 Meter große Scheußlichkeit, die über der Kamineinfassung hing: eine kackbraune Leinwand mit einem basketballgroßen gelben Kreis in der oberen rechten Ecke. Neben Braun Nr. 2 verunzierten noch weitere vier ähnlich geniale Wunderwerke die Wände meines Hauses, doch diese waren irgendwie erträglicher. Über dem Fuß der Treppe hing Spielzeit, ein 12 000 Dollar teurer Glaskasten, der jede Menge ausgestopfter, zu einem orgiastischen Haufen zusammengenähter Tiere enthielt und mir immer noch die Röte ins Gesicht trieb. Doch ich lächelte, und der Knoten, den ich seit letztem

Winter nicht mehr gespürt hatte, verursachte wieder einen stechenden Schmerz in meinen Eingeweiden. Mein Karen-Geschwür. Du bist immer noch hier. Tust mir immer noch weh. Doch wenigstens bist du's.

Der zweite Klingelton.

Ich blickte die Treppe hinauf, die zur Galerie im ersten Stock führte, schloss meine Augen und dachte an eine meiner Partys – lachende, über Bücher und Politik diskutierende Gäste, die meine Stille ausfüllten. Ich sah einen Mann und eine Frau oben stehen, mit den Ellbogen auf die Eichenbrüstung gestützt, wie sie das Wohnzimmer, die Bar und die Küche überblickten. Mit Weingläsern in der Hand winkten sie zu mir herab und lächelten ihrem Gastgeber zu.

Der dritte Klingelton.

Mein Blick fiel auf ein Foto meiner Mutter – in einem 13 mal 19 Zentimeter großen bemalten Glasrahmen auf dem schwarz glänzenden Flügel. Das einzige Familienmitglied, zu dem ich regelmäßigen Kontakt pflegte. Obwohl ich im Nordwesten Floridas und auch in Carolina ein paar Verwandte hatte, sah ich sie nur selten – bei Familientreffen, Hochzeiten oder Beerdigungen, zu denen ich meine Mutter begleiten musste. Doch nach dem Tod meines Vater und eines Bruders, den ich seit über dreizehn Jahren nicht mehr gesehen hatte, bedeutete mir Familie kaum noch etwas. Meine Freunde stützten mich, denn im Grunde war ich gar nicht der Einsiedler, für den die meisten mich hielten. Ich brauchte Freunde.

Auf dem Foto beugte sich meine Mutter über das Grab meines Vaters, um im Schatten des Grabsteins einen karminrot blühenden Cannabusch zu beschneiden. Während sie mit der Pflege des kleinen Fleckens Erde ihres Mannes beschäftigt ist, sieht man unter den Blüten des Magnolienbaums, auf den zu klettern mein Vater mir beigebracht hatte, nur ihr markantes, gütiges Gesicht und dahinter verschwommen wachsgrüne Blätter.

Der vierte Klingelton …

»Hast du die Leiche gesehen?«

Es klang, als ob der Mann durch ein Handtuch spräche. Keinerlei Emotion oder Zögern in seiner Stakkatostimme.

»Ja.«

»Ich habe sie mit deinem Tranchiermesser aufgeschlitzt und das Messer in deinem Haus versteckt. Es ist übersät mit deinen Fingerabdrücken.« Er räusperte sich. »Vor vier Monaten hast du dein Blut bei Dr. Xu checken lassen. Dort wurde ein Reagenzglas verschlampt. Erinnerst du dich, dass du dir ein zweites Mal Blut abnehmen lassen musstest?«

»Ja.«

»Ich habe das Reagenzglas gestohlen. Die Hälfte des Blutes klebt auf Rita Jones' weißem T-Shirt, der Rest auf anderen.«

»Was für anderen?«

»Ein Telefonanruf von mir genügt und du verbringst den Rest deines Lebens im Gefängnis, vermutlich sogar in der Todeszelle …«

»Ich möchte nur, dass Sie …«

»Halt die Klappe. Du wirst ein Flugticket in der Post finden. Nimm diesen Flug. Bring Klamotten und Waschzeug mit, sonst nichts. Du hast den letzten Sommer in Aruba verbracht. Sag deinen Freunden, dass du wieder dorthin fliegst.«

»Woher wissen Sie das?«

»Ich weiß vieles, Andrew.«

»Mein Buch erscheint in Kürze«, flehte ich. »Die Lesereise ist bereits geplant. Meine Agentin …«

»Lüg ihr was vor.«

»Sie wird nicht verstehen, dass ich einfach so wegfahre.«

»Scheiß auf Cynthia Mathis! Lüg sie zu deiner eigenen Sicherheit an, denn wenn ich auch nur den Verdacht habe, dass du jemanden mitbringst oder irgendjemand davon erfährt, dann garantiere ich dir, dass du entweder im Gefängnis landest oder stirbst. Und ich hoffe, du bist nicht so dumm und versuchst diese Nummer zu recherchieren. Ich gebe dir mein Wort, dass sie gestohlen ist.«

»Wer garantiert mir, dass mir nichts geschieht?«

»Niemand. Aber sollten wir dieses Gespräch beenden, ohne dass ich überzeugt bin, dass du diesen Flug nehmen wirst, dann rufe ich noch heute Abend die Polizei an. Oder vielleicht besuche ich dich auch, während du schläfst. Du wirst diese Smith & Wesson für eine Weile aus der Hand legen müssen.«

Ich sprang auf und drehte mich um, die Waffe mit schweißnassen Händen krampfhaft umklammert. Das Haus war ruhig, nur von der Veranda her erklang leise ein Windspiel. Ich schaute durch die großen Fenster des Wohnzimmers über den schwarzen See, auf dessen vom Wind gekräuselter Oberfläche sich die Lichter der Anlegestege spiegelten. Das blaue Licht am Ende von Walters Steg schien von einer schmalen Bucht hinaus über das Wasser. Wir nannten es sein Gatsby-Licht. Mein Blick wanderte über den Rasen bis zu den Bäumen, doch es war viel zu dunkel, um irgendetwas im Wald erkennen zu können.

»Ich bin nicht im Haus«, sagte er. »Setz dich wieder.«

Ich spürte etwas in mir aufwallen – Wut über meine Angst, Zorn über diese Ungerechtigkeit.

»So läuft das nicht«, erklärte ich. »Ich werde jetzt auflegen, 911 wählen und es darauf ankommen lassen. Sie können ...«

»Wenn du meinst, dein Selbsterhaltungstrieb ist nicht Ansporn genug, dann wäre da noch eine ältere Frau namens Jeanette, der ich ...«

»Ich bringe Sie um!«

»Fünfundsechzig, verwitwet; ich schätze, sie freut sich

über ein bisschen Gesellschaft. Was meinst du? Muss ich deiner Mutter erst einen kleinen Besuch abstatten, um dir zu beweisen, wie ernst es mir ist? Sag mir einfach, dass du dieses Flugzeug nehmen wirst, Andrew. Nur damit ich heute Abend nicht noch bei deiner Mutter vorbeischauen muss.«

»Ich werde das Flugzeug nehmen.«

Es klickte und das Gespräch war beendet.

Kapitel 2

Regentropfen platschten auf den Gehweg, als ich am schwülen Morgen des 3. Juni die Tür meines Seehauses hinter mir abschloss und einen riesigen schwarzen Seesack zu einem weißen Cadillac DeVille trug. Walter Lancing öffnete vom Fahrersitz aus den Kofferraum und ich stopfte den Sack hinein.

»Wo zum Teufel willst du hin?«, fragte er gut gelaunt, während wir langsam die Einfahrt hinabrollten. Vor drei Stunden hatte ich ihn angerufen und ihm gesagt, dass ich zum Flughafen müsse. Ich hatte ihn gebeten, mich um 10 Uhr 30 abzuholen, und aufgelegt, bevor er nachfragen konnte.

»Muss 'ne Weile weg«, sagte ich.

»Wohin? Du hast ganz schön schweres Gepäck mit.« Er lächelte. Ich konnte es an seiner Stimme hören, während ich im Außenspiegel beobachtete, wie mein Haus langsam aus dem Blickfeld schwand.

»Einfach weg«, erwiderte ich.

»Bist du absichtlich so vage?« Schweißperlen sammelten sich auf seinem unrasierten Gesicht und er fuhr sich mit den Fingern durch das kurze graue Haar. Er schaute zu mir herüber und erwartete eine Antwort, während sich der Regen nun in Strömen aus dem kohlschwarzen Himmel ergoss und in der Ferne Donner grollte. »Andy, was ist los?«

»Nichts. Ich habe meinen Roman fertig. Ich bin müde. Ich brauche eine Pause, du weißt doch, wie das ist.« Walter seufzte nur. Ich starrte aus dem Fenster, an dem die Bäume vorbeirauschten, und lauschte dem auf die Windschutzscheibe prasselnden Regen. Walters Frau Beth hatte vor kurzem dieses Auto benutzt. Ich konnte ihre Bodylotion riechen – süßes Zedernholz. Ihre rosa Nagelpfeile lag auf der Matte zu meinen Füßen.

»Du fährst wieder nach Aruba?«, fragte er.

»Nein.« Ich wollte ihn nicht direkt anlügen.

»Ich nehme an, dass du Cynthia auch nicht mehr erzählst.« Ich schüttelte den Kopf. »Sie wird völlig durchdrehen, jetzt, wo dein Buch rauskommt.«

»Deshalb habe ich ihr gar nichts gesagt. Sie ist streng wie ein General. Ruf sie bitte heute Abend zu Hause an – würdest du das für mich tun? Sag ihr, du solltest ihr ausrichten, ich sei vom Schreiben ausgelaugt und bräuchte etwas Abstand und sie solle sich keine Sorgen machen.«

»Und wenn sie mich fragt, wohin du verreist bist?«

»Sag ihr, du wüsstest auch nur, dass es sich um eine kleine Insel im Südpazifik handelt.«

»Sie wird denken, ich lüge.«

»Das ist *ihr* Problem. Sie ist schließlich nicht *deine* Agentin.«

»Komm, sag mir doch, was los ist …«

»Bitte frag nicht, Walter.«

Es schüttete immer noch, als wir in Richtung Süden auf die I-77 fuhren. Ich schloss die Augen und atmete vorsichtig ein, denn mein Herz schlug so heftig, als hätte ich einen doppelten Espresso in einem Zug runtergekippt. Am liebsten würde ich umdrehen. Die Lesereise, abschalten können in meinem gemütlichen Haus, während die Landschaft um den See herum sommerlich erblüht, so hatte ich mir den kommenden Monat eigentlich vorgestellt.

»Ruf mich an«, sagte Walter. »Oder schreib mir. Lass mich einfach wissen, dass es dir gut geht.«

»Wenn ich es schaffe.«

»Soll ich nach deiner Post sehen und mich um die Rechnungen kümmern?«

»Ja. Darum wollte ich dich noch bitten.«

»Du machst mir Angst, Andy«, meinte er.

Das Quietschen der Scheibenwischer und das Dröhnen des Motors wurden ohrenbetäubend. Ich spielte am automatischen Fensteröffner herum und drückte erfolglos mit dem Mittelfinger auf den winzigen Knopf. Die Kindersicherung war eingeschaltet.

Die winzige Skyline von Charlotte hob sich in der Ferne vom grünen Gebirgsfuß ab. Die Häuser wirkten unter dem tief hängenden Himmel mit den Sturmwolken wie geköpft. Walter schaute zu mir herüber und bemühte sich zu lächeln. »Ich bin sicher, dass alles gut wird.«

»Ich weiß es wirklich nicht. Das ist es ja.«

Um elf Uhr erreichten wir den Haupteingang des Douglas-International-Flughafens.

Wir stiegen aus, ich hievte meinen Sack aus dem Kofferraum und warf ihn über die Schulter.

»Ich komme noch mit rein, wenn du willst«, sagte Walter.

»Das geht nicht.« Ich blickte mich um und schaute auf die vielen Reisenden, die sich durch die automatischen Türen schoben. Niemand schien uns zu beachten, daher zog ich einen braunen Umschlag aus einer der Taschen des Sacks und ließ ihn unauffällig in den Kofferraum gleiten.

»Wenn ich bis zum 1. September nicht zurück bin, kannst du das öffnen.«

»September?«

»Walter. Hör mir zu. Lass das niemanden sehen. Wenn es so weit ist und ich nicht zurück bin, wirst du wissen, was mit dem Inhalt zu tun ist. Da stehen Anweisungen drin.« Er ließ den Kofferraumdeckel zuschlagen.

Unsere Blicke trafen sich, seiner war verwirrt und voller Mitleid. Ich nahm Walter im Ganzen wahr, so wie er dort stand in seinem mausgrauen Anzug, ohne Krawatte, ein weißes Oxfordhemd, die oberen beiden Knöpfe offen. Ich wollte sein Bild in mich aufnehmen. Mein bester Freund. Walter. Werde ich an diesen Moment zurückdenken und bedauern, seine Hilfe nicht angenommen zu haben? O Gott!

»Bis dann«, sagte ich, klopfte ihm auf die Schulter und betrat das Flughafengebäude.

Ich starrte durch das runde Fenster nach draußen und schätzte, dass der Jet gerade die Prärie überflog. Selbst zehn Kilometer über dem Boden konnte ich lediglich einen gelbbraunen Ozean erkennen, der sich von Horizont zu Horizont erstreckte. Nicht angeschnallt lehnte ich mich im weichen Sitz der ersten Klasse zurück. Durch die Vorhänge, die mich von der Touristenklasse trennten, konnte ich das unzufriedene Gemurmel der hundert schlecht gelaunten Passagiere hören. Ich konnte mich nicht daran erinnern, wann ich zum letzten Mal in der Touristenklasse geflogen war, und trotz der Angst, die mich nach Denver begleitete, genoss ich diesen kleinen Luxus.

Ich betrat den Terminal. Als ich den langen Gang voller ungeduldiger Reisender hinabschaute, erblickte ich einen alten weißen Mann mit der schwarzen Uniform eines Chauffeurs, der mich anstarrte. Er hielt ein Stück Pappe hoch, auf dem in dünnen Großbuchstaben mein Nachname stand. Ich ging auf ihn zu.

»Ich bin Andrew Thomas«, sagte ich. Der Schirm seiner Mütze reichte mir gerade bis zur Schulter. Mit schiefem Blick musterte er mich von oben bis unten.

»Willkommen in Denver. Ich bin Hiram«, krächzte er und verzog unvermutet sein hageres, eingesunkenes Gesicht zu einem Lächeln. »Draußen steht eine Limousine für Sie bereit. Sollen wir uns um Ihr Gepäck kümmern?«

Ich folgte ihm durch das Gewühl. Für einen alten Mann schritt er erstaunlich schnell und gleichmäßig aus. In null Komma nichts erreichten wir die Gepäckausgabe.

Während wir auf meinen Seesack warteten, fragte ich ihn: »Und Sie wissen, wo Sie mich hinbringen sollen?«

»Ja, Sir.«

»Wohin?« Er runzelte vorwurfsvoll die Stirn.

»Ich habe den Auftrag, es nicht zu verraten, Mr Thomas. Ich krieg 'ne ganz schöne Stange Geld dafür, dass das 'n Geheimnis bleibt, und ich kann mir nicht leisten, dass Sie es mir kaputtmachen.«

»Ich mach Ihnen das nicht kaputt«, sagte ich und zwang mich, gut gelaunt zu lachen, um ihn zu beschwichtigen. »Wirklich nicht. Ich zahle Ihnen das Doppelte von dem, was er Ihnen geboten hat.« Hiram lachte und schüttelte den Kopf.

»Er hat gesagt, dass Sie vermutlich irgendwas in der Art versuchen würden. Hat gesagt, ich soll's ihm weitersagen, wenn's so wäre, und er würde mir dann das Doppelte von dem zahlen, was Sie geboten haben.«

»Gut«, sagte ich. »Vergessen Sie's. Dann bleibt es eben ein Geheimnis. Sagen Sie ihm nicht, dass ich gefragt habe.«

Ich sah meinen Sack auf dem Gepäckband auf uns zukommen, doch als ich danach griff, hielt Hiram meinen Arm fest.

»Das ist *meine* Aufgabe, Mr Thomas.«

»Nein, wirklich. Es geht schon. Der Sack ist schwer.«

»Ich werde gut dafür bezahlt, Mr Thomas. Lassen Sie mich meine Arbeit tun.« Er trat nach vorne und hob den Sack unbeholfen vom Band.

»Da sind zerbrechliche Sachen drin. Ich würde ihn lieber selber tragen.«

»Nein«, sagte er knapp und setzte sich in Bewegung.

»Halt!«, brüllte ich und zog damit die Blicke der anderen Reisenden auf mich. Er blieb stehen, ich eilte zu ihm und riss ihm den Sack von der Schulter. »Ich will den Sack selbst tragen«, erklärte ich.

Hirams tief liegende Augen verengten sich zu schmalen Schlitzen. »Wie Sie wünschen, Mr Thomas.«

»Ich muss kurz auf die Toilette«, sagte ich. »Ich bin gleich zurück.«

Ich fand die Toiletten und quetschte mich in die hinterste Kabine. Auf dem Klo hockend öffnete ich den Sack und sah am Durcheinander meiner Kleidung sofort, dass er durchwühlt worden war. Ich griff ganz nach unten und zog das schwarze Waffenetui hervor, das ich vor dem Abflug am Schalter angegeben hatte.

Ich schloss es auf, holte den .357er Revolver hervor und legte ihn auf die Kleidung. Unter den Socken vergraben fand ich die Patronenschachtel, riss sie auf und lud fünf Halbmantelpatronen in den Zylinder. Nachdem ich den Revolver in den Hosenbund gestopft und das viel zu große grüne Poloshirt darüber gezogen hatte, schob ich das leere Waffenetui und die Patronenschachtel zurück in den Seesack, zog den Reißverschluss zu und verließ die Kabine.

An den Urinalen standen drei Männer. Nervös schlich ich mich an ihnen vorbei. Wenn sie dich fassen, bedeutet das Gefängnis, dachte ich und ging durch die Menschenmenge zurück zu Hiram. Die Waffe fühlte sich so schwer an, als ob sie mir jeden Moment aus der Hose rutschen und zu Boden fallen könnte.

Wir erreichten den Ausgang der Ankunftshalle, wo Hiram mich zu einer schwarzen Limousine führte. Ich ließ ihn meinen Sack in den Kofferraum hieven, dann hielt er mir die Tür auf und ich stieg ein, eigentlich in der Erwartung, dass im Wagen jemand auf mich wartete. Doch da war niemand – nur der makellose graue Innenraum der Limousine.

Nachdem Hiram eingestiegen war und den Motor angelassen hatte, drehte er sich zu mir um und meinte: »Da ist eine Minibar und ein Fernseher, falls Sie Lust haben. Sagen Sie es einfach, wenn Sie sonst noch etwas wünschen, Mr Thomas.«

Hiram fuhr aus dem Parkplatz heraus und ließ den Flughafen hinter sich. Als ich durch die dunkel getönten Fenster nach draußen starrte, konnte ich in Richtung Westen hinter der reflektierenden Rollbahn eine braune Bergkette in weiter Ferne erkennen. Wie gerne würde ich mich dort verlieren, um der Hölle, die mich erwartete, zu entfliehen.

Kapitel 3

Eine Stunde später sah ich zu, wie Hirams schwarze Limousine die Einfahrt hinunterrollte und in Richtung Bundesstraße zurück nach Denver entschwand. Ich schulterte meinen Sack und trug ihn in den Schatten einer Pappel direkt neben dem Empfang des Motels 6. In der Sonnenhitze erschien es unvorstellbar, dass auf den Bergspitzen Schnee glitzerte. Auf der anderen Seite der Bundesstraße erhob sich dreißig Meilen weiter westlich plötzlich und ohne Vorgebirge die vorderste Kette der Rocky Mountains aus der Ebene, und obwohl der Himmel über mir blau strahlte, waren die höchsten Gipfel von Gewitterwolken umgeben. Im Innern des Gebirges zuckten Blitze, allerdings drang kein Donnerhall bis zu mir herüber.

Ich ließ mich ins kühle Gras fallen und öffnete den Umschlag, den Hiram mir gegeben hatte. Das Schreiben darin hatte die gleiche Form wie der erste Brief; es schnürte mir die Kehle zu, als ich die schwarzen Druckbuchstaben las:

Du solltest das hier gegen 2 Uhr nachmittags im Motel 6 an der I-25 nördlich von Denver lesen. Nimm dir ein Zimmer und bezahle es bar, damit du unter dem Namen Randy Snider einchecken kannst. Pack deine Sachen und sei morgen früh um 6 Uhr abreisebereit.

Das Zimmer 112 lag im Parterre. Meine Nerven lagen so blank, dass ich erst einmal den Schrank und die Dusche kontrollierte und unters Bett schaute – überall dorthin, wo sich ein erwachsener Mensch hätte verstecken können. Als ich sicher war, alleine zu sein, ließ ich die Rollläden herunter und schloss die Tür ab. Dann legte ich mich mit dem Revolver und einem Buch auf das Bett und las den ganzen Nachmittag.

Kurz nach neun färbte sich der dunkelblaue Himmel endgültig schwarz. Die Wörter auf der Buchseite vor mir verschwammen immer mehr und ich konnte die Augen nicht mehr offen halten. Müdigkeit überwältigte mich, obwohl ich dagegen ankämpfte. Vom Rocky-Mountain-Nationalpark zog ein Unwetter herüber und alle paar Sekunden grollte Donner und zuckten Blitze hinter den Rollläden.

Mein Hunger war inzwischen so groß, dass ich nach draußen zum Automaten ging und mir eine Tüte Cracker und zwei Dosen Soda zog. Bis ich wieder an meiner Tür war, hatte heftiger Regen eingesetzt und Windböen trieben mir Staub in die Augen. Als ich die Tür öffnete und über die Schwelle trat, schaute ich zurück auf den Parkplatz. Lediglich drei Autos parkten dort, die nur für einen kurzen Moment sichtbar wurden, als ein Blitz den Himmel gelblich blau erhellte.

Ich schloss die Tür und drehte den Schlüssel um. Auf dem unteren Teil des Fernsehbildschirms lief ein Band mit Sturmwarnungen in leuchtend roter Schrift. In wenigen Minuten hatte ich das Soda getrunken und die Cracker verschlungen, und nachdem mein Hunger gestillt war, überwältigte mich endgültig die Müdigkeit. Ich schaltete das Licht aus, zog meine Turnschuhe aus und stieg ins Bett. Nichts konnte meine Augen daran hindern, zuzufallen, nicht einmal die Gewissheit, dass *er* kommen würde.

Da ich mich unter der Bettdecke eingeengt fühlte, legte ich

mich obendrauf und schob den .357er auf den Nachttisch. Ich werde nur eine Stunde schlafen, versprach ich mir selbst. Eine Stunde, nicht länger.

Ein ohrenbetäubender Donner erfüllte den Himmel, so laut, als wäre das Gewitter in meinem Zimmer. Ich öffnete die Augen und sah, wie die Tür auf- und zuschwang und Blitze über die Berggipfel zuckten. Ich schaute auf den Wecker: 3 Uhr 15.

Die Tür steht offen, dachte ich und tastete nach der Waffe auf meinem Nachttisch, fühlte jedoch lediglich die glatte Holzoberfläche. Ein stechender Schmerz durchzuckte meinen linken Arm; ich fuhr im Bett hoch und schrie, als ich nach unten blickte. Eine dunkle Gestalt kroch auf allen vieren über den Boden.

Mein Mund wurde pelzig und ich dachte nur noch an Flucht, als mich erneut ein Stich traf. Ich versuchte mich von der anderen Bettkante in Richtung Tür hinunterzurollen, doch nichts passierte. Es fühlte sich an, als lägen Bleigewichte auf meinen Armen und Beinen. Selbst meine Finger waren bewegungsunfähig und ich sank zurück auf das weiche Kissen. Die Augen fielen mir zu, während die dunkle Gestalt aufstand und sich zum Fußende des Bettes bewegte. Er sagte etwas, doch seine Worte zerflossen.

Blitze, schwarz …

Schmerz und Dunkelheit. Das Dröhnen der Bundesstraße unter mir. Gedämpfte Jazzmusik …

Als ich die Augen erneut aufschlug, umgab mich komplette Dunkelheit. Meine Hände waren mir mit Handschellen auf den Rücken gefesselt, die Füße mit einem dicken Seil zusammengebunden worden und schmerzhafter Durst quälte meinen gesamten Körper. Durch geschwollene, aufgeplatzte Lippen stieß ich einen krächzenden Hilferuf aus. Ein altmodischer Mond erschien riesenhaft und gelb. Die schemenhafte Gestalt eines Mannes griff nach mir, im nächsten Moment fühlte ich das Eindringen einer Nadel. Als ich aufstöhnte, sagte er: »Das alles ist bald vorbei.« Wieder Dunkelheit …

Sonnenlicht drang durch meine Lider. Schwitzend auf dem Rücken liegend, spürte ich eine weiche Matratze unter mir und ein Kissen als Stütze für meinen Kopf. Meine Hände und Füße waren nicht mehr gefesselt, so konnte ich mir die Decke als Schutz vor der Sonne über die Augen ziehen.

Pack deine Sachen und sei morgen früh um 6 Uhr abreisebereit.

Ich setzte mich auf und suchte den Wecker. Ich war nicht im Motel 6.

Mein Bett stand in dem kleinen quadratischen Raum längs an der hinteren Wand, und darüber befand sich ein Fenster, durch das gleißendes Sonnenlicht fiel. Das Fenster war mit schwarzen Eisenstangen vergittert. Ich wusste, dass das meinetwegen so war. Die rauen, kahlen Wände bestanden aus lehmroten, etwa 30 Zentimeter breiten Brettern, der Boden war aus Stein. Die Einrichtung beschränkte sich abgesehen vom Bett auf einen Nachttisch, einen Stuhl und einen wackeligen Schreibtisch neben der verschlossenen Tür an der gegenüberliegenden Wand. Ich bewegte mich zum Fenster und schaute durch die Stäbe.

So weit das Auge reichte, erstreckte sich vor mir eine semiaride Wüste, plattes Land mit niedriger gleichförmiger Vegetation. Keine Strommasten, kein Straßenpflaster, keine Hinweise auf irgendeine Form der Zivilisation außerhalb dieses winzigen Zimmers. Ich fühlte mich unendlich einsam. Der Himmel war türkisblau und es war warm in meinem Zimmer, aber bei der Intensität der Sonnenstrahlung musste es draußen unerträglich heiß sein.

Als ich mich vom Fenster abwandte, sah ich, dass auf dem Schreibtisch gegenüber ein Stück Papier lag. Ich trat auf den trotz der Hitze eisig wirkenden Steinboden, durchquerte den Raum und nahm den Zettel vom Schreibtisch.

Bevor wir uns kennen lernen, möchte ich betonen, dass jeder Versuch, zu fliehen, mich zu täuschen oder zu beseitigen, unsinnig wäre. Wenn du die mittlere Schreibtischschublade aufziehst, findest du darin einen Umschlag. Nimm dir etwas Zeit, wenn du hineinschaust.

Als ich den Umschlag öffnete, stockte mir der Atem: Fotos, die mich am offenen Grab von Rita Jones zeigten, und eine grobe Skizze meines Seegrundstücks mit Hinweisen auf die Fundorte von vier Leichen, drei mit Schreibmaschine getippte Seiten mit Einzelheiten zu den Umständen der Ermordung und der Angabe, in welchem Kleiderschrank meines Hauses sich das Tranchiermesser befand. Außerdem ein Zeitungsausschnitt über die Verurteilung eines Mannes, dessen Name (zusammen mit allen anderen persönlichen Details) geschwärzt worden war. Über der Schlagzeile stand in kritzeliger Handschrift: UNSCHULDIGER ERHÄLT DIE STRAFE FÜR MEIN VERBRECHEN. Ich wandte mich wieder dem Brief zu:

Am besten, du betest für meinen Leib und mein Leben, denn es gibt einen weiteren Umschlag mit einer Karte, auf der die Fundorte der Leichen und des Messers verzeichnet sind. In zwei Monaten wird dieser Umschlag von jemandem an die Polizeiwache von Charlotte geschickt werden. Falls ich das nicht persönlich verhindere, wirst du, Andrew Thomas, ins Gefängnis wandern. Es sind schon Leute zum Tode verurteilt worden, bei denen die Beweislast weniger erdrückend war als bei dir, und es sitzen bereits zwei Menschen für meine Verbrechen in der Todeszelle (übrigens, wie gefällt dir der Zeitungsartikel?).

Nun, du hast eine beschwerliche Reise hinter dir. Ruh dich aus, so lange du willst, und wenn du dann erfahren möchtest, warum ich dich hierher gebracht habe, klopf an die Tür.

Ich ging zurück zu meinem Bett, lehnte mich gegen das vergitterte Fenster und schaute hinaus auf die Wüste. Beim Anblick der öden Landschaft traten mir Tränen in die Augen, keinerlei Regung außer den vom Wind getriebenen Steppenläufern, die ihre Samen verstreuten. Ödes, totes Land, das auf mich vielleicht zu einer anderen Zeit beruhigend gewirkt hätte, in meinem jetzigen Zustand jedoch meine böse Vorahnung verstärkte. Ich wischte mir die Tränen ab und erhob mich vom Bett. Mein Herz raste, als ich auf die Tür zuging.

Kapitel 4

In der Mitte der massiven Holztür befand sich ein 15 Zentimeter langer und 30 Zentimeter breiter Schlitz. Ich beugte mich herab und drückte gegen das Blech, aber es gab nicht nach. Nachdem ich mich wieder aufgerichtet hatte, holte ich tief Luft. Ich war schwach und hungrig und konnte überhaupt nicht einschätzen, wie lange ich bewusstlos in diesem Zimmer gelegen hatte. Meine Arme schmerzten und hatten zahlreiche Nadeleinstiche.

Schüchtern klopfte ich an die Tür und zog mich zum Bett zurück. Bald hörte ich Schritte näher kommen, die draußen auf dem Steinboden ein leise klickendes Geräusch machten. Das Blech wurde beiseite geschoben und ich erspähte ein weiteres Zimmer: Bücherregale, ein Schallplattenstapel, ein weißer Ölradiator, ein Frühstückstisch …

An Stelle des Blechs wurde ein Stück Luftpolsterfolie herabgelassen. Jemand stand vor der Öffnung, allerdings war wegen der Plastikfolie mit den Luftblasen nur ein vager, ungenauer Umriss zu erkennen.

»Komm her«, sagte er. Ich bewegte mich zögernd auf die Tür zu. Als ich bis auf einen knappen Meter herangekommen war, sagte er: »Stopp! Dreh dich um.«

Ich drehte mich um und wartete. Die Plastikfolie knisterte, daher nahm ich an, dass er die Folie zurückgezogen hatte, um meinen Zustand einschätzen zu können. Nach einem kurzen Augenblick befahl er: »Komm her zur Tür!« Der Schlitz befand sich auf Hüfthöhe, und als ich die Tür erreicht hatte und mich hinunterbeugte, um hindurchzuschauen, sagte er: »Nein, nein, schau mich nicht an. Setz dich mit dem Rücken zur Tür.«

Ich gehorchte. Obwohl mir seine Nähe fürchterliche Angst einjagte, machte ich mir nachdrücklich klar, dass er mich nicht bis hierher in die Wüste geschleppt hatte, um mich, kaum dass ich mein Bewusstsein wiedererlangt hatte, zu töten.

»Wie fühlst du dich?«, fragte er in einem Ton, aus dem ich echte Anteilnahme herauszuhören meinte. Er klang überhaupt nicht wie der Mann am Telefon. Seine Stimme klang etwas undeutlich, so als benutzte er einen Sprachverstärker. Vertraut, ohne sie zuordnen zu können; allerdings misstraute ich meiner Wahrnehmung, nachdem ich wer weiß wie lange durch den Einfluss von Betäubungsmitteln bewusstlos gewesen war.

»Etwas angeschlagen«, sagte ich so nüchtern wie möglich, um ihn nicht zu erregen.

»Das geht vorbei.«

»Haben Sie diese Briefe geschrieben? Und die Lehrerin umgebracht?«

»Ja und ja.«

»Wo bin ich?«

»Es reicht, wenn du weißt, dass du dich mitten in der Wüste befindest und vor Hitze oder Durst sterben würdest, bevor du auch nur das kleinste Anzeichen menschlicher Zivilisation erreichen könntest.«

»Wie lange werde ich …«

»Keine weiteren Fragen bezüglich deiner Quasigefangenschaft. Ich werde dir weder sagen, wo du bist, noch wie lange du hier bist.«

»Was wirst du mir denn sagen?«

»Du bist hier, um eine Erziehung zu genießen.« Er machte eine kurze Pause. »Wenn du nur Bescheid wüsstest. Du wirst schon erfahren, was du zu lernen hast, gedulde dich nur.«

»Bitte, kann ich meine Sachen haben?«

Er seufzte, das erste Anzeichen von Unmut. »Darüber sprechen wir später.« Dann wurde seine Stimme sanfter und verlor die Schärfe. »Stell dir vor, Andrew, du seiest ein Kleinkind. Ein kleiner, hilfloser Säugling. Zurzeit, in deinem Zimmer, bist du in der Gebärmutter. Du kannst deinen Verstand noch nicht benutzen, kannst weder denken noch urteilen. Vertrau mir völlig. Ich werde dich lehren, die Welt neu zu sehen. Ich werde zunächst deinen Geist füttern. Ihn mit den genialsten Denkern der Menschheitsgeschichte ernähren.« Eine weiße Hand schob sich an der Plastikfolie vorbei und ließ ein Buch auf den Boden fallen.

»Deine erste Mahlzeit«, sagte er, während ich »Der Fürst« in einer gebundenen Ausgabe aufhob. »Machiavelli. Der Mann ist unzweifelhaft ein Genie. Weißt du etwas über Hannibal, den Heerführer von Karthago, der Rom geplündert hat? Der mit seinen Männern und einer ganzen Elefantenarmee über die Alpen marschiert ist?«

»Ich hab von ihm gehört.«

»Also, er ist mit seinem Heer die ganze Mittelmeerküste entlanggezogen und quer durch Osteuropa, doch was Hannibals Heer so einzigartig machte, war, dass es zwischen seinen Soldaten keinerlei Unstimmigkeiten gab. Verschiedene Nationalitäten, Glaubensrichtungen, Sprachen und trotzdem keine Unstimmigkeiten in seinen Reihen. Weißt du, was diesen Frieden ermöglichte?«, fragte er. »Machiavelli nannte es Hannibals ›unmenschliche Grausamkeit‹, die ihn zusammen mit seinem grenzenlosen Mut in den Augen der Soldaten Furcht einflößend und verehrungswürdig erscheinen ließ.

Ohne diese Grausamkeit hätten seine anderen Tugenden niemals diese Wirkung gehabt.« Er schwieg einen Moment und ich hörte lediglich das Rauschen des trockenen, schneidenden Winds gegen die Fensterrahmen und den schnellen Atem meines Gefängniswärters. »Unmenschliche Grausamkeit«, wiederholte er. »Das erregt mich.« Seine Stimme war so leidenschaftlich geworden, als spräche er zu seiner Geliebten. »Also«, fuhr er fort, »fang gleich heute Abend an zu lesen und wir unterhalten uns morgen darüber. Hast du Hunger?«

»Ich sterbe fast vor Hunger.«

»Gut. Ich mache uns jetzt das Abendessen; warum fängst du nicht schon mal mit deiner Lektüre an? Ich hoffe, gedämpfte Garnelen mit Engelshaarnudeln sagen dir zu.« Er riss die Luftpolsterfolie weg und schob das Blech wieder über den Schlitz. Als er weg war, sank mir vor Erleichterung der Kopf auf die Brust. Minutenlang blieb ich reglos in meinem weißen Bademantel sitzen und starrte mit leerem Blick zu Boden.

Eine kleine an die Wand geschraubte Lampe erleuchtete die Buchseiten nur spärlich. Da er mir meinen Seesack noch nicht ausgehändigt hatte, fehlte mir auch meine Lesebrille, weshalb meine Augen rasch ermüdeten.

Nach der Hälfte der Lektüre ließ ich »Der Fürst« auf den Boden gleiten und hoffte, dass ihm das reichen würde. Gerade als ich nach oben langte und das Licht ausschaltete, schien das milde Licht des Vollmonds sanft und tröstend durch die Gitterstäbe. Es hätte mir große Angst eingeflößt, die erste Nacht bei wiedererlangtem Bewusstsein in der völligen Dunkelheit des Neumonds verbringen zu müssen.

Die Luft um mich herum war durch die Sonneneinstrahlung des Tages unerträglich geworden, und obwohl die Hitze der Wüste mit Einbruch der Dunkelheit langsam entwich, stand die heiße Luft nach wie vor in meinem Zimmer. Deshalb hatte ich bei Sonnenuntergang das Fenster geöffnet, und nun, da die trockene Kälte der Wüstennacht eingedrungen war, musste ich unter die Fliesdecke kriechen.

Ich schloss die Augen und lauschte. Durch das geöffnete Fenster konnte ich in weiter Ferne Eulen schreien und Kojoten oder wilde Hunde den Mond anbellen hören. Seit dem Abendessen hatte ich keinen Mucks mehr von ihm gehört. Keine Schritte, kein Atmen, nichts.

Die letzte Stunde über hatte Jazzmusik das Holzhaus erfüllt. Zunächst ganz leise wie zaghaftes Geflüster, so dass ich nur das gutturale Dröhnen des Basses wahrnehmen konnte. Die Lautstärke hatte zugenommen, inzwischen drang auch der vorherrschende Beckengrundschlag mit seinem abschließenden schleifenden Gegenschlag ins Zimmer. Als Klavier, Trompete und Saxophone die Wand durchdrangen, erkannte ich plötzlich den Song und wurde zwanzig Jahre zurück in eine andere Zeit, in ein anderes Leben katapultiert. Miles Davis, John Coltrane, Julian »Cannonball« Adderley, Paul Chambers, Bill Evans und Jimmy Cobb spielten »All Blues«, ein schwermütiges Bluesstück in 6/8 aus dem 1959er Album »Kind of Blue«.

Ein gellender Schrei übertönte die Musik. Ich setzte mich auf und lauschte. Ein weiterer Schrei durchbrach die Nacht. Ich hielt mich an den Gitterstäben fest und schaute hinaus in die Wüste, doch ich sah nichts, nur meilenweit vom Licht des Mondes beschienenes Ödland. Dann wieder ein Schrei – eine Frauenstimme, dieses Mal deutlich näher.

Zwanzig Meter entfernt stolperte eine Silhouette durch die Wüste und rang nach Luft. Als sie den Ausschnitt meines Fensterrahmens halb durchquert hatte, kam von links eine zweite, größere Silhouette ins Blickfeld. Sie stürzte sich auf die kleinere Gestalt und warf sie neben einem größeren Busch zu Boden.

Ich hörte eine weibliche Stimme weinen, schrille Schreie ausstoßen, flehen, doch es war zu weit weg, als dass ich einzelne Worte hätte verstehen können. Die größere Gestalt trat gegen die, die am Boden lag, kniete sich dann hin und stieß zu.

Weitere Schreie, immer lauter und schriller. Plötzlich Stille.

Nur die große Gestalt stand auf und schaute zu Boden. Gemessenen Schrittes ging sie in die Richtung zurück, aus der sie gekommen war, und zog an langen, schwarzen Haaren hinter sich her, was sie durch die Wüste gejagt hatte. Ich hörte Schritte und das Geräusch, das durch das Hinter-sich-Herschleifen der Beute entstand. Ihre Beine zuckten immer noch.

Plötzlich drehte die Gestalt sich um und schaute in meine Richtung. Das bläuliche und surreal erscheinende Licht des Mondes beleuchtete das Gesicht des Fremden.

Ich erstarrte. Mein Bruder, Orson, stand lächelnd in der Wüste.

Kapitel 5

Ein unglaublicher, violetter Sonnenaufgang über der Wüste beendete eine schreckliche, schlaflose Nacht. Mir war klar, dass ich von nun an immer, wenn ich meine Augen schloss, einen Mann vor Augen haben würde, der in einer vom Mond beschienenen Wüste eine Frau an den Haaren hinter sich herzieht.

Beim Klang sich nähernder Schritte setzte ich mich im Bett auf. Ein Riegel wurde zur Seite geschoben, die Tür schwang auf und gab den Blick auf einen Mann mit meinen Proportionen frei: genauso dünn und muskulös, die gleichen stahlblauen Augen. Ähnlich, aber nicht identisch, sein Gesicht wirkte wie die Idealvorstellung meines eigenen, besser aussehend im oberen Bereich. Er stand grinsend in der Tür, und im Gegensatz zu meinem ungepflegten, angegrauten Haar hatte sein akkurat kurz geschnittenes einen so perfekten braunen Glanz, wie er nur aus der Flasche kommt. Zu seinen schwarzen Schlangenlederstiefeln und den verwaschenen Jeans trug er ein blütenweißes T-Shirt mit Schweißrändern unter den Achseln. Ich überlegte flüchtig, wieso er denn wohl so stark schwitzte, obwohl die Sonne noch nicht einmal aufgegangen war. Seine Arme waren kräftiger als meine. Während er sich gegen den Türrahmen lehnte, biss er wütend in einen dunkelroten Apfel.

Ich brachte keinen Ton heraus. Es war, als sähe man nicht den Geist einer geliebten Person, sondern deren Dämon. Tränen brannten mir in den Augen. Das ist nicht wahr. Dieser schreckliche Mann kann nicht mein Bruder sein.

»Ich habe dich sehr vermisst«, sagte Orson, immer noch auf der Türschwelle stehend. Ich konnte nicht anders, als weiter in seine blauen Augen zu starren.

Orson war in unserem ersten Jahr von der Appalachian-State-Universität verschwunden, mein letztes Bild von ihm war, wie er in der Tür unseres Schlafsaals gestanden hatte.

»Du wirst mich eine Weile nicht sehen«, hatte er gesagt. Und das hatte ich auch nicht, seit jenem Tag bis heute. Die Polizei hatte irgendwann aufgegeben. Er war einfach verschwunden. Meine Mutter und ich hatten Detektive beauftragt – nichts. Wir fürchteten, er sei tot.

»Ich wünschte, du hättest das letzte Nacht nicht mit ansehen müssen«, entschuldigte er sich. »Schätze, es lag an dem alten Seil.« Ich bemerkte frische Kratzer an seinem Hals und in seinem Gesicht. Kleine Glitterpartikel glitzerten auf seinen Wangen, und ich überlegte, ob sie sich wohl von den Fingernägeln der Frau gelöst hatten, als diese gestrauchelt war. »Möchtest du Frühstück?«, fragte er. »Kaffee läuft gerade durch.«

Ich schauderte angewidert. »Machst du Witze?«

»Eigentlich wollte ich dich erst ein paar Tage lang hier drin eingesperrt lassen und mich dir erst dann zu erkennen geben, aber nach letzter Nacht macht das wohl keinen Sinn mehr, oder?«

Schweiß lief mir die Schläfen herab.

Orson biss erneut in seinen Apfel und ging dann den kurzen Flur zurück. »Komm«, sagte er.

Ich stieg von meinem Bett herab, verließ das Zimmer und folgte ihm in den vorderen Teil der Hütte. Meine Beine waren wie Pudding, so als könnten sie jeden Augenblick in einer Pfütze auf dem Boden versinken.

»Setz dich«, sagte er und zeigte auf ein schwarzes Ledersofa, das links an der Wand stand. Während ich das Wohnzimmer betrat, warf ich einen Blick zurück. Am Ende des kurzen Flurs lagen nebeneinander zwei Räume, die offensichtlich den gesamten hinteren Teil der Hütte bildeten. Links mein Zimmer und rechts daneben eine Tür ohne Riegel und Guckloch. Zwischen den Türen hing an einem Querbalken ein kleiner Monet, auf dem ein Ruderboot unter einer Steinbrücke zu sehen war.

Die Wohnzimmerwände waren vom Fußboden bis zur Decke mit Büchern zugestellt. Sie füllten etwas vorstehende, handgezimmerte Regale und ihre Titelvielfalt verschlug mir die Sprache. Am Ende eines Regals erkannte ich die bunten Schutzumschläge der fünf Romane, die ich geschrieben hatte.

Mein Bruder ging auf die andere Seite des Raums, auf der sich eine winzige Küche befand. Neben der Eingangstür stand ein Plattenspieler auf einem Hocker, daneben lag ein bestimmt ein Meter hoher Stapel mit Schallplatten. Orson schaute mich an und ließ lächelnd die Nadel auf eine Schallplatte herab. »Freddie Freeloader« erschallte aus zwei großen Lautsprechern und ließ mich aufs Sofa sinken.

Während ich dem Song lauschte, setzte sich Orson ans andere Sofaende. Die Art, wie er mich anstarrte, machte mich nervös. Ich hätte mir gewünscht, meine Brille zu tragen.

»Könntest du mir jetzt nicht meine Sachen wiedergeben?«

»Oh, meinst du etwa das hier?« Lässig zog er meinen .357er Revolver aus seiner Jeanstasche. »Hatte ich dich nicht angewiesen, deine Smith & Wesson nicht mitzubringen?« In seiner Stimme schwang beißender Sarkasmus mit, seine Augen weiteten sich und er durchbohrte mich mit einem kalten Blick.

»Tut mir Leid«, sagte ich und rutschte dabei mit trockenem Mund unruhig auf dem Sofa hin und her. »Hättest du nicht das Gleiche getan? Ich meine, ich wusste doch nicht …«

»Versuch nicht, mir die Schuld in die Schuhe zu schieben.« Er ging zum Plattenspieler und hob die Nadel an. In der Hütte war es totenstill, als er sich in die Mitte des Wohnzimmers stellte.

»Du hast mich verarscht, Andy. Ich hab gesagt, du sollst nur Kleidung und Waschzeug mitbringen, stattdessen hast du einen Revolver und Patronen mitgebracht.« Er sprach so zwanglos, als säßen wir Zigarre rauchend auf einer Veranda.

»Wenn du dich nicht an meine Anweisungen hältst, tut uns das beiden weh. Du wirst sehen, dass es nicht in deinem Interesse ist, mir nicht zu gehorchen.« Er öffnete die Trommel des .357ers und zeigte mir die fünf leeren Kammern. »Du hast es ein Mal versaut, also wollen wir eine Kugel laden.« Er holte eine Patrone aus seiner Tasche und schob sie in eine der Kammern.

Mir wurde schlecht vor Angst. »Orson, nicht.«

»Andy, Andy, Andy. Sag einem Mann mit einer geladenen Waffe nie, was er tun und lassen soll.« Er drehte die Trommel, drückte sie wieder in die Waffe und entsicherte den Abzug. »Glaub mir, dass diese Strafe auch mich selbst trifft. Ich tu das nicht als Nervenkitzel. Es hat mich viel Mühe gekostet, dich hierher zu kriegen, und immerhin besteht eine zwanzigprozentige Chance, dass dich dein Glück plötzlich verlässt und die Kugel in der richtigen Kammer liegt und dir den Arsch wegreißt, dann hab ich mir eine Menge Arbeit umsonst gemacht. Aber ich bin bereit, das Risiko einzugehen, um dich zu lehren, meinen Anweisungen Folge zu leisten.«

Als er die Waffe auf meine Brust richtete, hob ich hilflos meine Hände. Er drückte den Abzug … klick … und biss erneut in seinen Apfel. Ich konnte kaum noch atmen und verbarg das Gesicht in den Händen, während Orson die Nadel zurück auf die Schallplatte setzte. Die Musik erklang wieder, er schnippte mit den Fingern den Takt und lächelte mir herzlich zu, während er zum Sofa zurückging. Nachdem er die Patrone aus der Kammer genommen hatte, legte er die Waffe auf den Boden und ließ sich wieder neben mir auf das Sofa fallen. Eine Welle der Übelkeit überkam mich, dass ich dachte, ich müsste mich übergeben.

Gottverdammter Mist, er hat völlig den Verstand verloren! Ich werde sterben. Ich bin mit einem Psychopathen allein in einer Wüste und der Psychopath ist mein verdammter Bruder.

»Andy, du kannst jetzt frei im Haus und in der Wüste herumlaufen. Die Scheune draußen ist tabu, und jeden Abend, wenn du zu Bett gegangen bist, werde ich deine Tür verriegeln. Du brauchst nicht mehr in die Schüssel zu pinkeln. Die Dusche ist draußen beim Brunnen, neben dem Klo. Sie ist kalt, aber du wirst dich dran gewöhnen. Der Strom kommt von einem neuen Generator hinter der Hütte, aber ich hab es noch nicht geschafft, Rohre zu verlegen.«

»Kann ich das Klo jetzt benutzen?«, fragte ich, obwohl ich kaum in der Lage war, meine Stimme unter Kontrolle zu halten.

»Klar. Sag nur immer Bescheid, wenn du rausgehst. Ich will dich nie suchen müssen.«

Immer noch am ganzen Leibe zitternd, durchquerte ich den Raum und öffnete die Tür, hinter der die Sonne über der rostbraunen Wildnis aufging. Ich schauderte und zog den weißen Bademantel, den ich die letzten zwei Tage getragen hatte, noch enger um den Leib. Als ich mich umdrehte, um die Tür zu schließen, stand Orson auf der Schwelle.

»Ich habe dich vermisst«, sagte er.

Ich schaute ihn an, und eine Sekunde lang schien er verwundbar, so wie der Bruder, den ich geliebt hatte, als wir jung waren. Seine Augen erflehten etwas, doch ich fühlte mich nicht in der Lage, herauszufinden, was es war.

»Wer war sie?«, fragte ich.

Er wusste verdammt gut, wen ich meinte, doch er schwieg. Wir starrten einander nur an, eine innige Beziehung, die völlig verschüttet schien und beinah schon für tot gehalten worden war. Doch es gab eine Menge Zündstoff zwischen uns. Ich wollte nicht darauf warten, dass er die Türe schloss, deshalb drehte ich mich um und ging hinaus in die eisige, schmutzige Einöde.

»Andy«, sagte er, und ich blieb auf den Stufen stehen, ohne mich umzudrehen. »Nur eine Kellnerin.«

Kapitel 6

Ich stand auf der wackeligen vorderen Veranda im Schatten eines Wellblechdaches, das von morschen Vierkanthölzern gestützt wurde. Ein anhaltend kräftiger Wind wehte von der Wüste herüber und trug den süßlich scharfen Geruch von Beifuß, versengter Erde und mir unbekannten Blumen mit sich.

Vier wacklige Schaukelstühle, zwei auf beiden Seiten der Tür, schwankten unmerklich hin und her, doch ich setzte mich auf die Stufen und grub meine nackten Füße in den dunklen Dreck, der dort, wo ihn die Sonne nicht berührt hatte, immer noch kühl war. Mein Blick wanderte entlang des Vorgebirges und der hohen Gebirgszüge am nördlichen Horizont. Aus mindestens dreißig Meilen Entfernung sahen ihre Hänge völlig gleichförmig aus. Die niedrigeren Erhebungen im Dunkelgrün immergrüner Wälder, darüber grauer Fels und als Abschluss wolkenartige Gletscherfelder aus ewigem Eis.

Links von der Veranda stand in gut fünfzig Meter Entfernung eine große Scheune. Sie wirkte recht neu und hastig zusammengezimmert, das Blechdach und die glatte Pinienverschalung glänzten in der untergehenden Sonne. Eine Kette war wie eine Schlange um den Riegel geschlungen, der die Flügeltür zusammenhielt. Reifenspuren führten direkt auf die Scheune zu.

Etwa eine Meile dahinter erhob sich die Wüste schroff und steil zu einem mächtigen Gebirgskamm, der weiter im Süden wieder sanft abfiel und in die Wüste überging. Die zackigen Silhouetten dürrer Wacholderbüsche entlang des Gebirgskamms zeichneten sich schwarz gegen den Himmel ab.

Seit den frühen Abendstunden hatte ich versucht, in meinem Zimmer Machiavelli zu lesen, doch in der Hitze konnte ich mich höchstens auf eine Fluchtmöglichkeit konzentrieren. So hoffte ich, dass es draußen in der frischen Brise etwas angenehmer wäre. Doch selbst im Wind brannte der Schweiß noch in den Augen und verklebte mir Haut und Haare. Im Innern der Hütte hörte ich wieder eine Jazzplatte – eine Musik voller ergreifender Gedanken an belebte New Yorker Jazzclubs und Leute, die sich auf engem Raum drängten, die in dieser leeren Wüste eine unheimliche Geräuschkulisse bot. Normalerweise vermied ich Menschenansammlungen und Enge, doch jetzt schien mir die klaustrophobische Beengtheit eines Nachtclubs geradezu anheimelnd.

Ich saß fast eine Stunde lang auf den Stufen und schaute zu, wie die untergehende Sonne die Wüste in dunkelviolettes Licht tauchte. Mein Kopf war leer, und ich war in eine unendlich scheinende Gedankenlosigkeit versunken, dass ich aufschrak, als hinter mir die Haustür quietschend geöffnet wurde. Orsons Stiefel hallten hohl auf den Holzdielen.

»Hast du bald Hunger?«, fragte er. Seine laute, krächzende Stimme drehte mir den Magen um. Ich konnte es nicht fassen, dass wir wieder zusammen waren. Seine Gegenwart ließ mich nach wie vor erschaudern.

»Ja.«

»Ich dachte, ich lege ein paar Steaks auf den Grill«, meinte er. Ich war sicher, dass er lächelte und hoffte, mich zu beeindrucken. Ich überlegte, ob er wieder gutmachen wollte, dass er mich beinah umgebracht hätte. Wenn wir uns als Kinder gestritten hatten, hatte er anschließend jedes Mal versucht, meine Zuneigung mit Geschenken, Komplimenten oder wie in diesem Fall mit etwas Leckerem zurückzugewinnen. »Willst du einen Drink?« *Großer Gott, ja!*

Ich drehte mich um und schaute zu ihm auf. »Ein Jack Daniels wäre gut, falls du einen hast.«

Er ging wieder zurück in die Hütte und kehrte mit einer ungeöffneten Halbliterflasche dieses gesegneten Tennessee Whiskeys zurück. Für mich der beste Moment des Tages; dieses kleine Stück Heimat ließ mein Herz höher schlagen. Ich öffnete die schwarze Verschlusskappe und trank einen großen Schluck, schloss die Augen und ließ den herben Eichengeschmack meine Kehle hinabbrennen. In dieser Sekunde, mit dem Feuer des Whiskeys im leeren Magen, hätte ich auch auf meinem Bootssteg sitzen können, allein, um mich beim Anblick des fantastischen Sonnenuntergangs in Carolina zu besaufen.

Ich hielt Orson die Flasche hin, doch er lehnte ab. Stattdessen ging er um eine Ecke der Hütte herum und kam mit einem Grill zurück. Nachdem er die Kohle angezündet hatte, ging er hinein und brachte einen Teller mit zwei lächerlich dicken, roten Rinderfilets, fertig gesalzen und gepfeffert, heraus. Er hielt mir den Teller hin und sagte: »Gieß etwas Whiskey über das Fleisch.«

Ich tränkte sie mit der vergorenen Maische, und Orson schob die Lendenstücke auf den Grill, wo sie sofort für einige Sekunden von Flammen umgeben waren. Er kam zu mir herüber und setzte sich neben mich, und während der Whiskey mich leicht benebelte, lauschten wir wie alte Freunde dem Brutzeln der Steaks und beobachteten den nun roten Sonnenuntergang.

Als die Steaks fertig waren, nahmen wir unsere Teller mit auf die vordere Veranda, auf der an der einen Seite ein wackliger Tisch stand. Orson zündete mit einem silbernen Feuerzeug zwei Kerzen an und wir verspeisten schweigend unser Abendessen. Während ich ihm so gegenübersaß, musste ich unaufhörlich denken: *Du bist nicht das Monster, das ich letzte Nacht in der Wüste gesehen habe. Deswegen sitze ich hier ohne zu zittern oder zu weinen, denn irgendwie ist mir klar, das kannst du nicht sein. Du bist einfach Orson. Mein Bruder. Mein blauäugiger Zwilling. Ich sehe dich als Jungen, als süßen, harmlosen Jungen. Nicht als dieses Wesen in der Wüste. Nicht als diesen Dämon.*

Doch als die letzten flachen Sonnenstrahlen hinter dem purpurroten Horizont verschwanden, überkam mich ein unheilvolles Gefühl. Das Licht hatte mir ein Gefühl der Kontrolle verliehen, doch nun, in der Dunkelheit, fühlte ich mich erneut schutzlos. Aus diesem Grund hatte ich auch den Whiskey nach meinem ersten großen Schluck nicht mehr angerührt, ich fürchtete, dass ein Rausch hier gefährlich sein konnte. Zudem war mir das Schweigen bei Tisch unbehaglich. Zwanzig Minuten saßen wir uns schon gegenüber, ohne dass ein Wort gefallen wäre, doch ich würde nicht anfangen zu sprechen. Was sollte ich ihm auch sagen?

Orson hatte eine Weile auf seinen Teller gestarrt, doch nun fixierte er wieder mich. Er räusperte sich.

»Andy«, sagte er. »Erinnerst du dich an Mr Hamby?«

Ich konnte es nicht unterdrücken. Zum ersten Mal seit Tagen huschte ein Lächeln über meine Lippen.

»Möchtest du, dass ich dir davon erzähle, als hörtest du es zum ersten Mal?«, wollte Orson wissen.

Als ich nickte, neigte er sich fröhlich und mit großen Augen nach vorne, der geborene Geschichtenerzähler.

»Als Kinder fuhren wir jedes Jahr mehrere Male zu unserer Großmutter aufs Land nördlich von Winston-Salem. Großvater war schon tot und sie mochte Gesellschaft. Wie alt waren wir damals? Vielleicht neun? Sagen wir mal, wir waren neun …«

Du kommst mir vor wie Orson, und ich weiß, ich hoffe, dass dieses Gefühl nicht anhält, aber großer Gott, in diesem Moment kommst du mir vor wie mein Bruder.

»… und Großmutters Haus stand neben einer Apfelplantage. Jo Hambys Apfelgarten. Er war Witwer und lebte allein. Es war zu Beginn des Herbstes, und Schulklassen und Kirchengruppen besuchten Hambys Apfelplantage, um Äpfel zu pflücken, Kürbisse zu ernten, Apfelsaft zu kaufen und auf dem Heuwagen mitzufahren.

Und da dieser Apfelgarten an Großmutters Grundstück grenzte, konnten wir der Versuchung nicht widerstehen, wiederholt nach drüben zu schleichen. Wir klauten Äpfel, kletterten auf seine Traktoren und spielten in den riesigen Heuhaufen, die in seinen Scheunen lagerten. Doch Hamby regte sich fürchterlich über Leute auf, die unbefugt sein Grundstück betraten, deshalb konnten wir es nur nachts tun. Wir warteten, bis Großmutter ins Bett ging, und schlichen uns aus dem knarzenden Bauernhaus.

Und in jener Oktobernacht schleichen wir uns gegen 21 Uhr hinaus und klettern über den Zaun in seinen Apfelgarten. In meiner Erinnerung scheint der Vollmond hell, es ist noch nicht sehr kalt, aber Grillen und Frösche sind bereits verschwunden. Deshalb ist es in dieser Nacht sehr still und sehr ruhig. Es ist fast Erntezeit. Einige Äpfel sind sauer, aber die meisten sind einfach wunderbar reif, und wir trollen durch den Apfelgarten, essen diese sonnengereiften Schönheiten und haben einen Mordsspaß.

Nun, Hamby gehörten viele Hektar Land, und am hintersten Ende seines Grundstücks war sein Kürbisfeld, von dem wir schon viel gehört, wohin wir uns bisher aber nie getraut hatten. Aber jene Nacht war eine von denen, in denen wir uns für unbesiegbar hielten. Wir erreichen das Ende der Apfelplantage und sehen im Mondlicht diese riesigen, orangefarbenen Kürbisse. Erinnerst du dich?, Hamby hatte bei den Herbstschauen schon einige Preise für seine Kürbisse gewonnen. Er baute diese monströsen Hundertpfundkerle an.

Wir können sein Haus am Ende der Traktorspur sehen und alles ist dunkel, also rennen wir auf das Kürbisfeld und halten nach einem dieser Hundertpfünder Ausschau. Schließlich lassen wir uns lachend und außer Atem mitten auf dem Feld fallen.«

Orson lächelte. Ich auch. Wir wussten, was jetzt kam. »Plötzlich hören wir nur ein paar Meter entfernt dieses laute Stöhnen: ›Ich *liebe* meine orange Muschi!‹«

Ich brach in schallendes Gelächter aus und spürte, wie der Whiskey in meinen Eingeweiden brannte.

»Wir waren zu Tode erschrocken«, fuhr er fort. »Als wir uns umdrehen, sehen wir, wie Mr Hamby über einem dieser riesigen Kürbisse hängt, der mindestens so groß ist wie eine dieser Galapagosschildkröten. Und oh Mann, er hat den Overall auf die Fußknöchel runtergelassen und bumst dieses Ding im Mondenschein. Wie ein Besessener rutscht er darauf vor und zurück, als wäre es ein nackter Arsch, und macht nur ab und zu eine Pause, um sich einen Schluck Pfirsichschnaps zu genehmigen.

Natürlich sind wir starr vor Schreck und kapieren gar nicht, dass er offensichtlich betrunken ist. Wir befürchten, dass er uns sieht und hinter uns herjagt, wenn wir versuchen, nach Hause zu rennen, also legen wir uns flach auf den Boden und warten darauf, dass er aufhört und nach Hause geht. Also, schließlich hört er tatsächlich auf … mit diesem Kürbis, zieht sich den Overall hoch und schaut sich nach dem nächsten um. Der nächste ist kleiner, und nachdem er ein Loch hineingebohrt hat, kniet er sich hin und vögelt ihn. Wir schauen zu, wie er fünf Kürbisse fickt, bevor er sturzbetrunken in Ohnmacht fällt. Wir rennen durch den Apfelgarten zurück zu Großmutters Haus und uns ist schlecht vor Äpfeln und …«

Ich sehe es vor mir, wie wir beide in gleichen Latzhosen und passenden langärmligen T-Shirts in dieser frischen Herbstnacht zurück über den Holzzaun klettern. Ich sehe es so lebendig vor mir, wie ich uns jetzt hier sitzen sehe. Wir wollten damals völlig gleich aussehen. Erzählten allen, wir seien gleich, und glaubten es auch. Hält uns dieses Band immer noch zusammen?

Als er fertig war, hatte ich Tränen in den Augen. Der Klang unseres Gelächters rührte mich, und ich traute mich, ihn offen anzusehen in der Hoffnung, hinter seine Stirn schauen zu können. Doch die Nagellackspuren auf seiner Wange ließen in meinem Kopf wieder die markerschütternden Schreie der Frau ertönen, und das Gefühl der Behaglichkeit, das ich während der letzten halben Stunde in seiner Gegenwart verspürt hatte, fiel wieder von mir ab. Orson nahm die Veränderung wahr, und sein Blick wanderte von mir weg, hinaus in die schwarze Wüste.

Ein Windstoß löschte die beiden Kerzen aus und ließ uns in völliger Dunkelheit zurück. Als ich aufschaute, verschwand gerade der letzte dunkelrote Schein am westlichen Horizont. Der Himmel füllte sich mit Sternen – viele Millionen mehr als am unweltverschmutzten Himmel weiter östlich. Selbst in den klarsten Nächten wirkten die Sterne über dem Norman-See unscharf, wie hinter einem durchsichtigen Stoff. Hier über der Wüste schienen sie wie kleine Monde und viele schossen geradezu über den Himmel.

»Mir ist kalt«, sagte ich und strich über die Gänsehaut auf meinen Armen. Ich konnte Orson kaum noch erkennen, nur noch sein Umriss war auf der anderen Seite des Tisches sichtbar.

Er stand auf. »Wenn du aufs Klo willst, mach es jetzt. In einer Viertelstunde sperre ich dich in dein Zimmer ein.«

»Warum?«

Orson gab keine Antwort. Er räumte die Teller und Gläser nach drinnen, während ich noch einen Moment sitzen blieb und den Himmel nach Sternschnuppen absuchte. Ich rieb meine Augen und erhob mich. Ich würde aufatmen allein in meinem Zimmer, in dem ich nichts tun konnte außer lesen und schlafen. Das Geräusch der Teller im Waschbecken schreckte mich auf und ich lief barfuß durch den warmen Sand zum Klohäuschen.

Kapitel 7

Die Tage in der Wüste vergingen schleppend. Die Sonne nutzte jede Gelegenheit, die Landschaft zu verbrennen, und so war es nach zehn Uhr morgens gefährlich, sich nach draußen zu wagen. Die Hitze war trocken und stickig, daher versuchte ich mich in den schattigeren und kühleren Bereichen meines Zimmers oder im restlichen Teil der Hütte aufzuhalten, wenn ich nicht eingesperrt war.

Lebensmittel waren im Überfluss vorhanden. Wenn ich es recht überlege, habe ich nie besser gegessen. Orsons Gefriertruhe war bis an den Rand mit erstklassigem Fleisch gefüllt und er bereitete täglich drei vorzügliche Mahlzeiten zu. Wir aßen Steaks, Lachs, Kalbfleisch, einmal sogar Hummer, und tranken abends reichlich Wein zum Essen. Irgendwann fragte ich ihn, warum er so königlich speiste, und er antwortete: »Weil es mir zusteht, Andy. Es steht uns beiden zu.«

Kaum hatte ich ein Buch ausgelesen, gab mir Orson ein neues. Nach Machiavelli kam Seneca und danach Demokratis über die Vernichtung der Melancholie. Obwohl ich jeden Tag ein Buch las, drängte mich Orson immer wieder, noch schneller zu lesen. Ich konnte mir nicht vorstellen, welchen Nutzen er für mich in der Lektüre dieser klassischen Texte sah, aber das würde er sicherlich noch enthüllen.

Ich war besessen davon, mögliche Fluchtwege zu ersinnen.

Obwohl ich Gelegenheit dazu hatte, war es unmöglich, einfach wegzugehen. Ich besaß weder die Kraft noch die Hilfsmittel, durch die Wüste zu wandern, zumal ich nicht einmal die Richtung wusste, in die ich gehen müsste. Da ich annahm, dass Orsons Transportvehikel in der abgeschlossenen Scheune stand, wartete ich auf den richtigen Augenblick, ersann einen Plan und sammelte Nerven- und Willensstärke, um meinen Bruder zu überwältigen. Ich würde nicht ungeduldig werden. Einzig schlaue Entscheidungen und präzises Handeln konnten mein Leben retten.

Es beruhigte mich, ein Tagebuch zu führen. Einige Stunden nach Einbruch der Dämmerung, wenn ich meine Lektüre beendet und Orson mich eingesperrt hatte, saß ich auf dem Bett und notierte die Geschehnisse des Tages. Ich schrieb eine Stunde lang, oft auch länger, und schweifte in Gedanken manchmal ab nach Hause und an den See. Ich verfasste kunstvolle Beschreibungen meines Grundstücks und rief mir in dieser einsamen Wüste die Gerüche und Geräusche des sommerlichen Sees ins Gedächtnis. Zweifellos wurden diese Stunden für mich zur liebsten Zeit des Tages, zeitweise auch zur mentalen Oase. Es war alles, woran ich während des Tages denken konnte – wofür ich lebte. Und wenn ich schließlich Stift und Papier zurück in die Schublade legte und das Licht ausmachte, konnte ich häufig noch das Wasser des Sees gegen die Ufer schlagen und den Wind im Geäst der Bäume hören.

Was das Datum anging, wusste ich nur, dass es inzwischen Ende Mai war. Da ich während meiner Entführung unter Drogen gestanden hatte, wusste ich nicht mit Bestimmtheit, an welchem Tag ich in der Wüste das Bewusstsein wiedererlangt hatte. Vielleicht waren zwischen der stürmischen Nacht im Motel und meinem Erwachen in der Hütte Tage vergangen. Daher überschrieb ich meine Tagebucheinträge ab dem ersten Tag nach Wiedererlangung des Bewusstseins mit Tag 1, Tag 2, Tag 3 usw. Ich konnte nicht nachvollziehen, warum Orson das Datum vor mir geheim hielt. In meiner jetzigen Situation erschien das Datum zwar irrelevant, dennoch ärgerte es mich, es nicht zu wissen.

Von der geografischen Lage der Hütte hatte ich nicht die leiseste Ahnung. Vielleicht irgendwo westlich der Prärien. Ich zeichnete die Aussichten von der vorderen Veranda und von meinem vergitterten Fenster, einschließlich der Bergkette nach Norden und Osten und der Reihe roter Felsen im Westen. Außerdem skizzierte ich die Pflanzenwelt: Beifuß, Steppenläufer, Fettholz, Lupinen und viele andere Wüstenblumen, an denen ich während der frühabendlichen Spaziergänge vorbeikam.

Manchmal sah ich abends kurz nach Sonnenuntergang, wenn nur noch ein roter Schein den Himmel erleuchtete, Antilopen- und Großohrhirschrudel durch die Wüste ziehen. Ihre sich gegen den Horizont abzeichnenden Silhouetten versetzten mir einen Stich, denn ich beneidete die langsam aus meinem Blickfeld wandernden Tiere um ihre Freiheit. Auch diese Beobachtungen hielt ich im Tagebuch fest und notierte ebenfalls, wenn ich Eselhasen oder Wüstenspringmäuse mit ihren langen Schwänzen gesehen hatte. Nachts kreischten fortwährend Schleiereulen, auch wenn ich sie nie zu Gesicht bekam, und in der Tageshitze kreisten Truthahngeier am Himmel. Durch die Niederschrift dieser Beobachtungen hoffte ich, eines Tages die geografische Lage dieser Wüste bestimmen zu können. Doch offen gesagt hatte ich keine Ahnung, ob es mir je vergönnt sein würde, diesen Ort zu verlassen.

Ich lag wach im Bett. Es war spät, ich hatte mein Tagebuch beiseite gelegt, und Orson hatte wie jede Nacht den Generator abgestellt, so dass es in der Hütte vollkommen still war.

Nur der Wind draußen in der Dunkelheit unterbrach die trügerische Ruhe. Ich spürte, wie er sich durch die Ritzen des Gebälks drückte. Ein unablässiges Wehen.

Während der letzten Stunde hatte mich eine Erinnerung verfolgt.

Orson und ich sind acht Jahre alt und spielen im Wald nahe unseres Elternhauses in Winston-Salem, North Carolina, unter einem wolkenlosen Augusthimmel. Wie viele kleine Jungen faszinieren uns wilde Tiere, und Orson fängt eine graue Eidechse, als sie über einen morschen Holzstamm huscht.

Begeistert von dem Fund, sage ich ihm, dass er die Eidechse festhalten soll, und er gehorcht mir mit einem verschlagenen Grinsen. Ich hole eine Lupe aus der Tasche. Die Sonne scheint grell und sofort zeichnet sich ein heller Lichtfleck auf der schuppigen Haut der Echse ab. Das Sonnenlicht brennt ein Loch hinein und Orson und ich schauen uns an, lachen vor Begeisterung und sind völlig gefesselt von der rauchenden Eidechse, die sich windend zu befreien sucht.

»Jetzt bin ich dran!«, ruft er schließlich. »Du musst sie halten.«

Den ganzen Nachmittag über quälen wir die arme Kreatur. Als wir fertig sind, werfe ich sie ins Gras, doch Orson besteht darauf, sie mitzunehmen.

»Ich besitze sie jetzt«, sagt er. »Sie gehört mir.«

Kapitel 8

Tag 6 (nach Mitternacht?)

Habe heute wieder geduscht. Das Thermometer zeigte 35 Grad Celsius an, als ich nackt über den glühend heißen Boden zum Brunnen rannte. Ich hasse dieses eisige Wasser. Es fühlt sich an wie höchstens ein oder zwei Grad und raubt mir den Atem, wenn ich es über mich gieße. Ich habe mich so schnell wie möglich gewaschen, doch bis ich die Seife wieder abgespült hatte, zitterte ich am ganzen Körper.

Ich wollte in der Abenddämmerung spazieren gehen, doch Orson hat mich in mein Zimmer gesperrt. Er ist nun schon seit etlichen Stunden weg. Von meinem Schlafzimmerfenster aus habe ich gesehen, wie ein brauner Buick auf einer schmalen Sandpiste, die geradeaus bis zum Horizont reicht, nach Osten davonfuhr. Ich fühle mich hier sicherer ohne ihn.

»Die Angst, zu leben« ist inzwischen vermutlich an die Buchhandlungen ausgeliefert worden, und ich schätze, Cynthia hat mindestens neun Magengeschwüre. Ich kann es ihr nicht verübeln. Dieser Tage sollte meine Lesereise in zwölf Großstädte beginnen. Signierstunden, Radiointerviews und Fernsehauftritte werden abgesagt werden müssen. Das wird sich negativ auf die Verkaufszahlen auswirken, ich breche gerade den Vertrag mit meinem Verlag … doch ich kann jetzt nicht darüber

nachgrübeln. Es liegt nicht in meiner Macht und es macht mich nur verrückt.

Ich lese immer noch wie ein Irrer. Während der letzten zwei Tage Poe, Plato und McCarthy. Ich verstehe immer noch nicht, was Orson mit dieser Lektüre so verzweifelt beabsichtigt. Zum Teufel, ich bin mir nicht einmal sicher, ob er es selbst weiß! Auch er verbringt seine Tage lesend, und ich frage mich, wonach er in diesen Millionen von Seiten sucht, ob er vielleicht denkt, es gebe eine Persönlichkeit, irgendeine Geschichte oder eine Philosophie, die er nur aufdecken müsse, um eine Erklärung oder eine Rechtfertigung für das zu erhalten, was er im Spiegel sieht. Allerdings glaube ich, dass er nur häppchenweise Trost findet, zum Beispiel bei dem grausamen Teil in »Der Fürst« oder bei dem psychotischen Richter Holden in »Die Abendröte im Westen«.

In der Ferne höre ich ein Auto. Es ist das erste Mal, dass er mich allein gelassen hat, und das macht mir Angst. Vielleicht hat er ja nur Lebensmittel eingekauft. Gute Nacht.

Ich ging vom Bett zur Kommode und legte Stift und Papier in die mittlere Schublade. Der Versuch, mein Tagebuch vor Orson zu verstecken, wäre sinnlos. Abgesehen davon hat er bisher gewisse Anstandsregeln in Bezug auf mein Schreiben bewiesen. Zumindest hatte ich nicht das Gefühl, dass er mein Tagebuch bereits gelesen hatte. Er respektierte, was er selbst als innere Bedürfnisse bezeichnete, und das war in meinem Fall das Schreiben.

Ich kroch zurück ins Bett und löschte die Öllaterne auf dem Nachttisch, die ich seit einigen Tagen als Lichtquelle benutzte. Das Zuschlagen der Autotüre hallte durch das offene Fenster. Ich wollte nicht mehr wach sein, wenn er hereinkam.

Er flüsterte meinen Namen: »Andy. Andy. Andrew Thomas.« Ich öffnete die Augen, ohne jedoch irgendetwas zu sehen. Das halblaute Flüstern hörte nicht auf. »Hallo, mein Kumpel. Hab 'ne Überraschung für dich. Genauer gesagt für uns beide.« Der blendende Strahl einer Taschenlampe erleuchtete Orsons Gesicht – ein Grinsen zwischen blutbeschmierten Wangen. Er knipste die Lampe über dem Bett an. Meine Augen schmerzten.

»Lass uns gehen. Du verschwendest Mondlicht.« Er legte die Taschenlampe auf die Kommode und zog mir die Decke weg. Durch das Fenster konnte ich den Mond hoch am Himmel stehen sehen. Immer noch erschöpft, hatte ich nicht das Gefühl, lange geschlafen zu haben.

Orson warf mir eine Jeans und ein blaues T-Shirt aus meinem Seesack zu, der offen in einer Ecke lag. Er wirkte ungeduldig, er ähnelte einem Kind in einem Vergnügungspark, während er in seinem blauen Overall und den Stahlspitzenstiefeln im Zimmer auf und ab ging.

Der blasse Mond tauchte alles in ein bläuliches, taghelles Licht – den Beifuß, die Felsen, sogar Orson. Mein Atem dampfte in der kalten Nachtluft. Wir gingen auf die Scheune zu, und beim Näherkommen bemerkte ich, dass der Buick davor abgestellt war. Der Kofferraum zeigte in unsere Richtung, der Kühler auf die Flügeltür. Das Nummernschild war abmontiert.

Irgendetwas schlug von innen gegen das Scheunentor. Dann folgte ein kurzer Klageruf: »HILFE!« Als ich stehen blieb, drehte sich Orson zu mir um.

»Sag mir, was wir hier machen«, sagte ich.

»Du kommst mit mir in diese Scheune.«

»Wer ist da drin?«

»Andy ...«

»Nein. Wer ist in ...« Ich starrte auf den blanken Stahllauf meines .357er Revolvers.

»Geh du voran«, sagte er.

Mit der Waffe im Rücken ging ich die Seite des Gebäudes entlang. Die Scheune war größer, als ich bislang angenommen hatte, die Seiten waren gut zwölf Meter lang, das Wellblechdach mit spitzem Winkel, der, so vermutete ich, verhindern sollte, dass das Dach im Winter von Schneemassen eingedrückt wurde, wenn wir tatsächlich so hoch im Norden waren. Auf der Rückseite der Scheune ließ mich Orson vor der Hintertür anhalten. Er holte einen Schlüssel aus seiner Tasche, und während er ihn ins Schloss steckte, drehte er sich zu mir um und grinste.

»Du magst doch Buttermilch, oder nicht?«, fragte er.

»Ja«, sagte ich, obwohl ich keine Ahnung hatte, was das jetzt für eine Rolle spielen konnte.

»Hast du sie immer schon gemocht?«

»Nein.«

»Das stimmt. Du hast sie getrunken, weil Vater sie getrunken hat, doch irgendwann fandest du sie richtig lecker. Nun, für mich schmeckt sie beschissen, aber du hast dich an den Geschmack von Buttermilch gewöhnt. So was Ähnliches wird auch hier passieren. Zunächst wirst du's hassen. Du wirst mich noch mehr hassen als jetzt. Aber es wird dich verändern. Ich verspreche dir, auch du wirst Geschmack daran finden.« Er schloss die Tür auf und steckte den Schlüssel wieder in seine Tasche. »Kein Wort, bis ich es dir erlaube.« Lächelnd bedeutete er mir, als Erster einzutreten. »Unmenschliche Grausamkeit«, flüsterte er, während ich die Tür öffnete und er mir in die Scheune folgte.

In der Mitte der Scheune lag eine Frau mit verbundenen Augen und Handschellen auf dem Boden, um den Hals ein braunes Lederhalsband, daran eine anderthalb Meter lange Kette, die sie an einen Eisenpfosten fesselte. Der Pfosten war im Boden einbetoniert und im Dachgebälk der Decke verankert. Als Orson die Tür zuschlug, kam die Frau mühsam auf die Beine, lief schwankend um den Pfosten und versuchte herauszufinden, wo wir standen.

Sie muss ungefähr fünfundvierzig Jahre alt gewesen sein, ihr blondes Haar zeigte noch Spuren einer Dauerwelle. Sie trug ein rotgraues Bowlinghemd, blaue Hosen, einen einzigen weißen Schuh und war leicht übergewichtig. Ihr Parfüm füllte den Raum und aus einem Schnitt unterhalb der Augenbinde lief Blut an ihrer Nase herunter.

»Wo sind Sie? Warum tun Sie das?«

Das passiert alles nicht wirklich. Es ist eine Täuschung. Wir spielen ein Spiel. Das ist kein menschliches Wesen.

»Setz dich da hin, Andy!«, befahl Orson und zeigte in den vorderen Teil der Scheune. Ich ging an Metallregalen voller Werkzeug vorbei und setzte mich in der Nähe der Flügeltür auf einen grünen Gartenstuhl. Ein weißer Schuh lag neben der Tür, und ich überlegte, warum ihn die Frau wohl weggetreten hatte. Sie schaute in meine Richtung, Tränen rannen ihr die Wangen herab. Orson kam zu mir herüber und stellte sich neben mich. Er bückte sich und untersuchte seine glänzenden Stiefelspitzen. Plötzlich umspannte etwas mein Fußgelenk.

»Tut mir Leid, aber ich traue dir noch nicht«, sagte er und legte ein Fußeisen, das unter dem Gartenstuhl im Boden verankert war, um meinen Knöchel.

Orson ging auf die Frau zu und schob meine Waffe in eine tiefe Tasche seines Arbeitsoveralls.

»Warum tun Sie mir das an?«, fragte sie erneut. Orson streckte seinen Arm aus und wischte ihr die Tränen aus dem Gesicht. Als sie zurückwich, folgte er ihr, wobei sich die Kette langsam um den Pfosten wickelte.

»Wie heißt du?«, fragte er freundlich.

»Sh-Shirley«, sagte sie zitternd.

»Shirley – und weiter?«

»Tanner.« Orson ging durch den Raum, holte zwei Hocker, die verkehrt herum auf dem Boden gestanden hatten, und stellte sie nebeneinander in Reichweite der Kette auf.

»Bitte«, sagte er und fasste sie oberhalb des Ellbogens am Arm, »setz dich.« Als sie sich gegenübersaßen, streichelte Orson ihr Gesicht. Ihr ganzer Körper zitterte, als leide sie an Unterkühlung. »Shirley, bitte beruhige dich. Ich weiß, dass du Angst hast, aber du musst aufhören zu weinen.«

»Ich will nach Hause«, sagte sie mit unsicherer, kindlicher Stimme. »Ich will …«

»Du kannst nach Hause gehen, Shirley«, erklärte Orson. »Ich will mich nur mit dir unterhalten. Das ist alles. Lass mich als Vorrede zu dem, was wir tun werden, ein paar Fragen an dich stellen. Weißt du, was eine Vorrede ist, Shirley?«

»Ja.«

»Dies ist lediglich eine Vermutung, aber wenn ich dich so anschaue, habe ich nicht das Gefühl, dass du zu den Menschen gehörst, die viel Zeit mit Büchern zubringen. Habe ich Recht?« Sie zuckte mit den Schultern. »Was hast du als Letztes gelesen?«

»Hm … Himmlischer Kuss.«

»Ist das ein Liebesroman?«, fragte er, und sie nickte. »Oh, tut mir Leid, aber das zählt nicht. Siehst du, Liebesromane sind Mist. Vermutlich könntest sogar du einen schreiben. Zufällig aufs College gegangen?«

»Nein.«

»Highschool beendet?«

»Ja.«

»Puh! Hast mir ja kurz Angst gemacht, Shirley.«

»Bringen Sie mich zurück«, bettelte sie. »Ich will zu meinem Mann.«

»Hör auf zu jammern«, sagte er, und erneut liefen ihr Tränen über die Wangen. Diesmal wischte Orson sie nicht ab.

»Mein Bruder ist heute Abend hier«, sagte er stattdessen, »und das ist eine glückliche Fügung für dich. Er wird dir fünf Fragen aus irgendwelchen Wissensgebieten stellen: Philosophie, Geschichte, Literatur, Geografie – querbeet. Du musst mindestens drei Fragen korrekt beantworten. Wenn du das schaffst, bringe ich dich zurück zur Bowlingbahn. Deswegen die Augenbinde. Darf dir doch nicht mein Gesicht zeigen, wenn ich dich wieder gehen lasse, oder siehst du mich etwa?« Schüchtern schüttelte sie den Kopf. Orsons Stimme war nur noch ein Flüstern, als er sich zu ihr hinüberlehnte und direkt in ihr Ohr sprach. Es war gerade so laut, dass ich ihn auch noch verstehen konnte. »Aber wenn du weniger als drei Fragen richtig beantwortest, schneide ich dir das Herz raus.«

Shirley stöhnte. Unbeholfen kletterte sie vom Hocker und versuchte davonzulaufen, aber die Kette riss sie zu Boden.

»Steh auf!«, schrie Orson und erhob sich ebenfalls von seinem Hocker. »Wenn du in fünf Sekunden nicht wieder auf deinem Hocker sitzt, hast du den Test nicht bestanden.« Shirley stand sofort wieder auf und Orson half ihr zurück auf den Hocker. »Beruhige dich, Schätzchen«, sagte er, wieder mit süßlicher Stimme. »Atme tief durch, beantworte die Fragen und du bist wieder bei deinem Mann und … hast du Kinder?«

»Drei«, schluchzte sie.

»… bei deinem Mann und deinen drei wunderbaren Kindern, bevor der Morgen graut.«

»Ich kann das nicht«, wimmerte sie.

»Dann stirbst du einen qualvollen Tod. Es hängt allein von dir ab, Shirley.«

Die einzige Glühbirne, die den Raum erhellte, begann zu flackern und tauchte die Scheune immer wieder für kurze Augenblicke in völlige Dunkelheit. Orson seufzte und stellte sich auf seinen Hocker. Er drehte die Glühbirne fest, kletterte wieder herab, kam zu meinem Stuhl herüber und legte eine Hand auf meine Schulter. »Leg los, Andy.«

»Aber …«, ich schluckte. »Bitte, Orson. Tu es nicht …«

Er beugte sich vor, um in mein Ohr flüstern zu können, ohne dass die Frau es mitbekam. »Stell ihr die Fragen oder ich erledige sie vor deinen Augen. Und das wird nicht angenehm sein. Du kannst zwar die Augen schließen, aber du wirst sie trotzdem hören. Die ganze verdammte Wüste wird sie hören. Aber wenn sie die Fragen richtig beantwortet, lasse ich sie laufen. Ich werde dieses Versprechen nicht brechen. Es liegt alles in ihren Händen. Darin liegt ja das Vergnügen.«

Ich schaute die zitternde Frau auf ihrem Hocker an und spürte den festen Griff meines Bruders auf der Schulter. Orson wirkte kontrolliert, daher stellte ich die erste Frage.

»Nennen Sie drei Theaterstücke von Shakespeare«, sagte ich hölzern.

»Das ist gut«, meinte Orson. »Das ist eine faire Frage. Shirley?«

»›Romeo und Julia‹«, stieß sie hervor. »Hm … ›Hamlet‹.«

»Hervorragend«, machte sich Orson lustig. »Noch eines, bitte.«

Sie schwieg einen Moment und rief dann: »›Othello‹! ›Othello‹!«

»Ja!« Orson klatschte in die Hände. »Eins von eins. Nächste Frage.«

»Wer ist der Präsident der Vereinigten Staaten?«

Orson schlug mir gegen den Hinterkopf. »Zu einfach! Deshalb werde ich jetzt eine Frage stellen. Shirley, wessen philosophische Theorie verbirgt sich in folgendem Zitat: ›Handle so, dass die Maxime deines Willens jederzeit zugleich als Prinzip einer allgemeinen Gesetzgebung gelten kann‹?«

»Ich weiß es nicht. Woher zum Teufel soll ich das wissen?!«

»Wenn du auch nur die geringste Ahnung von Philosophie hättest, wüsstest du, dass es Kant war. Eins von zwei. Andy?«

Ich zögerte und schaute zu Orson auf »Stell die verdammte Frage, Andy!«

Ich überlegte. »Auf welchem Hügel wurde Jesus Christus gekreuzigt?« Ich schaute zu Orson auf, und er nickte zustimmend.

»Golgatha«, antwortete sie schwach.

»Zwei von drei«, sagte Orson, doch dieses Mal klang er nicht so glücklich.

»Vierte Frage. Wann …«

»Ich hab eine«, unterbrach mich Orson. »Du kannst die letzte Frage stellen, Andy. Shirley, zu welchem Kontinent gehört das Land Gabun?«

»Europa?«, antwortete sie so schnell, als wüsste sie es.

»Oh, nein. Tut mir Leid. Afrika. Westküste.«

»Hören Sie auf damit«, bettelte sie. »Ich kann Ihnen Geld geben, ich habe Kreditkarten, ich habe …«

»Halt die Klappe«, sagte Orson. »Spiel gefälligst fair. Das tue ich auch.« Sein Gesicht lief rot an und er knirschte mit den Zähnen. Als er sich wieder unter Kontrolle hatte, sagte er: »Alles hängt jetzt von der letzten Frage ab. Andy, ich hoffe, du hast eine gute Frage; falls nicht, habe ich nämlich eine perfekte Frage im Kopf.«

»Das Thema ist Geschichte«, sagte ich. »In welchem Jahr wurde die Unabhängigkeitserklärung unterschrieben?« Ich schloss die Augen und betete, dass Orson diese Frage durchgehen lassen würde.

»Shirley?«, sagte er nach zehn Sekunden. »Wo bleibt deine Antwort?«

Als ich meine Augen öffnete, drehte sich mir der Magen um. Tränen liefen ihr die Wangen herab. »1896?«, fragte sie. »O Gott! 1896?!«

»Eiiieehhhh! Tut mir Leid, das ist falsch. Es war das Jahr 1776.« Sie rutschte vom Hocker und sank zu Boden. »Zwei von fünf. Das war's«, sagte er und ging zu Shirley hinüber. Er beugte sich zu ihr hinab, löste die Augenbinde, knüllte sie zusammen und warf sie mir zu. Shirley weigerte sich aufzuschauen.

»Sehr schade, Shirley«, sagte er und umkreiste sie, da sie zusammengerollt auf dem Boden liegen blieb. »Dabei war die letzte Frage geradezu ein Geschenk. Ich wollte nicht, dass mein Bruder mit ansehen muss, was ich dir antun werde.«

»Es tut mir Leid!«, schrie sie, rang nach Luft und wandte ihm ihr geschwollenes Gesicht zu. Zum ersten Mal schaute sie Orson in die Augen und ihr besonders gütiger Blick berührte mich. »Tun Sie mir nicht weh, Sir.«

»Es tut dir Leid«, sagte er und ging zu drei nebeneinander stehenden Metallregalen an der Wand neben der Hintertür. Vom mittleren Regal nahm er eine Lederscheide und einen grauen Schleifstein. Dann schlenderte er langsam zurück, zog seinen Hocker an die Wand, außer Reichweite für mich und Shirley. Beim Hinsetzen holte er das Messer aus der Scheide und zwinkerte mir zu. »Shirley«, begann er einschmeichelnd. »Schau mich an, Schätzchen. Ich möchte dich etwas fragen.« Erneut hob sie ihren Kopf in Orsons Richtung und atmete stoßweise und asthmatisch.

»Weißt du gute Handwerkskunst zu schätzen?«, fragte er. »Ich will dir etwas über dieses Messer erzählen.«

Sie verfiel in Hysterie, doch Orson beachtete ihr Schluchzen und Flehen nicht. Einen Moment lang hatte er mich völlig vergessen und war ganz allein mit seinem Opfer.

»Ich habe dieses Werkzeug bei einem Messerschmied in Montana erworben. Er macht unglaubliche Sachen.« Gleichmäßig zog Orson die Klinge über den Schleifstein. »Die Klinge ist dreizehneinhalb Zentimeter lang, Karbonstahl, drei

Millimeter dick. War gar nicht einfach, dem Messerschmied zu erklären, wofür ich dieses Teil brauche. Denn weißt du, man muss ihnen genau sagen, wofür man's braucht, damit sie die passende Klinge machen. Schließlich habe ich dem Typen gesagt: ›Schauen Sie, ich will damit Großwild ausnehmen.‹ Und ich denk mal, das trifft's genau. Ich meine, ich werde dich ausnehmen, Shirley. Würdest du dich nicht selbst als Großwild bezeichnen?«

Shirley kam auf die Knie, presste das Gesicht auf den Boden und betete. Ich betete mit ihr, obwohl ich nicht gläubig bin.

Orson fuhr fort: »Nun, ich muss sagen, ich war fasziniert von seinen Eigenschaften. Wie du selbst sehen kannst, ist die Klinge leicht gezackt, damit sie den zähen Brustmuskel durchtrennen kann, aber auch dick genug, um die Rippen zu durchdringen. Eine seltene Kombination bei einer Klinge. Deshalb war ich auch bereit, dreihundertfünfundsiebzig Dollar dafür zu zahlen. Siehst du den Griff? Elfenbein vom Schwarzmarkt.«

Er schüttelte den Kopf. »Ein ganz und gar exquisites Werkzeug. Hey, ich brauche deine Meinung, Shirley. Schau her.« Sie gehorchte ihm. »Siehst du diese Verfärbung auf der Klinge? Das kommt von den Säuren im Fleisch beim Tranchieren, und ich habe mich gefragt, was dir mehr Angst einjagt, zu wissen, dass ich dich gleich schlachten werde, oder diese Flecken auf der Klinge zu sehen und zu kapieren, dass dein Fleisch gleich ebenfalls diese Klinge befleckt. Oder wäre es vielleicht sogar noch furchteinflößender, wenn die Klinge noch so hell und glänzend wäre wie am ersten Tag? Falls das der Fall ist, hole ich ein Putztuch und poliere sie noch für dich.«

»Das müssen Sie nicht tun«, sagte Shirley und setzte sich plötzlich auf. Sie starrte in Orsons Augen und versuchte, mutig zu sein. »Ich gebe Ihnen, was immer Sie wollen. Alles. Sie müssen es nur sagen.«

Orson kicherte. »Shirley«, sagte er ernst. »Ich sag es mal so: Ich will dein Herz. Wenn du aufstehst und aus dieser Tür gehst, nachdem ich es herausgeschnitten habe, werde ich dich nicht aufhalten.« Er stand auf. »Ich muss mal pinkeln, Andy. Leiste ihr solange Gesellschaft.« Orson ging auf die Tür zu, schloss sie auf und trat nach draußen. Ich konnte hören, wie es gegen die Seitenwand der Scheune spritzte.

»Ma'am«, flüsterte ich atemlos. »Ich weiß nicht, was ich tun soll. Es tut mir so Leid. Ich möchte …«

»Ich will nicht sterben«, sagte sie und flehte mich dabei mit ihren unglücklichen Augen an. »Lassen Sie es nicht zu, dass er mir wehtut.«

»Ich bin an den Boden gekettet. Ich möchte Ihnen helfen. Sagen Sie mir …«

»Bitte, töten Sie mich nicht!«, schrie sie ungeachtet meiner Worte. Sie wiegte sich auf den Knien vor und zurück wie ein autistisches Kind. »Ich will nicht sterben!«

Die Tür ging auf und Orson kam wieder herein. »Nun, dann bist du am falschen Ort«, sagte er, »denn jetzt wird's Zeit.« Er hielt das Messer an seiner Seite und ging bedächtig auf sie zu. Sie kroch auf Knien von ihm weg, denn ihre Hände waren immer noch mit Handschellen auf dem Rücken gefesselt. Die Kette bremste sie immer wieder. Orson kicherte.

»Nein!«, schrie sie. »Das können Sie nicht tun!«

»Schau mich an«, sagte er und beugte sich mit erhobenem Messer zu ihr herab.

»Hör auf, Orson!«, schrie ich, wobei mir das Herz bis zum Halse schlug. Während die Frau zu seinen Füßen kauerte und sich eine Pfütze unter ihr ausbreitete, blickte Orson zu mir herüber.

Denk nach. Denk nach. Denk nach. »Du kannst ... sie doch nicht töten.«

»Möchtest du es für mich übernehmen? Wir können sie nicht laufen lassen. Sie kennt unsere Namen und sie hat unsere Gesichter gesehen.«

»Schneid ihr nicht das Herz raus«, sagte ich, meine Kehle war wie zugeschnürt.

»Das tue ich bei allen und ich werde keine Ausnahme machen.«

»Bei lebendigem Leib?«

»Das ist doch gerade der Spaß.«

»Sie sind verrückt!«, schrie Shirley Orson an, doch er beachtete sie gar nicht.

»Dieses Mal nicht, Orson«, flehte ich und stand auf. »Bitte!«

Shirley brüllte: »Lassen Sie mich gehen!«

»Mistvieh!«, schrie Orson zurück und trat mit der Stahlspitze seines Stiefels gegen ihre Schläfe. Sie plumpste auf den Boden. »Mach noch einmal deinen Mund auf und ich schneid dir die Zunge raus.«

Er schaute wieder zu mir, seine Augen glühten. »Es ist toll, dass du da bist. Ich möchte das hier mit dir teilen.«

»Quäle sie nicht«, flehte ich. »Mach es nicht mit dem Messer.«

Orson blickte auf sein Opfer herab und dann wieder zu mir.

»Ich überlasse dir die Wahl«, sagte er. Er ging zum Hocker, legte das Messer darauf ab und zog meinen Revolver hervor. »Du kannst sie jetzt erschießen. Ihr die Schmerzen ersparen.« Er kam zu mir herüber und gab mir die Waffe. »Hier. Zuzuschauen, wie du sie schmerzfrei tötest, gefällt mir genauso gut, wie sie auf meine Art umzubringen.« Während er zu Shirley hinübersah, warf ich einen Blick auf den Revolver. Er war geladen.

»Shirley, steh auf. Ich hab dir doch gesagt, es ist eine glückliche Fügung für dich, dass mein Bruder da ist.«

Sie bewegte sich nicht.

»Shirley«, wiederholte er und ging auf sie zu, »steh auf.« Orson stieß sie mit dem Stiefel an, und als sie sich immer noch nicht bewegte, drehte er sie auf den Rücken. Ihre Schläfe war eingedrückt und aus einem Ohr lief Blut. Orson legte zwei Finger auf ihren Hals und wartete. »Sie ist tot«, sagte er und schaute mich dabei ungläubig an. »Nein, warte, hier ist es. Schwach, aber da. Ich hab sie nur k. o. getreten. Andy, das ist deine Chance«, drängte er und trat einige Schritte von der Frau weg. »Drück ein paarmal ab, bevor sie wieder zu sich kommt. Ziele auf den Kopf.«

Ich richtete die Waffe auf Orson. »Schieb mir die Schlüssel zu«, sagte ich, doch er bewegte sich nicht, sondern schaute mich einfach an und schüttelte traurig den Kopf.

»Das wirft uns weit zurück, was das Vertrauensverhältnis angeht.«

Ich drückte den Abzug und die Waffe feuerte. Ich drückte noch mal und noch mal ab, das schallende Knallen der Schüsse erfüllte die Scheune, der graue Rauch des Schießpulvers stieg auf ins Gebälk, bis nur noch das Klicken des Abzugshahns zu hören war, der gegen die leeren Kammern schlug.

Orson hatte nicht mit der Wimper gezuckt.

Ich schaute auf den Revolver hinab, bis mir die Augen brannten.

»Platzpatronen, Andy«, sagte er. »Ich dachte, du würdest mich vielleicht bedrohen, aber du hast ohne zu zögern abgedrückt. Wow!« Er nahm das Messer vom Hocker und kam auf mich zu. Ich warf die Waffe nach ihm, verfehlte jedoch seinen Kopf und traf stattdessen die Hintertür.

»Sie ist tot, Andy«, sagte er. »Ich hätte dich nicht mit ansehen lassen, wie sie leidet. Nicht beim ersten Mal. Und so belohnst du mich dafür? Das war ganz schön mies von dir.« Er war jetzt sehr nah und umklammerte das Messer. »Ein Teil von mir will dir das am liebsten in den Bauch rammen«, sagte Orson. »Ein Drang, dem ich kaum widerstehen kann.« Er drückte mich zurück in den Gartenstuhl. »Aber ich werd's nicht tun«, sagte er. »Ich tu's nicht.« Er ging zum Hocker, legte das Messer wieder darauf ab und dann zu dem .357er, der neben der Hintertür lag. Er hob ihn auf und nahm zwei Patronen aus der Tasche. »Ich würde sagen, dein kleiner Stunt eben war Verarsche Nummer zwei.« Er lud die Patronen und drehte die Trommel. Dann richtete er die Waffe auf meine Brust. »Das sind keine Platzpatronen«, sagte er.

Klick.

Ich sah die Erleichterung auf Orsons Gesicht. »Lass mich das nicht noch einmal machen müssen«, sagte er. »Es wäre echt schade, wenn ich dich töten müsste.« Er steckte den Revolver wieder in seine Tasche, holte den Schlüssel für das Fußeisen heraus und ließ ihn über den Boden in meine Richtung gleiten. »Du kannst mein Messer benutzen«, sagte er. »Ich hol mir das Herz dann später hier ab. Verpfusch es nicht. Du musst die Rippen zersägen. Das ist der einzige Weg, wie du es rauskriegst. Leg sie auf eine der Plastikplanen, die dort in der Ecke liegen. Sonst schrubbst du hier nämlich noch bis Weihnachten den Boden.«

Meine Stimme versagte fast, als ich sagte: »Orson, ich kann nicht …«

»Du hast vier Stunden Zeit. Wenn du nicht fertig bist, bis ich wiederkomme, spielen wir wieder unser kleines Spiel, aber dann mit drei Patronen.«

Er öffnete die Hintertür, und ich sah, dass sich der Himmel langsam violett verfärbte. Ich hatte nicht das Gefühl, als ob die Morgendämmerung schon anbräche. Ich hatte nicht das Gefühl, als könnte es je wieder eine Morgendämmerung geben.

Orson machte die Tür zu und schloss sie ab. Ich spürte den Schlüssel in meiner Hand, aber ich wollte angekettet bleiben. Wie könnte ich Shirley berühren? Sie lag auf dem kalten, harten Boden und starrte mich aus diesen offenen, doch leeren, gütigen Augen an. Ich war froh, dass sie tot war. Froh für sie.

Kapitel 9

Das ist sehr wohl ein menschliches Wesen. Vor ein paar Stunden war sie noch mit ihrer Familie auf der Bowlingbahn. Ich beugte mich vor und küsste ihre Stirn. »Es tut mir Leid«, flüsterte ich. »Du hast nicht …« *Hör auf. Das wird dir jetzt auch nicht helfen. Es gab nichts, was du hättest tun können, um sie zu retten; nichts, was du tun könntest, um sie wieder lebendig zu machen.* Ich war Zeuge des Bösen in seiner reinsten Form geworden – der mentalen Folterung einer Frau, und ich weinte hemmungslos. Als ich keine Tränen mehr hatte, richtete ich mich auf, wischte mir die Augen und begann mit der Arbeit.

Vor Jahren, als ich noch Zeit hatte, in den Bergen North Carolinas zu jagen, habe ich anschließend das in den Wäldern erlegte Wild neben meiner Berghütte ausgenommen. *Das hier ist nicht anders. Es unterscheidet sich jetzt nicht mehr von einem Tier. Sie fühlt nichts. Tot ist tot, egal wer oder was.*

Die Arbeit war schwierig, vor allem das Zersägen der Rippen. Doch wenn man schon mal einem großen Tier ein Organ entnommen hat, kann man es auch bei einem anderen. Was die Aufgabe so schwierig machte, war ihr Gesicht. Ich konnte es nicht ansehen, daher zog ich ihr das Bowlinghemd über den Kopf.

Die aufgehende Sonne erwärmte die Scheune schnell, und schon bald war es so unerträglich heiß, dass ich nur noch an das eiskalte Wasser vom Brunnen denken konnte. Mein Durst trieb die Arbeit voran, und als ich hörte, dass die Tür lange vor Ablauf der vier Stunden aufgeschlossen wurde, war meine Aufgabe beinah vollbracht. Orson trug immer noch seinen Arbeitsoverall, als er hereinkam. Durch die offene Tür blendete mich bereits die Morgensonne. Es würde wieder ein strahlender Tag unter blauem Himmel werden. Bevor Orson die Tür schloss, wehte eine leichte Brise herein, die sich wunderbar anfühlte.

»Lächeln, Andy.« Er schoss ein Foto mit einer Sofortbildkamera. Ein merkwürdiges Gefühl, sich vorzustellen, dass der schlimmste Moment meines Lebens gerade auf ein Foto gebannt worden war.

Mein Bruder sah müde aus – in seinen Augen spiegelte sich melancholische Dunkelheit. Ich unterbrach meine Tätigkeit und legte das Messer ab. Da ich fast nur auf den Knien gearbeitet hatte, taten diese so weh, dass ich mich auf die blutige Plane setzte. Orson umkreiste die Leiche und begutachtete meine Arbeit.

»Ich dachte, du bist vielleicht durstig«, sagte er mit schwacher, erschöpfter Stimme. »Ich mache das hier fertig, es sei denn, *du* willst.«

Ich schüttelte den Kopf, während er in den zerstückelten Brustkorb starrte. »Keine schlechte Arbeit«, sagte er. »Du musst aufpassen, dass sich über dem Herz keine Knochenreste mehr befinden, sonst reißt es auseinander, wenn du es herausholst.« Er hob das Messer auf und wischte es an seiner Hose ab. »Geh und mach dich sauber.« Ich stand auf, aber er hinderte mich daran, über den Rand der Plane zu gehen. »Zieh deine Schuhe aus«, sagte er. Ich stand in einer Blutlache. »Wir werden diese Kleidung hier sowieso verbrennen, also zieh dich direkt hier aus. Ich kümmere mich darum.«

Ich zog meine Sachen aus und stapelte sie auf der Plane.

Selbst meine Boxershorts und meine Socken hatten Flecken. Als ich nackt war, bemerkte ich, dass meine Arme bis zu den Ellbogen rot waren und Blutspritzer mein Gesicht befleckten. Nichts, was eine kalte Dusche nicht abwaschen könnte.

Ich ging zur Tür und öffnete sie. Die Sonne zwang mich zu blinzeln, als ich hinaus in die Wüste starrte. Kaum hatten meine Füße den heißen Staub berührt, rief Orson meinen Namen und ich drehte mich um.

»Ich möchte nicht, dass du mich hasst«, sagte er.

»Was erwartest du denn? Nachdem du mich gezwungen hast, das hier mit anzusehen und sie … auszunehmen.«

»Du musst verstehen, was ich mache«, sagte er. »Kannst du es wenigstens versuchen?« Ich schaute zu der bewegungslosen Shirley auf der Plane, das Gesicht immer noch von dem Bowlinghemd verdeckt. *Was für eine unsagbare Erniedrigung!* Ich spürte, wie Tränen in mir aufstiegen und die Taubheit wegschwemmten, die mich während der letzten Stunden aufrecht gehalten hatte. Ohne eine Antwort schloss ich die Tür, und da meine Füße schon nach wenigen Schritten brannten, eilte ich zum Brunnen. Die Dusche war an der Seite des Klohäuschens angebracht. Ich füllte den oberirdischen Wasserbehälter und öffnete den Hahn. Als das Eiswasser auf den Boden spritzte, grub ich meine Zehen in den Matsch. Die Haare auf meinen Armen waren blutverklebt. Zehn Minuten lang schrubbte ich meine Haut, während aus dem silbernen Brausekopf, der hier in der Wüste sehr merkwürdig anmutete, eiskaltes Wasser über meinen Kopf floss.

Ich drehte den Hahn zu, ging zur Hütte und stellte mich einige Zeit nackt auf die vordere Terrasse, damit das Wasser auf meiner Haut im trockenen Wind verdunsten konnte. Schuld, schwere tödliche Schuld umkreiste mein Bewusstsein. *Immer noch so dreckig.*

Draußen über der Wüste malte ein Flugzeug einen weißen

Streifen an den Himmel. *Könnt ihr mich sehen?*, dachte ich und blinzelte, um das Glitzern der Sonne auf dem metallenen Rumpf zu betrachten. *Schaut einer aus seinem winzigen Fenster auf mich herab, während ich zu ihnen aufschaue? Könnt ihr mich sehen? Seht ihr, was ich getan habe?* Während das Flugzeug aus meinem Blickfeld verschwand, fühlte ich mich in meine Kindheit zurückversetzt – als ich an einem Sommertag um halb neun im Bett liegen muss, obwohl es noch nicht dunkel ist, und höre, wie die anderen Kinder auf der Straße Fangen spielen, wie ihr Gelächter zu mir dringt und ich mich in den Schlaf weine.

Orson kam aus der Scheune und trug die in Plastikfolie gewickelte Frau. Er ging fünfzig Meter weit in die Wüste hinein und ließ sie in ein Loch fallen. Er brauchte mehrere Minuten, um sie zu vergraben. Dann kam er auf die Hütte zu, und beim Näherkommen bemerkte ich, dass er eine kleine Kühlbox aus Styropor trug.

»Ist es da drin?«, fragte ich, als er auf die Veranda trat. Er nickte und betrat die Hütte. Ich folgte ihm, bis er vor seiner Zimmertür stehen blieb und sie aufschloss.

»Du kannst hier nicht reinkommen«, sagte er und ließ die Tür zu.

»Ich will sehen, was du damit machst.«

»Ich leg es in die Gefriertruhe.«

»Lass mich dein Zimmer sehen«, sagte ich. »Ich bin neugierig. Du willst doch, dass ich es verstehe?«

»Zieh dir erst etwas an.« Ich lief in mein Zimmer und zog eine Jeans und ein schwarzes Muskelshirt an. Als ich zurückkam, stand Orsons Tür offen und er stand in seinem Zimmer vor der Gefriertruhe.

»Kann ich jetzt reinkommen?«, fragte ich auf der Schwelle stehend.

»Ja.« Orsons Schlafzimmer war größer als meines. Rechts

stand ein niedriges Einzelbett, ordentlich gemacht und mit einer roten Fliesdecke bezogen. Neben dem Bett stand ein weiteres, von Orson selbst gebautes Bücherregal, zwar etwas kleiner als die Regale im Wohnzimmer, doch nichtsdestotrotz von oben bis unten mit Büchern voll gestopft. An der gegenüberliegenden Wand stand unter dem nicht vergitterten Fenster die Kühltruhe. Orson fasste gerade hinein, als ich hinter ihn trat.

»Was ist da drin?«, fragte ich.

»Herzen«, sagte er und schloss die Truhe.

»Wie viele?«

»Nicht genug.«

»Ist das eine Trophäe?« Ich zeigte auf einen Zeitungsartikel, der an der Wand neben der Gefriertruhe hing. Ich hatte den Artikel überflogen und gesehen, dass die Namen, Daten und Orte schwarz durchgestrichen worden waren. »Verstümmelte Leiche auf Baustelle gefunden«, las ich laut vor. »Mutter wäre stolz auf dich.«

»Wenn du gute Arbeit leistest, freust du dich dann nicht über die Anerkennung?«

Orson schloss die Kühltruhe ab und durchquerte das Zimmer. Er ließ sich auf das Bett sinken, reckte die Arme in die Luft und gähnte. Dann legte er sich der Länge nach auf die rote Fliesdecke und starrte mit leerem Blick die Wand an.

»Ich werde immer so, wenn sie weg sind«, erklärte er. »Ein leerer Platz in mir drin. Genau hier.« Er zeigte auf sein Herz. »Du kannst es dir nicht vorstellen. Berühmter Schriftsteller. Ich meine, absolut nichts. Ich bin ein Mann in einer Hütte mitten in der Wüste, das ist alles. Das Ausmaß meines Lebens.« Er kickte die Stiefel weg und Sandkörner rieselten zu Boden. »Aber ich bin mehr als das, was in der Kühltruhe liegt«, sagte er. »Ich besitze das, was in der Kühltruhe liegt. Sie sind jetzt meine Kinder. Ich erinnere mich an jede Geburt.«

Ich setzte mich und lehnte mich gegen die splittrigen Holzbalken. »Nach ein paar Tagen lässt diese Depression nach und ich fühle mich wieder ganz normal, so wie jeder andere auch. Doch das geht vorüber, und es fängt wieder an, in mir zu brennen, dort, wo jetzt diese Leere ist. Das brennende Verlangen, es wieder zu tun. Und ich tue es. Und der Kreislauf beginnt von neuem.« Er schaute mich mit totem Blick an, und ich versuchte, ihn nicht zu bedauern, obwohl er mein Bruder war.

»Niemand zwingt dich dazu«, sagte ich. »Du könntest aufhören, wenn du es wirklich wolltest.«

»Das habe ich eine Zeit lang auch geglaubt. Ein Dogma der Stoiker lautet, dass man seiner eigenen Natur entsprechend leben soll. Wenn du versuchst, jemand zu sein, der du nicht bist, ist das Selbstzerstörung. Nachdem ich meine gewalttätige Natur akzeptiert habe, konnte ich Frieden mit mir schließen. Hörte ich auf, mich und mein Handeln zu hassen. Früher war ich nach einem Mord viel schlimmer dran als jetzt. Trug mich mit Selbstmordgedanken. Aber jetzt bin ich auf die Depression gefasst, und das erlaubt mir, die Verzweiflung und das Gefühl des Verlustes mühelos zu überwinden.« Seine Laune verbesserte sich, während er sich selbst analysierte. »Ich fühle mich tatsächlich wohler, seit du hier bist, Andy. Es überrascht mich selbst.«

»Vielleicht entspringt deine Depression dem Schuldgefühl, das man erwarten sollte nach dem Mord an einer unschuldigen Frau.«

»Andy«, sagte er, und seine Stimme wurde heller, ein Zeichen, dass er das Thema gewechselt hatte. »Ich werde dir sagen, was mich überrascht hat, als ich dein erstes Buch las, das übrigens gut war. Deine Bücher verdienen es nicht, schlecht gemacht zu werden. Sie gehen viel tiefer als die üblichen Schundromane. Aber egal – nachdem ich ›Der Mörder und seine Waffe‹ gelesen hatte, ist mir klar geworden, dass wir das Gleiche tun.«

»Nein. Ich schreibe, du tötest.«

»Wir bringen beide Menschen um, Andy. Nur weil du es mit Wörtern auf Papier tust, entlastet dich das nicht von dem, was in deinem Herzen vorgeht.«

»Einige Leute mögen nun mal die Art, wie ich Krimis erzähle«, erwiderte ich. »Wenn sie mich dafür bezahlen würden, Familiengeschichten oder Liebesromane zu schreiben, würde ich eben das tun.«

»Quatsch! Etwas am Morden und an der Wut fasziniert dich. Du umklammerst diese Obsession durch dein Schreiben. Ich umklammere sie durch die Tat. Wer von uns beiden lebt seine wahre Natur?«

»Zwischen dem Umgang mit unseren Obsessionen liegen Welten«, sagte ich.

»Dann gibst du also zu, dass Mord für dich eine Obsession darstellt?«

»Um der Argumentation willen, ja. Aber meine Bücher verletzen niemanden.«

»Das würde ich nicht behaupten.«

»Wie könnten meine Bücher töten?«

»Nachdem ich ›Der Mörder und seine Waffe‹ gelesen hatte, fühlte ich mich nicht mehr so allein. Andy, du weißt, wie Mörder denken. Warum sie töten. Als das Buch vor zehn Jahren erschien, war ich verwirrt und erschrocken über das, was sich in meinem Kopf abspielte. Ich war damals obdachlos und verbrachte meine Tage in der Bücherei. Ich hatte noch nichts getan, aber das Brennen hatte bereits eingesetzt.«

»Wo hast du damals gesteckt?«

Er schüttelte den Kopf. »Die Stadt tut nichts zur Sache. Ich werde dir nichts über meine Vergangenheit erzählen. Aber jedes Wort dieses Buches bestätigte mein Verlangen. Vor allem meinen Zorn. Ich meine, um diesen Protagonisten zu beschreiben, musstest du doch intime Kenntnisse von meinem Zorn besitzen. Und natürlich war dem auch so«, er lächelte, »mein Zwillingsbruder. Unglücklicherweise konnte ich mir den Zorn nicht von der Seele schreiben, daher mussten Menschen sterben. Aber dein Buch … hat mich inspiriert. Es ist schon irgendwie komisch, wenn du darüber nachdenkst. Wir beide leiden an derselben Störung, nur dich macht sie reich und berühmt und mich zum Serienmörder.

»Verrate mir eines«, sagte ich, als er sich etwas aufrichtete. »Wann hat das angefangen?«

Er zögerte und dachte einen Moment darüber nach. »Vor acht Jahren. Im Winter 1988. Wir waren sechsundzwanzig und es war mein letztes Jahr als Obdachloser. Meistens übernachtete ich im Freien, denn ich blieb stundenlang in der Bücherei, bis sie abends um neun Uhr schloss, und dann waren die Unterkünfte immer schon voll.

Wenn du eine kalte Nacht auf der Straße überleben wolltest, musstest du dorthin gehen, wo es Feuer gab – im Industriegebiet in der Nähe der Eisenbahnschienen. Dort in den Abladezonen lagen jede Menge Holzreste herum. Die Obdachlosen stapelten das Holz in Ölfässern und unterhielten die Feuerstellen bis zum Morgen beziehungsweise bis die Büchereien und Doughnut-Läden wieder öffneten.

In jener Nacht waren die Unterkünfte belegt, daher ging ich zu den Schienen, als die Bücherei schloss. Es war ein langer Weg, zwei Meilen, wenn nicht noch mehr. Bis ich dort ankam, war ich so wütend, dass ich ausrastete. Das passierte mir immer öfter. Vor allem nachts. Ich wachte manchmal fluchend und schreiend auf. Beschäftigte mich in Gedanken mit Schmerz und Folter. In meinem Gehirn liefen immer wieder diese kleinen Szenarien ab, so dass ich mich überhaupt nicht mehr konzentrieren konnte. Ich verstand nicht, was mit mir los war.

Als ich bei den Schienen ankam, brannten überall Feuer und Menschen scharrten sich in engen Kreisen darum. Ich fand keinen Platz nahe beim Feuer, also ließ ich mich ein bisschen weiter weg nieder, dort, wo Menschen bereits in dreckige Decken gehüllt oder unter Kartons schliefen.

In mir drin wurde es immer schlimmer. Vor Wut konnte ich nicht mehr still sitzen, also stand ich auf und ging vom Feuer weg, dorthin, wo die Menschen nicht mehr so dicht aufeinander hockten. Es war spät, so gegen Mitternacht, und fast alle schliefen. Die Einzigen, die noch wach waren, saßen dicht bei den Feuerstellen, aber die waren zu betrunken oder zu müde, um sich um irgendetwas zu scheren. Sie wollten sich einfach warm halten.

In der Nähe standen diese Wagons, die schon seit Jahren nicht mehr benutzt wurden. Ich stand ganz dicht bei einem dieser Wagons, als ich sah, wie ein Mann auf dem Schotter ohnmächtig wurde. Er hatte nichts, um sich warm zu halten. Ich starrte ihn an. Ein Schwarzer. Verwahrlost, alt, klein. Es ist merkwürdig. Ich erinnere mich noch genau, wie er aussah, bis hin zu seiner zerrissenen Lederjacke und der roten Pudelmütze. Wie man sich an das erste Mädchen erinnert, mit dem man gegangen ist. Er stank nach billigem Fusel. So überstand man dort die Nächte.

Keiner achtete auf irgendetwas außer auf die Feuer, und da er betrunken war, zog ich ihn an den Füßen hinter den Wagon. Er wachte nicht mal auf. Schnarchte einfach weiter. Plötzlich stieg mein Adrenalinspiegel. So hatte ich mich noch nie gefühlt. Ich suchte nach einem scharfkantigen Holzstück, doch dann dachte ich, dass er einen geräuschvollen Tod sterben könnte, wenn ich ihn erstechen würde.

Als ich den Stein sah, musste ich grinsen. Er passte einfach. War ungefähr so groß wie zwei Fäuste. Ich drehte den Mann vorsichtig auf den Bauch, zog ihm die Mütze ab und zerschmetterte seinen Hinterkopf. Er gab keinen Ton von sich. Ich hatte einen Orgasmus. Fühlte mich wie neugeboren. Ich ließ die Leiche unter dem Wagon liegen und warf den Stein in einen Fluss. Wer würde schon einen Gedanken an einen toten obdachlosen Mann verschwenden? Ich spazierte, angeheizt von endloser Energie, die ganze Nacht durch die Straßen. Brauchte nicht eine Sekunde lang Schlaf. Und das war der Anfang.

Eines hatte ich jedoch nicht erwartet. Dass das Brennen in mir so schnell zurückkehren würde. Nach zwei Tagen fing es wieder an, stärker denn je, und forderte die nächste Tat.«

Orson rollte sich auf den Rücken und starrte an die Decke. Mir war schlecht vor Ekel.

»Ich werde dich jetzt in dein Zimmer einschließen, damit ich noch etwas Schlaf kriege, Andy.«

»Plagen dich keine Gewissensbisse wegen des Mordes an diesem Mann?«, fragte ich.

Orson drehte sich um und schaute mich an. »Ich denke nicht daran, mich für das, was ich bin, zu entschuldigen. Ich habe schon vor langer Zeit entschieden, dass Schuldgefühle mich niemals stoppen würden. Nicht dass ich nicht darunter gelitten hätte. Ich meine, ich hatte … Ich habe immer noch ein Gewissen. Ich habe lediglich kapiert, dass es sinnlos ist, mich davon quälen zu lassen. Das Wichtigste, was man in Anbetracht eines wahren Mörders begreifen muss, ist, dass Töten zu seiner Natur gehört und man diese Natur nicht ändern kann. So ist es nun mal. Es ist seine Funktion. Ich habe nicht darum gebeten, ich zu sein. Bestimmte chemische Verbindungen und bestimmte Ereignisse haben mich geformt. Es unterliegt nicht meiner Kontrolle, Andy, also habe ich beschlossen, nicht dagegen anzukämpfen.«

»Nein, irgendwas in dir schreit, dass es falsch ist.«

Er schüttelte traurig den Kopf und zitierte murmelnd

Shakespeare: »Ich bin einmal so tief in Blut gestiegen, dass, wollt ich nun im Waten stille stehn, Rückkehr so schwierig wär als durchzugehn.«

Dann schaute er mich so merkwürdig an, als sei ihm plötzlich etwas in den Sinn gekommen. Der aufrichtige Klang seiner Stimme machte mir mehr Angst als alles, was er während des Vormittags gesagt hatte. »Ich weiß, dass du es vergessen hast. Aber irgendwann erzähle ich dir etwas und dann wird dir alles plötzlich sehr einleuchtend erscheinen.«

»Was?«

»Nicht heute. Du bist noch nicht so weit. Noch nicht so weit, mit dem umgehen zu können, was ich dir erzählen werde.«

»Orson ...«

Er kletterte vom Bett und bedeutete mir mit einer Handbewegung, aufzustehen. »Lass uns etwas schlafen, Bruder.«

Kapitel 10

Tag 10

Ich spüre ein Gefühl von Freiheit. Orson hat mir den Nachmittag geschenkt, und so sitze ich auf dem Kamm des Hügels, über den ich immer schreibe, und schaue über die durstige Einöde. Ich befinde mich gut hundertfünfzig Meter über der Wüste auf einem flachen Felsen, so dass ich im Umkreis von siebzig Meilen alles überschauen kann.

Ein goldfarbener Adler ist hoch über mir gekreist. Ich frage mich, ob er auf einem dieser dürren, hohen Wacholderbäume nistet. Wenn ich mich umdrehe, sehe ich etwa fünf Meilen östlich der Hütte etwas, was wie eine Straße aussieht. Ich habe drei silberne Punkte über den dünnen grauen Streifen rasen sehen und nehme an, dass es Autos waren. Doch das hilft mir nicht. Es wäre auch egal, wenn sich direkt neben der Hütte eine Tankstelle befände. Orson besitzt mich. Er hat Fotos von mir gemacht, wie ich diese Frau aufschneide. Sie lagen heute Morgen auf meinem Schreibtisch.

Ich habe letzte Nacht wieder von Shirley geträumt. Dass ich sie nachts durch die Wüste getragen und sie ihrer Familie zurückgegeben hätte. Dass sie in ihrem rotgrauen Bowlinghemd ihren Mann und ihre drei Kinder angelächelt hätte, als ich sie dort zurückließ.

Während des letzten Tages habe ich bei Orson einen deutlichen Stimmungswechsel beobachtet. Er ist nicht mehr mürrisch. Genau wie er gesagt hat. Anscheinend ist dies jetzt seine normale Zeit. Doch das Brennen wird zurückkehren und davor habe ich mehr Angst als vor allem anderen.

Ich ziehe in Betracht, ihn einfach zu töten. Er beginnt mir zu vertrauen. Ich würde eine dieser schweren Buchstützen nehmen und ihm das Gehirn rausschlagen, genau wie er es mit dem armen Obdachlosen gemacht hat. Aber was würde mir das bringen? Ich bin ganz sicher, dass Orson genug belastende Beweise zusammengetragen hat, um mich in die Todeszelle zu bringen, selbst wenn ich ihn umbrächte. Davon abgesehen ist mir gestern Nacht etwas sehr Erschreckendes eingefallen: In einem seiner Briefe hat Orson gedroht, jemand würde der Polizei von Charlotte ein Päckchen mit Beweisen schicken, wenn er ihn nicht persönlich davon abhalten würde – wer hilft Orson?

Ich warf den Schreibblock zu Boden, ließ mich von dem Stein gleiten und starrte in die Senke. Am Fuß des Hügels auf der der Hütte abgewandten Seite saß ein Mann auf einem Pferd und schaute zu mir herauf. Obwohl ich kaum mehr als einen braunen Fleck in der Wüste erkennen konnte, sah ich, dass er mir zuwinkte. Aus Angst, er könnte rufen, winkte ich zurück, packte den Block in einen kleinen Rucksack und hastete so schnell ich konnte den Hügel hinab.

Ich brauchte mehrere Minuten, um den abschüssigen Hang zu überwinden und dabei die steilsten Stellen zu vermeiden. Während des Abstiegs knackte es mir in den Ohren, und unten angekommen, war ich außer Atem und mir brannten die Beine. Keuchend lehnte ich mich gegen einen staubigen Felsblock.

Das Pferd stand etwa drei bis vier Meter von mir entfernt. Es schaute mich an, wieherte leise und ließ dann einen riesigen Haufen Pferdeäpfel fallen. Staub brannte in meinen Augen, und ich rieb so lange, bis Tränen die kleinen, vom Wind getriebenen Schmutzteilchen wegspülten. Ich schaute auf zu dem Mann auf dem Pferd.

Er trug einen dunklen, schokoladenbraunen Cowboyhut, ein erdfarbenes, kariertes Flanellhemd und eine gelbbraune Reithose. Sein Gesicht, verlebt und faltig, strahlte so viel Energie aus, dass er vermutlich jünger war, als er aussah. Jahrelange harte Arbeit und das Reiten in Wind und Hitze hatten es vorzeitig altern lassen.

Ich dachte, dass er etwas sagen würde, doch er nahm lediglich einen tiefen Zug von einem Joint. Er behielt den Rauch in den Lungen und bot mir die Marihuanazigarette an, doch ich schüttelte den Kopf. Ein kurzer Augenblick verstrich, dann blies er eine süßlich riechende Rauchwolke aus, die der Wind davontrug und in der sengenden Luft verteilte. Seine braunen Augen wurden einen Moment unsichtbar, als er mich anblinzelte.

»Dachte, du wärst Dave Parker«, sagte er mit breitem Akzent. »Hol mich der Teufel, wenn du ihm nicht verdammt ähnlich siehst.«

»Sie meinen den Mann, dem die Hütte auf der anderen Seite des Hügels gehört?«

»Genau den.« Er nahm einen weiteren Zug.

»Ich bin sein Bruder«, erklärte ich. »Woher kennen Sie ihn?«

»Woher ich den kenne?«, wiederholte er ungläubig mit krächzender Stimme, wobei er den Rauch immer noch in der Lunge behielt. »Das war mal *meine* Hütte.« Er ließ den Rauch zeitgleich mit den Worten seinem Mund entweichen. »Hast du das nich gewusst?«

»Dave hat mir nicht erzählt, von wem er sie gekauft hat, und ich bin erst seit ein paar Tagen hier. Wir haben uns eine Zeit lang nicht gesehen.«

»Also, zum Teufel, all das hier ist meins, so weit du sehen kannst. Ich hab ’ne Ranch zehn Meilen von hier entfernt, in dieser Richtung.« Er zeigte in Richtung Norden auf die Berge. »Hab vierhundert Rinder hier auf diesem Land grasen.«

»In dieser Wüste?«

»War in letzter Zeit sehr trocken, aber nach ’nem kräftigen Regen wächst hier Reisgras und alles wird wieder grün. Außerdem bringen wir sie auch weiter hoch in die Winds. Ja, ich hätte die Hütte nie verkauft, aber dein Bruder hat mir ein kleines Vermögen dafür geboten. Sie is mitten auf meinem Land. Aber so habe ich ihm die Hütte und vier Hektar Land verkauft. Hab keinen Schimmer, warum jemand diese Hütte dort draußen besitzen will. Gibt nich viel zu sehen und macht keinen Sinn, im Winter herzukommen. Aber zum Teufel, is schließlich sein Geld.«

»Wann hat er sie Ihnen abgekauft?«

»Ach du Scheiße, is doch ein Jahr wie das andere. Schätze, Doktor Parker hat sie damals 91 gekauft.«

»*Doktor* Parker?«

»Is doch ’n Doktor für irgendwas, oder? Hol mich der Teufel, Geschichte oder so? Is er nich Doktor für Geschichte? Hab den Mann zwei Jahre nich gesprochen, kann also auch falsch liegen …«

»Er hat sich von Ihnen mit Titel anreden lassen?«, unterbrach ich ihn und zwang mich zu lachen, um den Mann von meinem Schwall von Fragen abzulenken. »Der Kerl hält sich wohl für was Besseres.«

»Klar«, meinte der Cowboy und lachte ebenfalls. Ich lächelte erleichtert, dass er keinen Verdacht schöpfte.

»Unterrichtet er immer noch da am College oben im Norden?«, fragte der Mann. »Mein Gedächtnis is keinen Pfifferling mehr wert. Vermont vielleicht? Hat erzählt, er unterrichtet im Herbst und im Frühjahr und möchte die Sommerzeit hier draußen verbringen. Zumindest war das vor zwei Jahren noch so.«

»Oh, ja, das ist immer noch so.« Ich versuchte mir meine Fassungslosigkeit nicht anmerken zu lassen. Nicht in tausend Jahren hatte ich damit gerechnet, hier in dieser Wüste auf einen anderen Menschen zu treffen. Es war so anregend, und ich betete nur, Orson möge diesen Cowboy nicht so nahe an seiner Hütte vorbeireiten sehen.

»Nun, muss weiter«, sagte er. »Hab noch 'ne Menge Land abzureiten, bevor der Tag vorbei ist. Sag *Doktor* Parker, dass ich vorbeigeschaut habe. Und wie heißt du?«

»Mike. Mike Parker.«

»Percy Madding.«

»War nett, Sie kennen zu lernen, Percy«, sagte ich, trat einen Schritt vor und schüttelte seine behandschuhte Hand.

»Freut mich auch, Mike. Und vielleicht schaue ich irgendwann bei euch Jungs mal vorbei mit 'ner Flasche Tequila und ein paar von diesen hier.« Er wedelte mit seinem Joint herum, der ausgegangen war.

»Es ist nur so, dass wir in ein paar Tagen wieder abreisen. Zurück in den Osten.«

»Oh, schade. Nun, Jungs, dann habt 'ne gute Reise.«

»Danke«, sagte ich, »ach, und noch etwas. Wie heißt diese Bergkette hier, die im Norden und Osten verläuft?«

»Das sind die Wind Rivers. Die schönsten Berge im ganzen Bundesstaat. Ziehen weniger von diesen verdammten Touristen an als die Tetons und Yellowstone.«

Percy zog ein silbernes Feuerzeug aus der Tasche und entzündete seinen Joint von neuem. Dann nickte er mir zu, klopfte mit seinem Bein sanft gegen den Bauch des Pferdes, schnalzte und trabte davon.

Kapitel 11

Mitten am Nachmittag kehrte ich schweißtriefend zurück in die Hütte. Orson lag mit nacktem Rücken auf den kalten Steinen des Wohnzimmerbodens und hielt ein Buch in Händen. Ich trat vorsichtig über ihn hinweg und ließ mich aufs Sofa fallen.

»Was liest du?«, fragte ich und bewunderte dabei seine perfekte Bauch- und Brustmuskulatur, die zuckte, wenn er atmete.

»Ein Gedicht, das du gerade ruiniert hast.« Er warf das Buch über den Boden und versuchte mir in die Augen zu sehen. »Ich muss ein Gedicht von Anfang bis Ende ohne Unterbrechung lesen können. Nur so blüht Poesie. Sie muss als Ganzes gesehen werden und nicht in zersplitterten Stücken.«

»Welches Gedicht?«

»›Die hohlen Männer‹«, erwiderte er ungeduldig und starrte hinauf zu den stützenden Balken des Dachstuhls. Plötzlich sprang er auf, wobei er allein die Kraft seiner Beine nutzte. Er setzte sich neben mich auf das Sofa, klopfte sich mit den Fingern auf die Knie und beobachtete mich mit unruhigem Blick. Ich fragte mich, ob er wohl den Cowboy gesehen hatte.

»Geh und mach dich frisch«, sagte er plötzlich.

»Warum?« Sein Blick wurde stechender. Er brauchte mich nicht zweimal aufzufordern.

Im Seitenspiegel beobachtete ich die kleiner werdende Hütte. Die Sonne war gerade hinter dem Horizont versunken und erleuchtete den westlichen Rand des Himmels eben noch mit einem rosavioletten Schein. Die Wüste hatte sich im Schatten bereits dunkelrot verfärbt, und ich beobachtete, wie das Land langsam wieder schwarz und leblos wurde. Während wir gen Osten fuhren, blickte ich geradeaus. Die Nacht brach über die Wind-River-Berge herein.

Wir fuhren über eine primitive Sandpiste und hinterließen eine Staubspur ähnlich dem Kondensstreifen eines Flugzeugs. Seit wir die Hütte verlassen hatten, hatte Orson kein einziges Wort mehr gesprochen. Ich kurbelte das Fenster hinunter und ließ die Abendluft mein sonnenverbranntes Gesicht kühlen.

Orson trat so energisch auf das Bremspedal, dass der Wagen schlitternd zum Stehen kam. Etwa hundert Meter vor uns lag ein leerer Highway, der gleiche, den ich vom Hügel aus gesehen hatte. Orson griff in das Fach unter seinem Sitz, holte ein Paar Handschellen hervor und ließ sie in meinen Schoß fallen. »Schließ das eine Ende um dein rechtes Handgelenk und mach das andere Ende an der Tür fest.«

Ich legte die Handschellen wie befohlen an. »Was machen wir hier?«, fragte ich.

Er beugte sich zu mir herüber und überprüfte die Handschellen, dann stellte er den Motor ab. Es wurde sofort still, denn der Wind war mit Einsetzen der Abenddämmerung abgeklungen. Ich beobachtete Orson, der stur vor sich hin blickte. Er trug einen neuen blauen Arbeitsoverall und wieder diese Schlangenlederstiefel. Ich trug einen braunen Arbeitsanzug, der bis auf die Farbe dem seinen glich. Einer der vier Schränke im Flur zwischen den Schlafzimmern und dem Wohnzimmer war bis oben hin damit gefüllt.

Orsons Bart war gewachsen und bildete den gleichen

Schatten auf seinem Gesicht wie meiner bei mir. Derart subtile Dinge festigen das Band zwischen Zwillingen, und während ich Orson anschaute, spürte ich einen Funken Vertrautheit in einem Gefäß, in dem diese Liebe schon vor langer Zeit ausgetrocknet war. Aber dies war nicht der Mann, den ich gekannt hatte. *Du bist ein Monster.* Meinen Bruder zu verlieren, hatte dem Verlust eines wichtigen Körperteils geglichen, doch wenn ich ihn nun betrachtete, fühlte ich mich wie ein Amputierter mit dem Alptraum, dass die verlorene Gliedmaße wieder anwächst – dämonisch und nicht mehr dem eigenen Willen gehorchend.

»Hast du Mutter häufig gesehen?«, fragte Orson, den Blick fest auf den Highway gerichtet.

»Ich fahre zweimal pro Monat hoch nach Winston. Wir essen zusammen Mittag und besuchen Vaters Grab.«

»Was trägt sie?«, fragte er, ohne mich anzuschauen, den Blick immer noch auf die Straße gerichtet.

»Ich verstehe nicht ...«

»Ihre Kleidung. Was für Kleidung trägt sie?«

»Meistens Kleider. Eigentlich unverändert.«

»Trägt sie je das blaue Kleid mit den Sonnenblumen?«

»Das weiß ich nicht.«

»Wenn ich von ihr träume, trägt sie immer dieses Kleid. Ich bin einmal hin, um sie zu sehen«, erzählte er. »Bin die Race Street auf und ab gefahren und habe das Haus beobachtet in der Hoffnung, einen kurzen Blick auf sie im Garten oder durch die Fenster zu erwischen. Vergeblich.«

»Warum bist du nicht zu ihr reingegangen?«

»Was hätte ich zu ihr sagen sollen?« Er machte eine Pause und schluckte. »Hat sie je nach mir gefragt?«

Ich dachte daran, zu lügen, sah jedoch keinen Grund, ihn zu schonen. »Nein.«

»Sprichst du je mit ihr über mich?«

»Wenn, dann nur über unsere Kindheit. Aber ich glaube nicht, dass sie diese Geschichten noch gerne hört.« Am Ende des Highways wurden nach Norden gerichtete Lichter sichtbar, allerdings waren sie noch so weit entfernt, dass ich nicht mal die einzelnen Scheinwerfer unterscheiden konnte.

»Dieses Auto wird erst in zehn Minuten hier vorbeikommen«, sagte er. »Es ist immer noch Meilen entfernt. Diese Straßen sind so lang und so gerade, dass die Entfernung täuscht.«

Meine rechte Hand pochte in der Umklammerung der metallenen Handschelle. Das Blut gelangte nicht mehr bis in die Fingerspitzen, doch ich beschwerte mich nicht. Stattdessen massierte ich meine Finger, bis das Kribbeln aufhörte.

»Was hast du mit mir vor?«, fragte ich, doch Orson starrte weiter auf die sich nähernden Scheinwerfer, als hätte er meine Frage nicht gehört. »Orson«, versuchte ich es erneut. »Was hast du …«

»Ich habe es dir am ersten Tag gesagt. Ich lasse dir eine Erziehung angedeihen.«

»Glaubst du, dass Erziehung darin besteht, den ganzen Tag langweilige Scheißbücher zu lesen?«

Er schaute mir direkt in die Augen. »Die Bücher haben nichts damit zu tun. Sicherlich hast du das längst kapiert.«

Er ließ den Motor an und wir rollten auf den Highway zu. Der Himmel war mittlerweile nachtschwarz. Wir fuhren über den Asphalt und blieben am Straßenrand stehen. Ich beobachtete die Scheinwerfer durch die Windschutzscheibe und zum ersten Mal kamen sie mir näher vor. Verwirrt schaute ich Orson an.

»Bleib still sitzen«, sagte er. Er schaltete den Motor aus, öffnete die Tür, stieg aus, holte ein weißes Taschentuch aus seiner Hosentasche und band es an die Antenne. Dann schlug er die Tür zu und steckte seinen Kopf durch das offene Fenster herein. »Andy«, warnte er mich, »keinen Mucks!«

Er lehnte sich mit verschränkten Armen gegen die Motorhaube. Ich kurbelte meine Scheibe hoch und versuchte meine Befürchtungen zu verdrängen, aber letztlich starrte ich einfach gebannt auf die Straße und hoffte, dass der herannahende Wagen vorbeifahren würde. Nach einer Weile hörte ich den Motor. Die Scheinwerfer kamen näher, nur noch Sekunden entfernt.

Ein Mini-Van fuhr vorbei. Im Rückspiegel sah ich seine Bremslichter aufleuchten. Der Van drehte, fuhr langsam zu uns zurück und blieb auf der anderen Straßenseite stehen. Die Fahrertür ging auf, worauf sich automatisch die Innenbeleuchtung einschaltete. *Kinder auf dem Rücksitz.* Ein Mann in unserem Alter stieg aus, sagte etwas zu seiner Frau und ging vertrauensvoll auf Orson zu. Seine Kinder beobachteten uns durch die getönte Fensterscheibe.

Der Mann trug khakifarbene Shorts, Mokassins und ein rotes, kurzärmliges Poloshirt. Er sah aus wie ein Rechtsanwalt, der auf Familienurlaub quer durchs Land fuhr.

»Probleme mit dem Wagen?«, fragte er, während er die gestrichelte gelbe Linie überquerte und am Straßenrand stehen blieb.

Mein Bruder lächelte. »Ja, aber ich weiß nicht, was es ist.«

Durch die Windschutzscheibe nahm ich ein weiteres Paar nach Norden gerichteter Lichter wahr.

»Kann ich Sie ein Stück mitnehmen oder Ihnen mein Handy leihen?«, bot der Mann an.

»Es ist schon jemand unterwegs«, erwiderte Orson. »Möchte Ihnen keine Umstände machen.«

Gott sei Dank!

»Nun, ich wollte Ihnen einfach meine Hilfe anbieten. Kein guter Ort für eine Panne.«

»Das können Sie laut sagen«, Orson streckte seine Hand aus. »Trotzdem vielen Dank.«

Der Mann lächelte und schüttelte die Hand meines Bruders. »Schätze, wir machen, dass wir weiterkommen. Wir hoffen, noch vor Mitternacht Yellowstone zu erreichen. Die Kinder sind ganz wild auf diesen verdammten Geysir.«

»Dann eine gute Fahrt«, verabschiedete sich Orson. Der Mann überquerte die Straße und stieg wieder in seinen Van. Mein Bruder winkte den Kindern auf dem Rücksitz zu und sie winkten erfreut und kichernd zurück. Während der Van davonfuhr, beobachtete ich, wie seine Schlusslichter im Rückspiegel immer blasser wurden.

Das nächste Auto war jetzt ganz nah. Es wurde langsamer, bevor es uns erreichte, scherte auf unsere Straßenseite aus und kam etwa drei Meter vor der vorderen Stoßstange von Orsons Buick zum Stehen. Aus dem schwarzen Ford Pick-up, einem dieser beeindruckenden neuen Modelle mit einer Reihe blendender Fernscheinwerfer über dem Führerhaus, stieg auf der Fahrerseite ein untersetzter Mann mit einer deutlich wahrnehmbaren Bierfahne aus. Er ließ den Motor laufen und die Frontscheinwerfer blendeten meine Augen. Aus den Lautsprechern drang Countrymusic, während der Fahrer, offensichtlich betrunken, mit schwankenden Schritten auf Orson zukam. Zwei weitere Männer stiegen auf der Beifahrerseite aus und näherten sich ebenfalls meinem Bruder.

»Hallo, meine Herren«, sagte Orson, als sie sich im Kreis um ihn herum aufgestellt hatten. Jeder von ihnen kaute zwischen Zähnen und Unterlippe auf einem Zahnstocher herum. Die beiden Mitfahrer trugen Cowboyhüte und der Fahrer hielt eine alte Redskins-Kappe in den Händen. Sein langes, verfilztes und fettiges Haar hing ihm im Gesicht.

»Stimmt was nich mit dem Wagen?«, fragte der Fahrer. Er spuckte auf die Straße, fuhr sich mit dem Handrücken über den Mund und wischte sich dann die Hand an seinem schwarzen Trägerhemd mit einem blausilbernen Ford-Emblem über der Brust ab. Er hatte sich seit längerem nicht rasiert.

»Keine Ahnung«, erwiderte Orson. »Ich hatte gehofft, es würde jemand anhalten, der ein bisschen Ahnung von Autos hat.« Die beiden Mitfahrer kicherten betrunken und der Fahrer schaute sie an und lächelte. Ihre Zähne waren von exzessivem Saufen grau und gelb verfärbt, doch wenn man von ihrer miserablen Körperpflege einmal absah, wirkte keiner der Männer älter als dreißig Jahre.

»Wo kommst du her, Junge?«, fragte einer der Beifahrer.

Orson wandte sich dem langen, dünnen Mann ganz links zu und lächelte. »Missouri.«

»Ganz schöne Ecke weg von zu Hause, was?«, fragte der Mann und trank einen Schluck aus seiner Bierdose.

»Stimmt«, sagte Orson, »und ich wäre Ihnen sehr dankbar für Ihre Hilfe.«

»Könnte Sie aber was kosten«, meinte der Fahrer. »Könnte sogar 'ne Menge kosten.« Er schaute wieder zu seinen Kumpeln und alle lachten.

»Ich möchte keinen Ärger haben.«

»Wie viel Geld ham Sie'n dabei?«, fragte der dicke Mann in der Mitte. Mit seinen dunklen buschigen Koteletten und den Haaren auf dem Bauch, der zwischen einer schwarzen Jeans und einem weißen, mit Fettflecken übersäten T-Shirt herausquoll, sah er so abstoßend ungepflegt aus, dass ich meinte, ihn durch die Windschutzscheibe riechen zu können.

»Ich weiß nicht«, sagte Orson. »Ich müsste erst meine Brieftasche holen und nachschauen.«

Orson ging vorsichtig an dem Fahrer vorbei zum Kofferraum, grinste mich an und winkte mir zu, als er an meinem Fenster vorbeikam. Ich hörte, wie der Kofferraum geöffnet wurde und Plastik raschelte.

Der Fahrer sah, dass ich ihn durch die Windschutzscheibe anstarrte.

»Was zum Teufel glotzt du so, Junge?«, wollte er wissen. Orson kam wieder an meiner Tür vorbei und blieb rechts von der Motorhaube stehen. Die drei Männer beäugten ihn misstrauisch, allerdings zu betrunken, um zu bemerken, dass er jetzt schwarze Handschuhe trug.

»Dein Freund kriegt gleich den Arsch versohlt, wenn er mich weiter so anstarrt.«

»Er ist harmlos«, sagte Orson. »Schauen Sie, ich könnte Ihnen zwanzig Dollar geben. Ist das genug?«

Der Fahrer glotzte ihn dümmlich an. »Lass mich mal deine Brieftasche sehen«, sagte er schließlich.

»Warum?«

»Arschloch, ich hab gesagt, gib mir deine Brieftasche.« Orson zögerte. »Bist du blöd, Junge? Brauchst du erst 'ne Tracht Prügel?«

»Seht mal, Jungs, ich habe gesagt, dass ich keinen Ärger will.« Orson ließ seine Stimme ängstlich klingen.

»Dann rück deine Brieftasche raus, Scheißkerl!«, fuhr der fettleibige Beifahrer dazwischen. »Wir brauchen mehr Bier.«

»Werden Sie denn mein Auto reparieren?« Die Männer brachen in Lachen aus. »Ich habe mehr als zwanzig Dollar«, flehte Orson. »Werfen Sie doch wenigstens einen Blick unter die Motorhaube, um zu sehen, ob Sie feststellen können, was kaputt ist.«

Orson trat vor den Buick. Er fasste mit der Hand durch den Kühlergrill, zog an einem Hebel und hob die schwere Motorhaube an. Dann stellte er sich wieder dort auf, wo er bis eben gestanden hatte, in meiner Nähe rechts vom Auto. Jetzt konnte ich nichts mehr sehen, nur meinen Bruder, wie er mit den Männern redete.

»Werfen Sie wenigstens einen Blick hinein«, stachelte

Orson sie an. »Aber wenn Sie eh nichts von Autos verstehen ...«

»Natürlich verstehe ich was von Autos«, sagte eine Stimme. »Blöder Stadtarsch. Hat keine Ahnung von nichts, is es nich so?«

Der Buick quietschte und senkte sich ein wenig, als kniete jemand auf der Stoßstange.

»Überprüfen Sie den Kühler«, sagte Orson. »Irgendetwas verursacht eine Überhitzung des Motors.«

Erneut bewegte sich das Auto. »Nein, innen drin«, meinte Orson. »Ich glaube, irgendwas ist geschmolzen. Sie müssen schon näher ran, um was sehen zu können. Geht mal auf die Seite, Jungs, ihr steht ihm im Licht.«

Eine gedämpfte Stimme sagte: »Ich hab keine Ahnung, was zum Teufel ...«

Orson ließ die Motorhaube niedersausen. Die beiden Beifahrer schrien auf und sprangen entsetzt zurück. Blut besprenkelte die Windschutzscheibe. Orson hob die Motorhaube noch einmal an und ließ sie erneut niedersausen. Der Fahrer wurde kurz gegen die Motorhaube gequetscht und beschmierte die Windschutzscheibe, als er hinab in den Staub sank.

»Hol das Gewehr!«, schrie der Dicke, doch niemand rührte sich.

»Vergesst es, Jungs«, sagte Orson mit der gleichen ängstlichen Stimme. »Ich habe eine Waffe.« Er zeigte mit meinem .357er auf die beiden Männer. »Ich hoffe, ihr seid nicht zu fertig, um zu erkennen, was das ist. Du«, wies er den schlanken Mann an, »du hebst den Kopf deines Kumpels auf.« Der Mann ließ seine Bierdose fallen. »Los, er beißt dich schon nicht.« Der Mann packte ihn an den langen, schmutzigen Haaren und hob ihn hoch. »Und jetzt hier lang, Jungs«, sagte Orson. »Geht schön hier um das Auto rum. Ja, genau so.« Die

Männer gingen an der Fahrerseite vorbei, während Orson auf meiner Seite entlangkam. Ich drehte mich um, um durch die Heckscheibe zu sehen, doch der Kofferraumdeckel stand immer noch hoch. Er hatte ihn nie geschlossen.

»Es tut mir Leid, wegen der Brieftasche ...«

»Los, rein mit euch!«, befahl Orson. Das Auto bewegte sich nicht. »Muss ich euch beiden erst die Kniescheiben durchschießen und euch dort eigenhändig reinziehen? Es wäre mir lieber, wenn es sich vermeiden ließe, dass euer Blut meinen ganzen Wagen besudelt.«

Als der Abzugshahn gespannt wurde, schwankte das Auto plötzlich und die Männer kletterten unbeholfen in den Kofferraum.

»Dumme, dumme Jungs«, sagte Orson. »Es wäre besser für euch gewesen, ihr hättet alle drei unter die Motorhaube geschaut.« Er schloss den Kofferraum. Während Orson auf den Pick-up zuging, hörte ich die Kerle weinen. Dann schrien sie und schlugen und traten von innen gegen den Kofferraum. Als Orson in den schwarzen Ford stieg und Scheinwerfer und Fernlicht ausschaltete, hörte ich, dass aus dem Wagen immer noch die gleiche schwermütige, langsame Ballade drang und ein Steelguitar-Solo, das sich in der Wüste verlor. Bis sich meine Augen wieder an die Dunkelheit gewöhnt hatten, war die Musik verstummt. Die Fahrertür des Buicks ging auf und Orson griff nach einem Vierkantholz und einem Seil auf dem Rücksitz.

Er schloss die Tür und sagte: »Wenn sie so weitermachen, dann sag ihnen, dass du sie umbringen wirst.«

»Sieh mal.« Ich zeigte auf die Straße vor uns, auf der gerade ein Paar Scheinwerfer in Sicht kamen.

Orson löste das Taschentuch von der Antenne und lief zurück zum Pick-up. Er kletterte wieder ins Fahrerhaus, warf den Motor an und ließ den Wagen ein paar Meter vorwärts rollen, bis er nach Osten in die Wüste zeigte. Einige Minuten lang machte sich Orson im Fahrerhaus zu schaffen. Die Männer klagten weiter, die Luftnot steigerte ihre Angst und ließ ihr Flehen noch verzweifelter klingen. Ich sagte kein Wort zu ihnen, während die Scheinwerfer immer noch näher kamen.

Der Ford fuhr in Richtung Wüste davon. Ich schaute ihm erst durch die Windschutzscheibe und dann durch die Seitenscheibe der Fahrerseite hinterher. Innerhalb von zehn Sekunden war er in der Nacht verschwunden. Orson kam atemlos zum Auto zurückgerannt. Er zeigte mit den Daumen nach oben und zog den Fahrer hinters Auto. Dann kam er zu meiner Seitenscheibe.

»Ich brauche deine Hilfe«, sagte er, während er die Tür öffnete. Er schloss die Handschellen auf und gab mir die Autoschlüssel. Während wir um den Buick herumgingen, konnte ich das näher kommende Fahrzeug schon entfernt hören und gleichzeitig beobachten, wie die Rücklichter des Mini-Van in der Dunkelheit verschwanden – glühende rote Augen, die mit der Nacht verschmolzen. Ich versuchte, an diese glückliche Familie zu denken. *Wir haben sie gehen lassen. Wir haben sie gehen lassen.* Ich schaute nach unten, doch der Buick hatte immer noch kein Nummernschild.

Orson zeigte auf den am Boden liegenden Fahrer und sagte: »Wenn ich es dir sage, schließt du den Kofferraum auf und wirfst ihn dort rein. Schaffst du das?« Ich nickte.

»Hey, ihr Arschlöcher!«, schrie Orson. »Der Kofferraumdeckel geht gleich auf und ich werde meinen Revolver auf euch richten. Ein Mucks und ich drücke ab.«

Orson schaute zu mir und nickte. Ich öffnete den Kofferraum, ohne die Männer im Innern oder die Leiche, die ich hochhieven musste, anzuschauen. Ich zog den Mann vom Boden hoch und ließ seinen schweren, schlaffen Körper auf die beiden Männer rutschen. Dann schlug ich den Kofferraumdeckel zu und wir stiegen ein.

Orson ließ den Motor erst an, nachdem das auf uns zukommende Fahrzeug an uns vorbeigefahren war. Die Innenbeleuchtung ging an und mir stockte der Atem, als ich meinen braunen, blutgetränkten Arbeitsoverall sah. Überall Blut, bis runter in die Stiefel. Ich schrie Orson an, er solle anhalten. Taumelnd stieg ich aus, ließ mich auf die Knie fallen, rollte mich herum und rieb meine Hände so lange im Staub, bis er mit dem Blut kleine Klümpchen bildete.

Aus dem Wageninnern drang Orsons Stimme zu mir. Er schlug gegen das Lenkrad und sein schallendes Gelächter zerschnitt die nächtliche Luft.

Kapitel 12

Auf der Rückfahrt zur Hütte schlugen die Männer weiter von innen gegen den Kofferraumdeckel. Orson genoss ihre hörbare Angst. Wenn sie schrien, imitierte er ihre Stimmen und übertraf häufig noch ihr verzweifeltes Flehen.

Ich starrte auf die von den Scheinwerfern erleuchtete Piste und fragte Orson, was er mit dem Pick-up gemacht habe. »Ich habe das Lenkrad mit dem Seil fixiert, damit der Wagen geradeaus fährt, anschließend habe ich das Vierkantholz zwischen Vordersitz und Gaspedal gesteckt«, antwortete er grinsend. Orson schaute auf seine beleuchtete Uhr. »In der nächsten halben Stunde wird er fünfundzwanzig Meilen in die verlassene Wüste hineinrollen. Dann wird er von den Bergen gestoppt werden, es sei denn, er ist vorher schon mit einem Großohrhirsch zusammengestoßen. Doch um diesen Monstertruck zu stoppen, müsste es schon ein verdammt großer Bock sein.

Irgendwann wird ihn einer finden. Vielleicht in ein paar Tagen, vielleicht auch erst in ein paar Wochen. Aber das spielt keine Rolle, denn bis dahin düngen diese Kerle schon die Büsche hier. Die hiesige Polizei wird vermutlich herausfinden, woher sie kamen und wohin sie wollten. Sie werden feststellen, dass dort hinten auf der Straße irgendetwas passiert sein muss, aber was soll's. Morgen wird es zum ersten Mal seit

Wochen regnen und damit das Blut auf dem Boden wegwaschen. Nur zwei Fahrzeuge sind uns begegnet, beide mit auswärtigen Nummernschildern, die Leute waren also nur auf der Durchreise. Die Angelegenheit wird als ungeklärtes Verschwinden enden, und bei dem ungehobelten Benehmen dieser jungen Männer kann ich mir nicht vorstellen, dass ihnen auch nur einer eine Träne nachweint.«

Als wir die Hütte erreichten, bremste Orson vor der Scheune. Nachdem wir ausgestiegen waren, rief er mich zur Motorhaube des Buick, entriegelte sie und forderte mich durch einen Wink auf, einen Blick hineinzuwerfen. Die auf der Scheune angebrachten Flutlichter erleuchteten den Motorraum, als ich vorsichtig hineinspähte.

»Was?«, fragte ich beim Anblick des korrodierten Motors.

»Du wärst auch darauf reingefallen. Sieh mal.« Auf die Unterseite der Motorhaube war einige Zentimeter hinter der Kante ein etwa ein Meter langes Metallstück aufgeschweißt worden. »Eine alte Rasenmäherklinge«, sagte Orson. »Rasiermesserscharf. Vor allem in der Mitte. Hätte er seinen Kopf etwas weiter rechts gehabt, wäre der schon beim ersten Mal sauber abgetrennt worden.« Behutsam fuhr ich mit dem Zeigefinger die Klinge entlang. Sie war schartig und blutverschmiert und auch auf dem Motor klebte überall Blut.

»Hast du diesen Motorhaubentrick schon früher angewendet?«, fragte ich.

»Gelegentlich.«

Einer der Männer im Kofferraum schrie: »Lass mich raus, du Arschloch!«

Orson lachte. »Da er so höflich gefragt hat. Komm, mach ihm auf.« Er warf mir den Schlüssel zu. »Hört ihr mich, Jungs?«, rief er und ging zum Kofferraum. »Ich öffne jetzt den Deckel. Keine Bewegung!«

Ich öffnete den Kofferraum, während Orson mit der Waffe auf die Männer zielte. Als ich zurücktrat, flüsterte er: »Los, hol die Handschellen!«

Ich warf einen Blick in den mit Plastik ausgeschlagenen Kofferraum – ein grausiger Anblick. Der Fahrer war in den hinteren Teil des geräumigen Kofferraums geschoben worden, dabei hatten sich seine Freunde von oben bis unten mit Blut besudelt. Sie schauten mich an, als ich vorbeiging, und ihre Augen flehten um Gnade, die ich ihnen nicht gewähren konnte. Ich griff nach den Handschellen auf dem Boden der Beifahrerseite und ging zu Orson zurück.

»Wirf ihnen die Handschellen zu«, sagte er. »Jungs, fesselt euch aneinander.«

»Fick dich ins Knie!«, jaulte der dicke Mann. Orson spannte den Abzugshahn und schoss ihm ein Loch ins Bein. Während der Mann aufheulte und lauthals Obszönitäten schrie, richtete Orson die Waffe auf den anderen Mann.

»Wie heißt du?«, fragte er.

»Jeff«, erwiderte der Mann zitternd und hielt sich die Hände vors Gesicht, als könnten sie die Kugeln abhalten. Sein Freund fasste sich an den Schenkel, grunzte und wimmerte mit zusammengepressten Zähnen.

»Jeff«, sagte Orson. »Ich schlage vor, du ergreifst die Initiative und kettest dich mit den Handschellen an deinen Kumpel.«

»Ja, Sir«, erwiderte Jeff, und während er eine Handschelle um sein Handgelenk legte, sprach Orson den verwundeten Mann an, der inzwischen die Zähne zusammenbiss, um nicht zu schreien.

»Wie heißt du?«, fragte Orson.

»Wilbur«, zischte der Mann, ohne den Mund zu öffnen.

»Wilbur, ich weiß, du leidest fürchterliche Schmerzen, und ich wünschte, ich könnte sagen, dass all das hier bald vorüber ist. Aber das wird es nicht sein.« Orson klopfte ihm freundschaftlich auf die Schulter. »Ich möchte dir nur versichern, dass die Nacht erst angefangen hat, und je mehr du mir auf die Nerven gehst, desto schlimmer wird es für dich werden.«

Nachdem Jeff und Wilbur aneinander gefesselt waren, befahl Orson ihnen auszusteigen. Wilbur hatte Schwierigkeiten, sein Bein zu bewegen, daher gab Orson mir ein Zeichen, ihn aus dem Kofferraum zu zerren. Als er aufschrie, ließ ich ihn fallen, und Jeff fiel auf ihn und quetschte dabei das verletzte Bein ein.

Die beiden Männer ließen ihre Cowboyhüte im Kofferraum und kamen nur langsam auf die Beine, dann führte Orson sie zur Scheune. Während er die Tür aufschloss, forderte er mich auf, den Fahrer in die Plastikplane einzurollen und ihn aus dem Kofferraum zu holen.

»Ich kann ihn nicht alleine rausheben«, erklärte ich. »Das Blut wird alles einsauen.«

»Dann mach einfach den Deckel zu. Aber wir müssen ihn rausholen, bevor er anfängt zu stinken.«

Ich kehrte zum Wagen zurück und schloss den Kofferraum. Auf dem Weg zur Scheune fühlte ich den Schlüssel in meiner Hosentasche klappern. Während ich den braunen Wagen anstarrte, der im Flutlicht vollkommen glanzlos wirkte, dachte ich: *Ich könnte abhauen. Jetzt. Ins Auto steigen, den Motor anlassen und zurück auf den Highway fahren. Vermutlich befindet sich spätestens dreißig, vierzig Meilen entfernt die nächste Stadt. Eine Polizeiwache aufsuchen und jemanden hierher lotsen. Vielleicht würde sie das retten.* Ich ließ meine Hand in die Tasche gleiten und steckte einen Finger durch den Ring des Schlüsselanhängers. Durch die Pinienholzwand drang Orsons Stimme, der drinnen den stöhnenden Mann verhöhnte.

Los! Ich bewegte mich auf die Fahrerseite zu. *Scheiße!* Die Motorhaube war immer noch geöffnet, also ließ ich sie leise herab, so dass sie nur mit einem sanften, metallischen Klicken schloss, das Orson unmöglich in der Scheune gehört haben konnte. Den Schlüssel fest zwischen Daumen und Zeigefinger, öffnete ich zitternd die Autotür und setzte mich auf den Fahrersitz. *Schlüssel ins Zündschloss. Die Handbremse prüfen. Die Tür erst zumachen, wenn der Wagen rollt. Dreh den Schlüssel. Dreh den Schlüssel!*

Irgendetwas klopfte gegen die Scheibe. Ich zuckte zusammen und sah, dass Orson auf der Beifahrerseite stand und mit dem Revolver durch die Scheibe auf meinen Kopf zielte.

»Was um alles in der Welt tust du da?«, fragte er.

»Ich komme«, sagte ich. »Ich komme.« Ich zog den Schlüssel aus dem Zündschloss und stieg aus. »Hier.« Ich warf ihm den Schlüssel zu und ging auf die Scheune zu. *Erschieß mich nicht. Bitte! Tu so, als wäre das nicht passiert.* An der hinteren Türe stellte er mich.

»Ich ziehe in Erwägung, dich zu töten«, sagte er. »Aber hier drin hast du eine Chance, mich davon abzuhalten. Nach dir.«

Er folgte mir in die Scheune und schloss die Tür hinter uns ab. Die Männer hatte er bereits einzeln an den Pfahl gefesselt. *Du siehst das nicht zum ersten Mal. Es wird nicht so schlimm sein wie bei Shirley. Es kann nicht so schlimm sein. Wir haben die Familie weiterfahren lassen. Die Kinder werden morgen ihren Spaß haben. Klammere dich an diesen Gedanken.*

Orson holte sein handgeschmiedetes Messer hervor und legte eine Kassette in die Videokamera, die auf einem Stativ in der Ecke stand. Ich konnte mich nicht daran erinnern, in der Nacht mit Shirley eine Videokamera gesehen zu haben.

Als er meinen Blick zur Kamera hin bemerkte, sagte er: »Hey, ich brauche was, was mir über die Runden hilft.« Auf Wilburs Stöhnen hin ging Orson mit seinem Messer in die Mitte des Raums.

»Jeff«, sprach Orson den anderen Mann an, »du bist eindeutig schlauer als dein widerspenstiger Freund hier. Ich kenne dich zwar erst seit vierzig Minuten, aber das ist nicht zu übersehen.« Dann sah er mich an und meinte: »Zieh die Plastikplane hier rüber, Andy.« Ich ging in die Ecke, in der mindestens zwei Dutzend säuberlich gefaltete Plastikplanen lagerten. Auf einem Regal in der Nähe bemerkte ich einen Karton mit Votivkerzen und überlegte, wozu Orson sie wohl benutzte.

»Bitte«, sagte Jeff, »bitte hören Sie mir zu …«

»Vergiss es, Jeff. Das bringt nichts. Normalerweise hätte ich euch einem Test unterzogen, aber euer pennerhaftes Benehmen hat euch längst disqualifiziert. Also können wir uns das sparen. Los, hoch mit euch, meine Herren!«

Jeff stand auf, aber Wilbur schaffte es nicht ganz. Sein Blut hatte bereits eine kleine Pfütze auf dem Boden gebildet. Ich breitete die Plastikplane neben dem Pfahl aus und die beiden Männer setzten sich wieder hin. Jeff schaute verwirrt unter sich auf die Plane.

»Jeff«, fuhr Orson fort, »wie lange kennst du Wilbur schon?«

»Seit meiner Kindheit.«

»Dann wird es eine schwierige Entscheidung für dich.« Ich lehnte mich gegen die Flügeltür und Orson drehte sich zu mir um. »Setz dich, Andy. Du machst mich nervös.«

Ich setzte mich auf den Gartenstuhl, während sich Orson wieder Jeff zuwandte und das Messer und den Revolver hochhielt. »Jeff, die schlechte Nachricht ist, dass ihr beide heute Nacht sterben werdet. Die etwas bessere Nachricht, dass *du* entscheiden kannst, wer den einfachen Weg nimmt und wer für den Spaß sorgt. Erste Option. Mein Bruder erschießt dich mit diesem .357er. Wenn du den Revolver wählst, bist du als Erster dran. Zweite Option. Ich werde dir mit diesem wunderbaren Messer das Herz rausschneiden, während du zusiehst.« Orson lächelte. »Denk einen Moment darüber nach.«

Mein Bruder kam zu mir, während sich die Männer auf der Plastikplane anstarrten – Jeff heulend, Wilbur beinah schon ohnmächtig. Orson beugte sich herab und flüsterte in mein Ohr: »Wen auch immer du erschießt, für sie ist es ein Akt der Gnade. Sie werden nichts spüren. Ich werde dich heute Nacht nicht einmal zwingen zuzuschauen, was ich mit dem Messer mache. Du kannst ins Haus rübergehen und dich ins Bett legen.«

Orson kehrte in die Mitte des Raums zurück und schaute auf die beiden Männer hinunter. »Jeff, ich muss dich jetzt um …«

Jeff schluchzte. »Warum tun Sie …?«

»Falls deine nächsten Worte nicht entweder ›erschieß mich‹ oder ›erschieß ihn‹ sind, schneide ich euch beiden das Herz raus. Entscheide dich.«

»Erschießen Sie *mich!*«, heulte Jeff mit hochgezogenen Lippen, die seine schlechten Zähne sichtbar werden ließen. Wilbur umklammerte immer noch sein Bein und stierte Orson an.

»Komm nur her mit diesem Messer«, sagte Wilbur mit ruhiger Stimme, als fühlte er keinen Schmerz mehr, »dann reiße ich dir den Kopf ab …«

»… oder erwürge dich mit bloßen Händen?«, beendete Orson den Satz. »Also gut. Abgemacht. Du und ich, wir werden viel Spaß haben.« Orson ging zur Hintertür und wandte sich mir zu. »Andy, ich hab darüber nachgedacht. Ich werde dir nur *eine* Kugel in der Waffe lassen. Möchte nicht, dass du beiden einen Gefallen tust.« Orson leerte die Trommel und lud eine einzige Patrone.

»Direkt hinterm Ohr, Andy. Woanders würdest du ihn vielleicht nicht töten. Er läge nur hier rum und würde leiden.« Orson legte die Waffe auf den Boden. »Ich würde ja gern bleiben und zusehen, aber nach dem Zwischenfall mit Miss Tanner, nun … Ich komme zurück, wenn ich den Schuss höre. Spiel ja nicht den Helden, indem du ihn nicht erschießt oder die Waffe demolierst. Ich habe noch andere und wir müssten dann wieder unser kleines Spiel spielen. Ich glaube, deine Chancen liegen mittlerweile bei nur noch vierzig Prozent. Ich bin sicher, dass du dieses Risiko nicht eingehen willst. Und falls dich auch das nicht davon abhält, mich zu verarschen, werde ich unsere Mutter bestrafen. Von daher … Ich überlasse dich deiner Arbeit. Jeff«, Orson salutierte albern, »es ist das erste Mal für meinen Bruder, also nimm es wie ein Mann. Bettle nicht herum und fleh ihn nicht an, dich nicht zu erschießen, denn vielleicht könntest du ihn umstimmen und müsstest dann auf meine Weise sterben. Und ich kann dir versprechen«, sagte er und lächelte dabei Wilbur zu, »meine Art ist ein verdammt widerlicher Tod.« Orson verließ die Scheune, schloss die Tür und legte den Riegel vor. Ich war allein mit meinem Opfer.

Ich stand auf, ging hinüber zu der Waffe, hob sie auf und trug sie zurück zum Stuhl. Die Art, wie Jeff mich ansah, kam mir widernatürlich vor. Niemand hatte je so viel Angst vor mir gehabt.

Ich setzte mich wieder hin, um nachzudenken, während das Metall vom Schweiß meiner Hände rutschig wurde. Jeff starrte mich an und ich starrte zurück. Unsere Blicke trafen sich. Blicke, die zu einem anderen Zeitpunkt oder an einem anderen Ort vielleicht freundlich oder teilnahmslos gewesen wären, drückten jetzt nur tiefe Abscheu aus. *Dies erspart ihm seine Qual.*

Als ich aufstand, waren meine Beine wie Gummi, genau wie in diesen Alpträumen, in denen man weglaufen muss, aber die Beine den Dienst versagen. Ich ging auf Jeff zu. *Es ist zu seinem Besten. Erledige es professionell, ruhig und schnell.* Trotz seiner Schmerzen belegte mich Wilbur unter seinem übel riechenden Atem mit Flüchen. *Wirst du es wirklich tun?*

»Ist das ein Witz?« Jeff lachte gezwungen. »Nur ein lustiger Streich, oder, Wilbur? Lass uns jetzt gehen. Wir müssen vor Mitternacht bei Charlie's sein.«

Ich hob die Waffe mit der rechten Hand, richtete sie auf Jeff und versuchte zu zielen, aber meine Hände zitterten. Ich machte einen Schritt nach vorn, damit Jeffs Kopf trotz meines Zitterns in Sicht blieb.

»Schieß mir nicht ins Gesicht«, flehte Jeff, und wieder traten Tränen in seine Augen. Er kniete sich hin und beugte sich vor, so wie Muslime sich gen Mekka verneigen. Die dreckigen blonden Haare fielen ihm in die Augen, sein rechter ausgestreckter Arm war immer noch an Wilbur gefesselt. Er berührte die Haut hinter seinem Ohr. »Hier hin.« Seine Stimme versagte. »Komm näher, wenn es sein muss.« *Du wirst es doch nicht tun!*

Ich trat noch einen Schritt näher. Sein Gesicht war nur noch Zentimeter von meinen Stiefeln entfernt, er ballte die Fäuste, stöhnte und war bereit zu sterben. Mit beiden Händen versuchte ich die Waffe ruhig zu halten und mein Finger berührte den Abzug.

Ich drückte ab, doch der Abzugshahn klickte nur.

»Scheiße!«, schrie Jeff.

»Tut mir Leid«, sagte ich und trat zurück, da sich sein Rücken hyperventilierend auf und ab bewegte.

Die Trommel einer Smith & Wesson dreht sich gegen den Uhrzeigersinn. Orson hatte die vorletzte Kammer geladen statt die zweite. *Du Schwein hast das mit Absicht getan.* Ich drehte die Trommel, bis die Patrone in der richtigen Kammer lag, und presste den Lauf erneut hinter Jeffs Ohr.

Er wurde schlaff und rollte auf die linke Seite. Ich hatte weder den Schuss gehört noch die Bewegung meines Fingers gespürt, dennoch ergoss sich ein Schwall dunklen Blutes auf die Plastikplane. Innerhalb von Sekunden umfloss es Jeff oberhalb seiner Schulter, ein blutiger Heiligenschein, rötlich schimmernd im Licht der Glühbirne. Sein rechtes Auge war geöffnet, doch der Blick war leer, seelen- und willenlos. Als die Blutlache immer größer wurde, zuckte Wilbur zurück, zog dabei Jeffs Körper mit und schrie seinen Namen. *Du darfst über diesen Augenblick nicht zu viel nachdenken. Du könntest es nicht ertragen.*

Die hintere Tür ging auf und Orson trat ein. Sein Gesicht strahlte Ehrfurcht aus, als er auf die Plastikplane blickte. Er holte die gelbe Sofortbildkamera aus der Tasche und fotografierte mich, wie ich auf Jeff hinabblickte.

»Dieser Augenblick«, begann er, beendete den Satz jedoch nicht. Seine Augen funkelten glücklich. »Mein Gott, Andy!« Er trat neben mich und nahm mir die Waffe aus den Händen. Mit Tränen in den Augen umarmte er mich und strich mir über den Rücken. »Das ist Liebe, Wilbur«, erklärte er. »Verdammt echte Liebe.« Orson ließ mich los und wischte sich die Augen. »Du kannst jetzt gehen, wenn du willst, Andy«, sagte er. »Du darfst natürlich auch gern bleiben, aber ich schätze, dass du das hier nicht sehen willst. Ich werde dich nicht dazu zwingen.«

Während Orson Wilbur ansah, merkte ich, dass er in Gedanken schon nicht mehr bei dem war, was ich getan hatte. Die Beschäftigung mit seinem nächsten Opfer hatte nun Vorrang, seine Augen strahlten lüsterne Konzentration aus. Er ging durch den Raum und kam mit einem Schleifstein zurück. Dann setzte er sich auf den Betonboden und begann die Messerklinge an dem Stein zu wetzen, um sie wieder genauso rasiermesserscharf zu bekommen wie für Shirley Tanner. *Du hast einen Menschen umgebracht. Nein, hör auf damit. Denk nicht nach.*

»Bleibst du oder gehst du?«, fragte er und schaute zu mir auf.

»Ich gehe«, sagte ich und sah, wie Wilbur auf das Messer und den Schleifstein starrte. Ich überlegte, ob Orson wohl wieder die Messergeschichte erzählen würde, wenn ich weg war. Orson legte das Messer auf den Boden und brachte mich zur Tür. Nachdem er sie geöffnet hatte, trat ich erleichtert ins Freie. Wilbur reckte den Hals, um die Wüste zu sehen, was Orson nicht entging.

»Interessiert dich irgendetwas hier draußen, Wilbur?«, fragte er und drehte sich um, während ich noch auf der Schwelle stand. »Nun, schau nur hin«, sagte er. »Wirf einen letzten, langen Blick hinaus zu dem Nachthimmel, den Sternen und dem Mond, denn du wirst sie nie wieder sehen. Nie!«

Wilburs Augen glühten. Es schien, als habe er sich an die Kugel in seinem Bein gewöhnt.

»Zur Hölle mit dir!«, sagte er, offenbar in dem Versuch, Orson durch seinen gelassenen, überheblichen Tonfall zu beleidigen. »Und deiner Mutter, deinem Vater und, wenn du eine hast, deiner Frau und deinen …«

»Mein Vater ist tot, Wilbur«, erwiderte Orson ruhig.

»Zur Hölle mit seiner verwesenden Leiche!«

Orsons Gesichtsmuskeln zuckten und sein eisiger Blick wandte sich wieder mir zu. »Ich sehe dich morgen früh, Bruder.«

Er schlug mir die Tür vor der Nase zu und schloss sie von innen ab. Ich schleppte mich zur Hütte, während hinter mir das Geräusch des Messerwetzens immer leiser wurde.

Vor mir ragte der schwarze Klotz der Hütte finster in den nachtblauen Himmel empor. Das Mondlicht hatte die Wüste wieder in ein tiefes Blau getaucht. Ich dachte an mein ruhiges Zimmer dort drinnen. Ich würde heute Nacht schlafen. Diese überwältigende Ohnmacht war mein Rettungsboot.

Gerade als ich die vordere Veranda betrat und die Tür erreicht hatte, durchbrach der erste Schrei aus der Scheune die milde Nacht. Ich konnte den Schmerz, der ihn ausgelöst hatte, nicht ergründen, und während ich eintrat und die Tür hinter mir schloss, betete ich, dass die Wände der Hütte den Klang von Orsons Handwerk nicht bis an meine Ohren dringen lassen würden.

Kapitel 13

Am elften Tag verließ ich mein Zimmer nicht. Orson schlich sich nachmittags herein. Ich schlief jedoch nicht. Seit Tagesanbruch war ich wach. Er brachte mir ein Schinkenbrot und ein Glas Portwein und stellte beides auf den Nachttisch. Ich lag auf der Seite, das Gesicht zu ihm gewandt, und starrte ins Nichts. Die Mutlosigkeit, die ihn hinterher stets überfiel, spiegelte sich in seinem schwerfälligen Augenaufschlag und seiner matten Stimme wider.

»Andy«, sagte er, aber ich reagierte nicht. »Das gehört dazu. Die Depression. Aber du bist darauf vorbereitet.« Er kauerte sich hin und schaute mir in die Augen. »Ich kann dir da durchhelfen.«

Regentropfen schlugen auf das Blechdach. Ich musste aufstehen, um nach draußen zu sehen, doch das Licht, das mühsam durch das vergitterte Fenster hereinschien, hatte nichts vom Glanz eines Nachmittags in der Wüste. Sanft und grau kroch es in die Ecken. Der Terpentingeruch des nassen Beifußes parfümierte die Wüste und mein Zimmer.

»Ich bin jetzt mit dir durch«, erklärte er. »Du kannst nach Hause fahren.«

Ein Hoffnungsschimmer durchströmte mich und ich schaute ihm in die Augen.

»Wann?«

»Pack heute, fahr morgen ab. Ich weiß, dass ich dir gesagt habe, du würdest den Sommer über bleiben. Nun, dem ist nicht so.« Ich setzte mich auf und stellte den Teller auf meinen Schoß. »Fühlst du dich besser?« Ich biss in das kalte Brot mit dem geräucherten Schinken und nickte. »Das dachte ich mir«, sagte er und ging zur Tür. Als er sie öffnete, wehte ein kühler Luftzug in mein Zimmer. »Ich schließe die Tür ab. Ich bringe dir im Laufe des Abends etwas zu essen. Das Einzige, worum ich dich bitte, ist, dass du gepackt hast, bevor du dich heute Abend schlafen legst.«

Als er weg war, schloss ich die Augen und sah Mücken über die Wasseroberfläche des Norman Lake schwirren, sah einen strahlend blauen Himmel, der vom lauen Wasser reflektiert wurde. Ich konnte die Pinien riechen, die reiche, lebendige Erde. Ich konnte das Spottdrosselgeschrei und Kindergelächter über den See schallen hören und ein Nachhall füllte die tote Luft der Hütte. Ich konnte all dies in einen Traum verwandeln. *Ich bin noch nicht zu Hause.* Ich schlug die Augen wieder auf, um die düstere Realität zu erblicken – Orsons Geräusche, wie er sich in der Hütte bewegte, und das Geprassel des Regens in der Wüste.

Tag 11

Ich schätze, es ist bald Mitternacht. Es regnet noch genauso, wie es den ganzen Tag geregnet hat, und Sturmwolken verdecken den Mond, daher ist die Wüste, wenn sie nicht kurz von Blitzen erhellt wird, unsichtbar. Den Blitzen folgt kein Donner. Das Zentrum des Unwetters ist Meilen entfernt.

Mein Seesack ist gepackt. Ich glaube, Orson wartet darauf, dass ich einschlafe. Ich habe während der letzten Stunde mehrfach seine Schritte vor meiner Tür gehört, als lausche er auf meine Bewegungen. Ich bin unruhig wie ein kleines Kind, vor allem da er heute den ganzen Tag so freundlich zu mir war. Doch erstaunlicherweise traue ich ihm. Ich kann es nicht erklären, aber ich glaube nicht, dass er mir wehtun wird, vor allem nicht seit letzter Nacht. Es hat ihn wirklich berührt.

Hoffentlich ist dies der letzte Eintrag, den ich je in dieser Hütte niederschreiben werde. Obwohl mir das Schreiben dieser Seiten geholfen hat, mir etwas von meinem Verstand und meiner Autonomie zu bewahren, habe ich nicht alles aufgeschrieben, was hier passiert ist. Der Grund dafür ist, dass ich versuche zu vergessen. Einige Menschen schaffen es, Jahre ihrer Kindheit auszublenden. Sie verbannen die Dinge in ihr Unterbewusstsein, so dass sie nur von Zeit zu Zeit an ihnen nagen, in kleinen, schmerzlosen Portionen.

Diese Vorstellung von Verdrängung ist mein Vorbild. Mein Ziel ist es, die unaussprechlichen Vorfälle der vergangenen elf Tage zu vergessen. Als Preis dafür nehme ich gerne in Kauf, in den nächsten Jahren immer mal wieder von Depressionen, Wutanfällen und Selbstverleugnung heimgesucht zu werden. Nichts kann so vernichtend sein wie die tatsächlichen Erinnerungen an das, was ich gesehen und getan habe.

Ich unterschrieb den Eintrag mit meinem Namen, riss die Seite aus dem Notizheft und faltete sie zusammen. Dann ging ich zu meinem Seesack und steckte sie zwischen meine dreckige Wäsche zu den anderen Einträgen, die ich dort aufbewahrte. Nachdem ich die Laterne auf dem Nachttisch gelöscht hatte, kroch ich unter die Decke. Der Regen auf dem Blechdach war wirksamer als eine Packung Schlaftabletten.

Ein Blitz durchzuckte die Finsternis und ich sah das Weiße von Orsons Augen. Er stand tropfnass in meinem Zimmer. Als der Himmel sich wieder verdunkelte, begann mein Puls zu rasen und ich setzte mich im Bett auf.

»Orson, du machst mir Angst.« Meine Stimme erhob sich über den prasselnden Regen.

»Bleib ganz ruhig«, sagte er. »Ich bin gekommen, um dir eine Spritze zu geben.«

»Mit was?«

»Etwas, was dir helfen wird zu schlafen. So wie in dem Motel.«

»Wie lange stehst du schon hier?«

»Eine ganze Weile. Ich habe dir beim Schlafen zugesehen, Andy.«

»Machst du bitte das Licht an?«

»Ich hab den Generator abgestellt.«

Mein Herz hörte nicht auf zu rasen, deshalb nahm ich ein Streichholzbriefchen vom Nachttisch und zündete die Öllaterne an. Als ich die Flamme hochdrehte und die Wände in warmes Licht getaucht wurden, verschwand die Panik in meinem Innern. Seine Jeans und sein grüner Poncho waren völlig durchnässt.

»Ich muss dir das geben«, erklärte er und zeigte mir die Spritze. »Es wird Zeit, dass wir verschwinden.«

»Ist das wirklich notwendig?«, fragte ich.

»Auf jeden Fall.« Er kam einen Schritt näher. »Zieh deinen Ärmel hoch.«

Ich zog den Ärmel des T-Shirts über die Schulter und wandte den Kopf ab, als Orson die Nadel in meinen Arm einführte. Ein kurzer, stechender Schmerz, aber ich fühlte schon nichts mehr, als die Nadel herausgezogen wurde. Als ich wieder zu Orson blickte, sah ich das Zimmer verschwommen und mein Kopf fiel unfreiwillig auf das Kissen zurück.

»Du hast jetzt nicht viel Zeit«, sagte Orson, während meine Lider schwer wurden. Seine Stimme klang so weit entfernt wie das Donnergrollen. »Wenn du aufwachst, wirst du dich wieder in einem Motelzimmer in Denver befinden mit einem Flugticket auf dem Nachttisch und dem .357er in deinem Seesack. Dann weißt du, dass die Beweise, die ich gegen dich in der Hand habe, in meinem Besitz an einem sicheren Ort sind. Du hast deinen Teil der Abmachung eingehalten. Ich werde meinen einhalten.

Ich glaube zwar, dass wir in unserer Beziehung dieses Stadium längst hinter uns haben, dennoch möchte ich dich noch einmal eindrücklich davor warnen, irgendjemandem zu erzählen, was du gemacht hast oder wo du glaubst gewesen zu sein. Sprich nicht über mich, über Shirley Tanner oder Wilbur und die Jungs. Du warst die ganze Zeit auf Aruba und hast dich erholt. Und verschwende bloß keine Energie darauf, hierher zurückzukommen, um nach mir zu suchen. Vielleicht ist es dir gelungen, den Standort der Hütte zu lokalisieren, aber ich kann dir versichern, dass ich diese Wüste mit dir verlassen werde.

In den kommenden Monaten passieren vielleicht Dinge, die du nicht verstehen wirst, die du dir nicht einmal im Traum ausgemalt hättest. Aber Andy, vergiss das nie: Alles, was geschieht, geschieht aus einem bestimmten Grund, und diesen Grund kontrolliere ich. Hege niemals auch nur den geringsten Zweifel daran.

Du wirst mich wiedersehen, aber das wird eine Weile dauern. Lebe dein Leben weiter, so wie vorher. Schuldgefühle werden dich überkommen, aber du musst sie verdrängen. Schreib deine Bücher, genieße deinen Erfolg, aber behalte mich im Gedächtnis.«

Sein Gesicht verschwamm, dennoch meinte ich ihn lächeln zu sehen. Das Geräusch des Regens war verschwunden und ich konnte selbst Orsons eloquentes, leises Geflüster kaum noch verstehen.

»Du bist schon fast weg«, sagte er. »Das sehe ich an deinen

Augenlidern. Ich möchte dir zum Abschied etwas mitgeben, bevor du ganz in die selige Bewusstlosigkeit fällst.

Ich weiß, dass du Gedichte liebst. In deinem ersten Collegejahr hast du dich mit Robert Frost beschäftigt. Ich habe ihn damals gehasst, heute liebe ich ihn. Besonders ein bestimmtes Gedicht von ihm. Es wird bei Abschlussfeiern rezitiert und in Jahrbüchern abgedruckt, und obwohl alle das Gleiche tun, schwört jeder auf Einzigartigkeit, denn jeder liebt ja dieses Gedicht. So, von mir aus gibt es jetzt nichts mehr zu sagen und Bob wird dich in den Schlaf wiegen.«

Meine Augen fielen zu und ich hätte sie, selbst wenn ich es gewollt hätte, nicht mehr öffnen können. Orsons Stimme drang noch zu meinen Ohren durch, doch die letzte Zeile erreichte mich nicht mehr. Während mich die Droge endgültig übermannte, dachte ich noch, dass »Der Weg, den ich nicht nahm« unbestritten ihm gehörte.

»›Ein Weg ward zwei im gelben Wald. Betrübt, dass ich nicht beide gehen und einer sein kann, macht' ich Halt und sah dem einen nach, der bald im Dickicht war nicht mehr zu sehn.

Ich nahm darauf … den anderen dann. Sein gutes Recht gewährt' ich ihm: Das Gras stand dort … durch der Leute Gang genauso ausgetreten schien.

Auf beiden … das Laub von Tritten nicht zerdrückt …‹«

Zweiter Teil

Kapitel 14

Auf einer Fläche nicht größer als ein kleines Café drängte sich eine unglaubliche Menschenmenge. Ich war verwundert, wie viele Menschen in die Buchhandlung 9th Street Books hineinpassten. Es war einer dieser aussterbenden, vom Eigentümer selbst geführten Buchläden, der nicht von irgendeiner großen Kette aufgekauft worden war, und nicht weiträumiger als die Bibliothek einer Villa. Immerhin gab es eine erste Etage, auch wenn diese nur aus weiteren Regalen und einer kleinen Balustrade bestand, wo die Kunden in drei Meter Höhe auf einem Laufsteg im Kreis an den schier endlosen Reihen edler Bücher vorbeigeführt wurden.

Ich setzte meine goldgeränderte Brille ab, kaute auf dem Gummiende eines Bügels herum, beugte mich vor und las, den Ellbogen auf dem hölzernen Lesepult aufgestützt, den letzten Satz aus »Die Angst, zu leben«. »›Sizzle starb und fuhr glücklich zur Hölle.‹ Danke.«

Als ich das Buch zuklappte, applaudierten die Zuhörer. Adrian Phelps, die Inhaberin von 9th Street Books, erhob sich von ihrem Stuhl in der ersten Reihe. »Es ist neun Uhr«, sagte sie kaum hörbar und klopfte dabei auf ihre Uhr. Ich trat vom Lesepult zurück und die kleine, dünnlippige Frau mit dem kurzen, pechschwarzen Haar zog sich mit einer scherzhaften Drohgebärde das Mikrofon an den Mund.

»Leider ist unsere Zeit zu Ende«, erklärte sie den Zuhörern. »Dort vorne steht ein Ständer mit den Büchern von Mr Thomas. Er war so freundlich, fünfzig Exemplare seines neuen Romans zu signieren, die Sie käuflich erwerben können. Jetzt wollen wir ihn erst einmal mit einem großen Applaus verabschieden.« Sie drehte sich zu mir um, lächelte und begann zu klatschen. Die anderen Zuhörer fielen mit ein, und zehn Sekunden lang erbebte das alte Geschäft, die letzte Station meiner Lesereise durch zwölf Städte der Staaten, unter tosendem Beifall.

Nachdem sich die Menge allmählich aufgelöst und ein Teil des Publikums den Laden verlassen hatte, erhob sich meine Agentin Cynthia Mathis von ihrem Stuhl und kam über die abgetretenen Holzdielen auf mich zu. Ich wich einem Autogrammjäger aus und ging ihr entgegen.

»Du hast dich heute Abend selbst übertroffen, Andy«, sagte sie, während wir uns umarmten. Mit ihrem nach Flieder duftenden Parfüm verkörperte Cynthia sämtliche Qualitäten einer eleganten, erfolgreichen New Yorker Geschäftsfrau. Trotz ihrer fünfzig Jahre sah sie aus, als wäre sie gerade erst vierzig geworden. Ihr langes, langsam ergrauendes Haar war straff nach hinten zu einem Knoten gekämmt. Ein Hauch Puder ließ ihre hübschen Wangen noch weicher erscheinen, ein überraschender Kontrast zu ihrem strengen, schwarzen Hosenanzug.

»Schön, dich zu sehen«, sagte ich, während wir uns von den anderen entfernten. Seit ich mit dem Schreiben von »Die Angst, zu leben« vor zehn Monaten begonnen hatte, hatte ich Cynthia nicht mehr gesehen, daher war es ein merkwürdiges Gefühl, mit ihr wieder von Angesicht zu Angesicht zu sprechen.

»Ich habe uns einen Tisch im Il Piazza bestellt«, erklärte sie.

»Gott sei Dank, ich verhungere nämlich.« Doch noch umringten uns mindestens fünfzig Menschen, die auf ein persönliches Autogramm und ein paar Sekunden Smalltalk warteten. Die Türen der Buchhandlung, die zu meinem verdienten Dinner führten, schienen meilenweit entfernt, aber dann machte ich mir klar, dass dies hier genau das war, was ich liebte und wofür ich so hart gearbeitet hatte. Also setzte ich ein gewinnendes Lächeln auf, holte tief Luft und ging in die übrig gebliebene Menge hinein in der Hoffnung, ihr Interesse würde von kurzer Dauer sein.

Während der große italienische Sommelier mir auf mein Nicken hin etwas Wein einschenkte, reichte er mir den rubinrot gefleckten Korken und ich prüfte seine Feuchtigkeit. Ich schwenkte das Glas, trank einen Schluck, und als ich erneut nickte, wurden unsere beiden Gläser mit einem dunkelbernsteinfarbenen Latour gefüllt, der vierzehn Jahre auf diesen Moment gewartet hatte.

Nachdem der Weinkellner gegangen war, beschrieb uns ein anderer Kellner die Auswahl der verschiedenen Gerichte bis ins kleinste Detail. Dann reichte er uns zwei burgunderfarbene Speisekarten. Während ich mühsam die italienischen Speisenamen las, nippte ich an meinem samtigen Wein und dachte an die dunklen Trauben, die erst auf dem Land in Frankreich gereift und dann in unterirdischen Kellern gelagert worden waren.

Die Lichter der unter uns liegenden Stadt sorgten für eine gelassene, glitzernde Atmosphäre im Il Piazza. Das Restaurant belegte eine Ecke der 35sten Etage des Parker-Lewis-Gebäudes, so dass die besten Tische außen an den beiden Fensterseiten platziert waren, wo man einen fantastischen Blick hinab auf die Stadt hatte. Wir saßen an einem dieser von Kerzenschein beleuchteten Tische, und ich starrte auf den East River, der tief unter uns unter der Brooklyn Bridge hindurchfloss. Mein Blick folgte den Lichtern eines Lastkahns, der flussaufwärts gegen den schwarzen Strom schwamm.

»Du siehst müde aus«, sagte Cynthia.

Ich blickte auf. »Eigentlich mochte ich Lesereisen immer, aber mittlerweile strengen sie mich ziemlich an. Ich wäre am liebsten zu Hause.«

»Andy«, sagte sie, und dem Ernst ihrer Stimme konnte ich entnehmen, was nun kam. Ich kannte Cynthia gut genug, um zu wissen, dass mein Verschwinden im Mai ihren Glauben an mich erschüttert hatte. »Sieh mal, ich habe versucht, mit dir über das, was passiert ist, zu reden, aber du wehrst es immer ab, als ob ...«

»Cynthia ...«

»Andy, wenn ich mir das hier von der Seele geredet habe, können wir das Thema begraben.« Als ich nichts erwiderte, fuhr sie fort: »Du weißt, was mich bedrückt hat, als du dich einfach in den Südpazifik abgesetzt hast?«

»Ja«, sagte ich und strich mit Daumen und Zeigefinger am Stiel meines Glases entlang.

»Wenn du einfach abhaust, ohne mir Bescheid zu sagen, während du gerade an einem Buch schreibst, ist mir das egal. Ich bin nicht deine Mutter. Aber du warst weg, als dein Buch rauskam. Ich muss dir nicht sagen, wie wichtig es ist, dass du in der ersten Woche nach Erscheinen eines Buches präsent bist. Du bist ein Autor zum Anfassen, Andy. Die Interviews und Lesungen sind es, die für die Werbung sorgen. Die ersten Verkaufszahlen lagen unter denen von ›Dunkler Mörder‹. Eine Weile sah es so aus, als würde das Buch ein Flop.«

»Cynthia, ich ...«

»Alles, was ich sagen will, ist, mach so einen Scheiß nie wieder. Abgesehen von deinen Signierstunden in den Buchhandlungen, die dein Verleger abgesagt hat, musste ich jede Menge Presseleute anrufen und ihnen sagen, warum du nicht gekommen bist. Und ich hatte nicht die leiseste Ahnung. Bring mich nie wieder in eine derartige Situation.« Der Kellner kam auf uns zu, aber Cynthia schickte ihn mit einer Handbewegung weg. »Großer Gott, Andy, du hast mich nicht einmal angerufen, um mir zu sagen, dass du abreisen würdest«, flüsterte sie in grimmigem Ton, mit zusammengezogenen Augenbrauen und einer energischen Bewegung ihrer Arme. »Es kann doch nicht so schwer sein, den verdammten Telefonhörer in die Hand zu nehmen.«

Ich beugte mich vor und sagte ruhig: »Ich war ausgebrannt. Ich brauchte eine Pause und hatte keine Lust, vorher anzurufen und um Erlaubnis zu bitten. Das waren damals meine Beweggründe, es war falsch und es tut mir Leid. Es wird nicht wieder vorkommen.« Sie trank einen großen Schluck Wein. Ich trank mein Glas aus und spürte, wie mir die Hitze in die Wangen stieg. Ich streckte den Arm aus und ergriff ihre Hand. Sie sah mich schmachtend an.

»Cynthia. Es tut mir Leid, okay? Wirst du mir verzeihen?«

»Du bringst besser auch die Sache mit deinem Verleger in Ordnung.«

»Wirst *du* mir verzeihen?«

Ein zaghaftes Lächeln spielte um ihre Lippen. »Ja, Andy.«

»Gut, dann lass uns jetzt etwas zu essen bestellen.«

Cynthia hatte geschmorte Lammhachsen mit roter Pfeffersauce bestellt, und als der Kellner den Teller vor ihr abstellte, leuchteten ihre Augen. Ich beobachtete mit Vergnügen, wie mir mein Hauptgericht – Mostaccioli, sonnengetrocknete Tomaten, Kapern und mit Lorbeer angebratene Jakobsmuscheln – serviert wurde. Unter dem Bett aus Pasta köchelte eine rosafarbene Wodkasauce. Bevor der Kellner unseren Tisch wieder verließ, entkorkte er noch eine zweite Flasche Bordeaux und füllte erneut unsere Gläser.

Die Jakobsmuscheln hatten den Geschmack der süßen Tomaten angenommen. Eine zerging gerade auf meiner Zunge, als ein Sandkorn zwischen meinen Backenzähnen knirschte. Ich trank einen Schluck Wein – ein Hauch von Pflaumen, Fleisch und Tabak. Er rann wie Seide meine Kehle hinab. Ich wollte so lange wie möglich in diesem perfekten Gleichgewicht aus Hunger und Sättigung verweilen.

Je weiter der Abend voranschritt, desto mehr beschäftigte mich die Stadt. Es war schon eine verdammt angenehme Art, den Abend mit einem außergewöhnlichen Wein in einem der feineren New Yorker Restaurants zu verbringen und dabei das Meer von Lichtern zu beobachten, das von den Wolkenkratzern und der Stadt zu mir heraufschien. Inmitten dieses ständigen Funkelns wusste ich, dass ich von Millionen Menschen umgeben war, und dadurch wirkte diese Stadt wie ein Schutzschild gegen die einsame Angst, die mich bedrohte.

»Andrew?«, kicherte Cynthia mit gespieltem englischen Akzent. »Zu viel Wein getrunken?«

Als ich meinen Blick langsam vom Fenster wieder zu Cynthia wandte, schien das Restaurant zu schwanken. Ich wurde langsam betrunken. »Eine wunderschöne Stadt«, sagte ich leidenschaftlich.

»Du solltest dir hier eine Wohnung suchen.«

»O Gott, nein!«

»Willst du damit andeuten, dass es ein Problem mit meiner Stadt gibt?«

»Das muss ich nicht andeuten. Das kann ich dir auch frei heraus sagen. Ihr Yankees habt es immer so verdammt eilig.«

»Und das ist in deinen Augen ein schlechteres Leben als im verschlafenen Süden?«

»Wir Südstaatler wissen den Wert eines ruhigen Tages zu schätzen. Das kannst du uns nicht übel nehmen. Ich glaube, ihr Yankees beneidet uns nur ein bisschen ...«

»Ich finde, das Wort ›Yankee‹ hat etwas Beleidigendes.«

»Das liegt daran, dass deine Definition dieses Wortes vermutlich ziemlich verworren ist.«

»Das musst du mir erklären.«

»In Ordnung. Yankee: eine Bezeichnung für alle Menschen, die nördlich von Virginia leben, vor allem für unhöfliche, analfixierte Nordstaatler, die viel zu schnell sprechen, weder von süßem Tee noch von einem Barbecue etwas verstehen und im Ruhestand nach Florida ziehen.« Cynthia lachte, ihre braunen Augen funkelten mich an. Ich erwiderte ihren Blick.

Meine Augen brannten und ich wandte meinen Blick wieder zum Fenster, unter meinem Oxfordhemd und der safranfarbenen Krawatte klopfte mein Herz heftig.

»Andy?«

»Es geht mir gut«, sagte ich und bemühte mich, ruhig zu atmen.

»Was ist los?«

»Nichts.« Ich starrte aus dem Fenster hinab auf Queens, rang um Haltung und erzählte mir wieder diese Lüge.

»Du wirkst in letzter Zeit so verändert«, sagte sie und führte ihr Weinglas an die Lippen.

»Wieso?«

»Ich weiß nicht. Doch da wir uns zum ersten Mal seit fast einem Jahr wiedersehen, ist das vielleicht eine unfaire Einschätzung meinerseits.«

»Bitte«, erwiderte ich und pikste eine Jakobsmuschel mit meiner Gabel auf. »Nur zu mit deiner Einschätzung.«

»Seit deinem Urlaub scheinst du mir verändert. Nichts Dramatisches. Doch ich glaube, ich kenne dich lange genug, um zu merken, wenn etwas nicht stimmt.

»Und was stimmt deiner Ansicht nach nicht, Cynthia?«

»Es ist schwer, es in Worte zu fassen«, meinte sie. »Es ist

mehr so ein Gefühl aus dem Bauch heraus. Als du mich nach deiner Rückkehr diesen Sommer angerufen hast, war irgendetwas anders. Ich dachte, dir läge nur die Lesereise im Magen. Doch ich empfinde sogar jetzt und hier, wie abwesend du bist.« Ich trank ein weiteres Glas Wein leer. »Rede mit mir, Andy«, insistierte sie. »Fühlst du dich immer noch ausgebrannt?«

»Nein. Ich weiß, dass dich das wirklich beunruhigt.«

»Falls es eine Frau ist, dann sag es einfach und ich frage nicht weiter. Ich möchte mich nicht in deine persönlichen Dinge einmischen ...«

»Es ist keine Frau«, erklärte ich. »Sieh mal, es geht mir gut. Es gibt nichts, was du tun könntest.«

Sie hob ihr Weinglas und schaute aus dem Fenster.

Der Kellner kam, um unsere Teller zu holen. Er beschrieb ein teuflisches Himbeerschokoladensoufflee, doch es war schon spät und mein Flug ging am nächsten Morgen um 8 Uhr 30 von La Guardia. Daher zahlte Cynthia und wir fuhren mit dem Aufzug hinab auf die Straße. Da es beinah Mitternacht war, konnte ich mir nicht vorstellen, morgen früh pünktlich aufzuwachen. Ich hatte viel zu viel getrunken.

Ich winkte für Cynthia ein Taxi heran und küsste sie auf die Wange, bevor sie einstieg. Sie bat mich, sie in der nächsten Woche anzurufen, und ich versprach es ihr. Als das Taxi davonfuhr, starrte sie durch die Heckscheibe, ihr ernster Blick durchbohrte mich und nagte an der Wurzel meiner inneren Unruhe.

Du hast keine Ahnung.

Nachdem das Taxi verschwunden war, ging ich auf dem Bürgersteig an mehreren Häuserblocks vorbei, ohne einer Menschenseele zu begegnen. Der schmutzige East River mündete hier in den Atlantik, auch wenn ich ihn gerade nicht sehen konnte. Dafür roch ich das abgestandene, brackige

Wasser. Vier Krankenwagen sausten mit kreischenden Sirenen vorbei. Da mein Hotel nur zehn Blocks in Richtung Norden lag, hoffte ich, dass mich der Spaziergang durch die kühle Septemberluft bis dahin etwas ausgenüchtert hatte.

Ich fürchtete mich davor, nach Hause zu kommen. Seit Mitte Juni war ich durch das Land gereist und die mit Auftritten und Lesungen angefüllten Tage hatten mich in der Gegenwart verweilen lassen. Ich wollte keinen Moment lang allein sein. Meine Gedanken versetzten mich in Panik. Nun, da ich nach North Carolina in ein gemächlicheres Leben zurückkehrte, würde die Folter erst beginnen, das wusste ich. Ich schrieb an keinem Buch. Ich hatte nichts anderes zu tun, als mein Seehaus zu bewohnen. Zu existieren. Und ich fürchtete, dass mich dort diese zwei Wochen einholen würden, deren Existenz ich den ganzen Sommer über verleugnet hatte.

Als meine Gedanken zurück in Richtung Wüste wanderten, zwang ich mich, an den jadegrünen See, den elfenbeinfarbenen Sand und das strahlende Sonnenlicht zu denken. Ich sah deutlich das mit Stuckwerk verzierte Strandhaus und die Veranda vor mir, auf der ich blutrote Sonnenuntergänge über dem See beobachten würde. Ich war mir des Selbstbetrugs durchaus bewusst, aber ein Mensch tut alles, um mit sich in Frieden zu leben.

Kapitel 15

Den Oktoberbeginn verbrachte ich mit kalten, klaren Tagen auf dem See und unerträglichen Nächten im Bett. Jeden Morgen und jeden Abend ging ich für eine Stunde auf meinen Bootssteg, um zu fischen. Nachmittags schwamm ich regelmäßig und tauchte unter die trübe blaue Wasseroberfläche in eine Kälte, die den nahenden Winter spüren ließ. Manchmal schwamm ich nackt, um die Freiheit zu spüren, wie ein Kind in einer kalten Gebärmutter, ungeboren, unwissend. War ich tief getaucht und näherte mich wieder der Oberfläche, malte ich mir aus, dass das abscheuliche Wissen, das sich auch in die hintersten Winkel meines Verstandes eingebrannt hatte, verschwände, sobald ich die goldene Luft darüber erreichte. *Es ist nur unter Wasser Wirklichkeit,* versuchte ich zu denken, wenn ich vom Grund des Sees auftauchte. *Die Luft wird mich reinigen.*

Gegen Ende des Nachmittags vertrödelte ich meine Zeit mit einem Jack and Sun Drop auf dem Bootssteg und beobachtete den Schwimmer, der sanft auf der Wasseroberfläche schaukelte.

Die frühen Oktobertage in North Carolina sind unbeschreiblich, und der Himmel verwandelte sich in ein Azurblau, während die Sonne sich dem Horizont näherte. Ich hielt die Angelrute und wartete darauf, dass der rotweiße

Schwimmer unter Wasser tauchen würde, als ich im Gras hinter mir Schritte hörte.

Ich legte die Angel neben mich, drehte mich zum Ufer um und sah, dass Walter gerade den Steg betrat. Er trug eine Sonnenbrille und einen hellbeigen Anzug, das Jackett lässig über der linken Schulter und die Krawatte gelockert.

Ich war seit zwei Wochen wieder zu Hause. Obwohl Walter häufig angerufen hatte, hatte ich nur zweimal mit ihm gesprochen und mich bemüht, die Gespräche belanglos zu halten. Jedes Mal hatte ich ziemlich bald wieder aufgelegt, hatte kein einziges Mal meine hastige Abreise im Mai angesprochen und war seinen Fragen ausgewichen. Ich hatte mir nur Einsamkeit und Vergessen gewünscht, aber als ich meinen besten Freund mit finsterem Gesicht über den Steg auf mich zukommen sah, wusste ich, dass ich ihn verletzt hatte.

Etwa einen Meter von mir entfernt blieb er stehen und legte einen braunen Umschlag auf das von der Sonne gebleichte Holz. Walter schaute auf mich herab, so dass ich mein Spiegelbild im Glas seiner Sonnenbrille sehen konnte. Er setzte sich neben mich auf die Kante des Stegs und unsere Beine baumelten über dem Wasser.

»Dein Roman verkauft sich gut«, sagte er. »Das freut mich für dich.«

»Es ist eine Erleichterung.«

Als ich nach dem Umschlag griff, sagte Walter: »Ich habe ihn nie geöffnet.«

»Das musst du mir nicht sagen.«

»Irgendetwas hat angebissen.« Ich griff nach meiner Angel und schwang sie zurück, doch der Schwimmer tauchte ohne Spannung in der Schnur wieder auf. Als ich die Schnur einholte, bewegte sich der Schwimmer nicht.

»Mist, das war ein großer! Eine Großmaulmakrele.« Ich legte die Angel auf den Steg und nahm mein Glas. »Komm«, sagte ich und stand auf. Obwohl die Luft mild war, war die Stegoberfläche durch die direkte Sonneneinstrahlung tagsüber heiß wie Teer geworden. Meine Fußsohlen brannten auf den Planken. »Lass uns reingehen. Ich hol dir ein Bier.«

In meiner Badehose rannte ich den Steg bis zum Ufer entlang, sprang ins Gras und wartete. Walter trottete in seinem üblichen Tempo hinterher. Wir gingen nebeneinander den grünen gewundenen Weg durch den Garten entlang, der den Steg mit dem Haus verband. Ich hatte das Gras zwei Wochen lang nicht gemäht, daher reichte es als weicher, dichter Teppich bis über meine Knöchel.

Als wir die Stufen zur Veranda hochgingen, warf ich einen Blick auf den Wald zu meiner Rechten. Ich dachte an die dort vergrabene Leiche, die mein Leben so durcheinander gebracht hatte. Einen kurzen Moment erwachte in mir wieder die Erinnerung daran, wie ich sie gefunden hatte – der Geruch, die Angst, der überraschende Anblick.

Im Haus holte ich Walter eine Flasche Bier aus dem Kühlschrank und führte ihn ins Wohnzimmer. Da ich mich längst nicht so betrunken fühlte, wie ich es gerne gewesen wäre, mixte ich mir einen weiteren Jack and Sun Drop, während sich Walter auf dem Sofa niederließ.

»Tut mir Leid, dass ich noch nicht drüben bei euch war«, sagte ich an der Bar stehend.

»Die Lesereise hat dich ganz schön geschlaucht, was?«

»Ich war einfach nicht in der Stimmung, ständig vor Leuten zu stehen. Immer *voll da* zu sein.« Nachdem ich mehrere Eiswürfel in mein Glas geworfen und es je zur Hälfte mit Zitronensoda und Bourbon aufgefüllt hatte, rührte ich meinen Drink um, kam ins Wohnzimmer zurück und setzte mich Walter gegenüber in den dunklen Ledersessel.

Sein Blick fiel auf »Braun Nr. 2«, das mit all seinem protzigen Charme vom Kamin auf uns herabsah. Er schmunzelte, doch die Spannung zwischen uns hielt ihn von jeglichem Kommentar ab.

»Ich weiß«, meinte ich, »ein echtes Stück Scheiße. Loman. Ich würde dem Mistkerl gern einen ordentlichen Arschtritt verpassen. Keine Ahnung, warum ich es dort oben hängen lasse. Bestimmt nicht, weil ich es lieb gewonnen habe. Im Gegenteil, ich finde es von Tag zu Tag abscheulicher.«

»Tief in seinem Innern muss er gewusst haben, dass er ganz schön abgedroschen ist. Kann gar nicht anders sein. Mann, du hättest auf mich hören sollen!«

»Ich weiß, ich weiß«, sagte ich gähnend. Sobald Walter weg wäre, würde ich umkippen. »Wie geht's der Familie?«

»Aha! Die obligatorische Nachfrage. Es geht ihr gut. Ich habe mich in der letzten Zeit bemüht, mehr Zeit mit ihr zu verbringen und weniger mit dem Magazin. Ich muss sogar in zwei Stunden bei einer Schulaufführung sein. Dreißig Sechsjährige auf der Bühne. Kannst du dir das vorstellen?«

»Was spielen sie?«

»Mamet.« Wir lachten. Wir lachten eigentlich immer, wenn wir zusammen waren. »Die arme Jenna ist schrecklich nervös deswegen. Gestern ist sie weinend zu mir und Beth ins Bett gekommen. Übers Trösten sind wir eingeschlafen und heute Morgen in einer Pfütze wieder aufgewacht.«

»Oh!« Ich schauderte. »Eltern zu sein ist doch immer wieder anregend. Wie ich so etwas vermisse!«

»Dein Ernst?«, fragte Walter, ließ den Bierflaschenverschluss aufschnappen und balancierte die Flasche auf seiner Brust.

»Klar ist es mein Ernst. Jeder hat Mitleid mit mir, wenn ich erzähle, dass ich weder heiraten noch Kinder haben möchte. Aber das ist keine pathetische Resignation. Ich weiß einfach, dass es niemanden gibt, neben dem ich gern Tag für Tag aufwachen würde. Außer natürlich neben dir. Dich würde ich heiraten, Walter. Ernsthaft.«

Er lachte freundlich. »Karen hat dir ganz schön mitgespielt, aber irgendwann wirst du deine Verbitterung überwinden.«

»Woher zum Teufel willst du wissen, wie ich mich irgendwann fühlen werde?«

»Weil niemand durchs Leben gehen kann, ohne sich immer wieder zu verlieben.«

Wie traurig. Er glaubt wirklich, ich würde gern sein Leben leben. Er hält mich für Gatsby mit seiner verdammten Daisy. Vielleicht hat er ja sogar Recht.

»Ich war in Karen verliebt«, sagte ich und spürte einen Kloß im Hals, schluckte ihn aber wieder runter. »Und, was hat mir das gebracht? Ich habe sie geliebt und wollte mein Leben mit ihr verbringen. Zwei Jahre ging das so, doch plötzlich wollte sie nichts mehr von mir wissen. Wollte nicht mal mehr mit mir befreundet sein. Nannte mich eine Phase in ihrem Leben. Eine verdammte Phase. Das waren zwei vergeudete Jahre meines Lebens. Wenn ich darüber nachdenke, was ich in dieser Zeit alles hätte schreiben können, dann bin ich verdammt sauer.« Ich schüttelte den Kopf und trank einen Schluck Whiskey-Soda-Gemisch. »Ich sag dir was – sollte ich je heiraten, dann wäre das ein absolutes Wunder, denn ich halte bestimmt nicht danach Ausschau. Ich glaub einfach nicht, dass es je dazu kommt, und nach zwei Jahren Karen ist mir das auch verdammt recht. Dafür gebe ich einen guten Kumpel ab.«

»Du hast in einen faulen Apfel gebissen, und nun glaubst du, dass alle Äpfel so schmecken, aber das stimmt nicht«, sagte er mit dem Hochmut eines Mannes, der weiß, dass er Recht hat.

»Vielleicht mögen einige Leute einfach den Geschmack verfaulter Äpfel.« Sein freundlicher Gesichtsausdruck schwand. »Tut mir Leid, ich weiß nicht, warum ich mich wie ein Arschloch benehme. Ich bin gerade einfach etwas betrunken.«

»Hey, jeder macht verschiedene Phasen durch. Sei froh, dass du nicht so ein Vollzeitarschloch bist wie Bill York.«

»Ist dieser Typ immer noch dein Redakteur?«

»Ja. Er ist so ein Wichser. Er hat mich heute angeschnauzt, weil ich früher gegangen bin.«

»Es ist *dein* Magazin. Schmeiß ihn raus.«

»Wenn er nicht so ein guter Redakteur wäre, hätte ich ihn schon längst zum Teufel gejagt. Aber ich bezahle ihn schließlich nicht dafür, ein angenehmer Mensch zu sein. Solange er grammatikalisch perfekte Texte abliefert, könnte er von mir aus der Fürst der verdammten Finsternis sein.«

»Guter Gott, ich bewundere deine Prinzipien!« Wieder lachten wir gemeinsam. Dann herrschte einen Moment lang Schweigen, doch nach dem Gelächter wirkte die Stille recht ungezwungen. Walter blickte von seinem Bier auf und sah mich an.

»Andy«, sagte er, »willst du mir nicht verraten, was los ist?«

Ich schaute in Walters Augen und wollte alles loswerden. Der Drang, einem anderen Menschen zu erzählen, wo ich gewesen war und was ich getan hatte, war übermächtig.

»Ich weiß es einfach nicht.«

»Es hat mit deiner Reise diesen Mai zu tun, oder?«

Ich hielt die Luft an und dachte nach. »Es hat nur damit zu tun.«

»Sind es die Steuern?«, fragte er. »Hast du Ärger mit dem Finanzamt? Ganz ohne Scheiß.«

»Natürlich nicht.« Ich lachte.

»Warum kannst du es mir nicht anvertrauen?« Seine Augen verengten sich und ich zuckte mit den Schultern. »Dann rede doch mit mir.«

»Würdest du deine eigene Sicherheit aufs Spiel setzen oder eine Gefängnisstrafe riskieren, um zu erfahren, was mit mir los ist?«

Er setzte sich auf und stellte die halb leere Flasche auf den Boden. »Ich weiß, dass du das für mich tun würdest.«

Mein Magen zog sich zusammen bei dem Gedanken an die Wüste. Ich leerte mein Glas und blickte in seine braunen Augen. Sein graues Haar war seit Mai beträchtlich gewachsen. »Du weißt, dass ich einen Zwillingsbruder habe?«

»Du hast es mal erwähnt. Er ist verschwunden, oder?«

»Wir waren damals einundzwanzig. Spazierte einfach eines Abends aus unserem Schlafzimmer und meinte: ›Du wirst mich eine Weile nicht sehen.‹«

»Schätze, das war ganz schön hart für dich.«

»Ja, es war hart. Im Mai hat er Kontakt zu mir aufgenommen. Walter, du darfst es niemandem erzählen. Weder Beth noch …«

»Keiner Seele«, erwiderte er.

»Erinnerst du dich an die schwarze Lehrerin, die im Frühjahr spurlos verschwunden ist?«

»Rita Jones?«

Ich schluckte. *Wenn du jetzt weitersprichst, hängt er mit drin. Denk darüber nach. Du bist zu betrunken, um diese Entscheidung zu treffen.*

»Sie ist in meinem Wald begraben.« Walter wurde bleich. »Mein Bruder Orson hat sie dort hingebracht. Er hat mich erpresst. Hat mir erklärt, mein Blut würde an ihr kleben, und das Messer, mit dem er sie umgebracht hat, sei in meinem Haus versteckt. Er wollte zur Polizei gehen, wenn ich ihn nicht aufgesucht hätte. Hat damit gedroht, unsere Mutter zu bestrafen.«

»Du bist betrunken.«

»Willst du die Leiche sehen?«

Walter starrte mich zweifelnd an. »Er hat sie ermordet?«

»Ja.«

»Warum?«

»Er ist ein Psychopath«, erwiderte ich und bemühte mich, nicht zu zittern.

»Was wollte er von dir?« Tränen traten mir in die Augen, ich konnte sie nicht zurückhalten. Sie rannen mir die Wangen hinab, und als ich sie wegwischte und Walter ansah, musste ich erneut heulen.

»Grauenhaft«, sagte ich mit zitternden Lippen. Die Tränen rannen das Kinn herab.

»Wohin bist du gefahren?«

»Eine Wüste in Wyoming.«

»Warum?« Ich antwortete nicht, und Walter ließ mir einen Moment Zeit, mich wieder zu sammeln. Er wiederholte seine Frage nicht. »Wo ist er jetzt?«

»Ich weiß es nicht. Er könnte überall sein.«

»Und du bist nicht zur Polizei gegangen?«

»Er hat meine Mutter bedroht!« Meine Stimme schnappte über und war bis in die obere Etage zu hören. »Außerdem, was sollte ich denen denn sagen? Mein Zwillingsbruder hat Rita Jones umgebracht und sie auf meinem Grundstück vergraben? Ach, und übrigens, mein Blut klebt an ihr, sie wurde mit meinem Tranchiermesser ermordet und mein Bruder ist verschwunden, aber ich schwöre, dass ich's nicht war!«

»Was hast du denn für eine Wahl?«, fragte er. Ich zuckte mit den Schultern. »Wenn das stimmt, was du sagst, werden so lange Leute sterben, bis er gefasst ist. Beth oder John David könnten die Nächsten sein. Ist dir das egal?«

»Was mir nicht egal ist«, erklärte ich, »ist, dass, selbst wenn ich Orson fände und ihn auf ein Polizeirevier schleppen könnte und den Beamten erzählen würde, was er getan hat, Orson als freier Mensch hinausspazieren würde. Ich habe keine Beweise, Walter. Dem Gericht wäre es scheißegal, dass *ich* weiß, dass Orson ein Psychopath ist, und gesehen habe, wie er Menschen gefoltert und ermordet hat. Was zählt, ist einzig und allein, dass mein Blut an Rita Jones klebt!«

»Du hast gesehen, wie er Menschen ermordet hat?«, fragte Walter. »Du hast ihm wirklich beim Töten zugesehen?« Wieder traten Tränen in meine Augen. »Wen hat er …«

»Ich möchte nicht mehr darüber reden.«

»Aber du hast mir gerade erzählt, dass du …«

»Ich werde nicht darüber reden!«

Ich erhob mich aus dem Sessel und ging hinüber zum Fenster, von dem aus man über den Rasen und dahinter über den See blicken konnte. Am Waldrand bekamen die ersten Pappeln eine goldene Farbe, die violetten Eichen und roten Ahornbäume würden bald schon den Wald förmlich in Brand setzen mit ihrem welkenden Laub. Ich lehnte die Stirn gegen das Fenster, so dass meine Tränen die Scheibe herabliefen und trübe Spuren hinterließen.

»Was kann ich tun?«, fragte Walter. Seine Stimme klang jetzt wieder mitfühlend.

Ich schüttelte den Kopf. *Auch ich habe gemordet. Habe einer Frau das Herz herausgeschnitten und einen Mann in den Kopf geschossen, weil Orson es mir befohlen hat.* Die Wörter schwirrten in meinem Kopf herum, aber ich konnte Walter nicht erzählen, was ich getan hatte. Irgendwie dachte ich, es reichte aus, dass er von Orson wusste und wo ich gewesen war.

»Ich habe jede Nacht Alpträume.«

»Du musst mit jemandem reden. So etwas kann dich kaputtmachen …«

»Ich rede mit dir«, sagte ich und beobachtete ein Boot, das eine Schleife über den See zog. Zugleich fragte ich mich, was Walter wirklich durch den Kopf ging.

Er kam zum Fenster und wir lehnten uns beide gegen die Scheibe.

»Sie ist direkt dort drüben«, sagte ich und zeigte auf den Wald. »In einem flachen Grab.«

Wir standen ewig am Fenster. Ich vermutete, er würde weitere Details wissen wollen, doch er schwieg und dafür war ich ihm dankbar.

Dann wurde es Zeit für ihn, zu gehen. Er musste zum Theaterstück seiner Tochter. Ich stellte mir Jenna auf der Bühne vor und Walter und Beth im Publikum. Strahlend. Ich schwöre, dass es nur eine Sekunde lang dauerte, aber mir war ganz übel vor Neid.

Kapitel 16

Jeanette Thomas lebte allein in dem langsam aussterbenden Ort Winston-Salem, North Carolina. In dem einer Ranch ähnelnden Haus waren ihre Söhne aufgewachsen und ihr Mann gestorben. In meiner Kindheit war dies eine blühende Mittelschichtgegend gewesen, doch als ich jetzt mit meinem roten CJ-7 langsam die Race Street entlangfuhr, stellte ich erstaunt fest, wie sehr sich alles verändert hatte. Verrostete Zäune aus Eisenketten umschlossen die Vorgärten, und einige Häuser waren total heruntergekommen. Es schien, als ob auf jeder Veranda eine ältere Person in einem Schaukelstuhl saß und den selten vorbeikommenden Autos zuwinkte. Dieses Viertel diente offenbar vielen Anwohnern als letzte Zone der Unabhängigkeit, bevor sie ihre letzten Tage in einem Altenheim verbringen würden.

Als ich mich dem Haus meiner Mutter näherte, stieg unweigerlich die Erinnerung an frühere Zeiten in mir hoch. Damals waren die Straßen voller Kinder gewesen, und jetzt sah ich sie alle wieder vor mir, auf Fahrrädern und Stelzen, lachend, raufend, dem Eiswagen hinterherlaufend, wenn dieser hier an den heißen Sommernachmittagen seine Runde drehte. Dieses Paradies mit grünen, Schatten spendenden Bäumen und voller jugendlicher Energie war einst Orsons und meine Welt gewesen. Wir waren auf Bäume geklettert, hatten die dunklen Abwasserkanäle und verbotenen Wälder erkundet, die im Norden das Wohnviertel begrenzten. Wir hatten geheime Clubs gegründet, wackelige Baumhäuser gebaut und an einem Winterabend hier auf dem verlassenen Baseballfeld unsere erste Zigarette geraucht. Da dies das einzige Zuhause meiner Kindheit war, barg diese Straße besonders viele, nachhaltige Erinnerungen. Jedes Mal wenn ich hierher zurückkehrte, überkamen sie mich, und nun, nachdem das Viertel sich in eine Geisterstadt verwandelt hatte, erschien mir meine Kindheit noch viel spektakulärer. Der gegenwärtige Verfall ließ meine Erinnerungen noch reicher und strahlender wirken.

Meine Mutter parkte ihr Auto immer am Fuß der Einfahrt, damit sie beim Rückwärtsfahren nicht aus Versehen den Briefkasten rammte. Als ich ihren Wagen erblickte, der etwas schief in die Straße hineinragte, musste ich lächeln und parkte mein Auto auf dem Bordstein vor dem Haus. Ich schaltete den Motor des Jeeps aus, öffnete die Tür und hörte als Erstes das krächzende Geräusch eines Laubbläsers. Ich stieg aus und schlug die Tür zu.

Auf der anderen Straßenseite saß ein alter Mann in einem Sessel auf der Veranda, rauchte Pfeife und schaute einer Gruppe von Jugendlichen zu, die mit dem Gebläse das Laub von seinem Rasen zu einem großen braunen Haufen auftürmten. Er winkte mir zu und ich winkte zurück. *Mr Harrison. Wir waren zwölf, als wir herausfanden, dass du den Playboy abonniert hattest. Wir klauten dir drei Monate lang das Heft. Haben jeden Tag, wenn wir aus der Schule kamen, deinen Briefkasten kontrolliert. Im vierten Monat hast du uns erwischt. Hast eine Woche lang hinter den Gardinen gestanden, um die Diebe auf frischer Tat zu erwischen. Kamst aus dem Haus geschossen, um uns zu unserer Mutter zu schleifen, bis dir einfiel, dass sie dann merken würde, was für ein schmutziger al-*

ter Mann du bist. »Nun, ihr habt doch schon drei!«, hast du gerufen. Dann hast du flüsternd hinzugefügt: »Ich lege sie auf meine hintere Veranda, wenn ich sie durchhabe. Was haltet ihr davon? Schließlich bezahle ich dafür, also will ich auch was davon haben.« Uns war's recht.

»Hey!«, rief ein Mann, der mit einem grauen Honda mitten auf der Straße angehalten hatte. Ich trat vom Bordstein hinunter und ging auf das Auto zu.

»Kann ich Ihnen irgendwie helfen?«, fragte ich. Ich schätzte ihn auf sechs- oder siebenundzwanzig. Sein Haar war sehr dunkel und sein schmales Gesicht zart und weiß. Im Innern seines Autos stank es nach Windex. Ich mochte seine Augen nicht.

»Sind Sie Andrew Thomas?«, fragte er. *Das alte Spiel.*

Seit dem Erscheinen meines ersten Romans zählte ich, wie oft ich erkannt wurde. Da Pressekonferenzen, Literaturveranstaltungen und andere öffentliche Auftritte nicht mitzählten, war dies das dreiunddreißigste Mal.

Ich nickte. »Nicht zu fassen. Ich lese gerade Ihr Buch. Ähm, die Angst – nein, ach, ich weiß genau, wie es heißt …«

»Die Angst, zu leben.«

»Genau. Es ist einfach super. Ich hab's sogar dabei. Würden Sie vielleicht, ähm …«

»Möchten Sie, dass ich es signiere?«

»Würden Sie das tun?«

»Gerne.« Er griff hinter den Beifahrersitz, kramte mein neuestes Buch hervor und reichte es mir. *Ich schätze, ich sehe so aus, als hätte ich stets einen Stift bei mir.* Manchmal war es enttäuschend, seine Fans zu treffen. »Haben Sie einen Stift?«, fragte ich.

»Oh, Mist!, nein … warten Sie.« Er öffnete das Handschuhfach und holte einen kurzen, stumpfen Bleistift hervor. Er hatte vor kurzem Minigolf gespielt. Während ich den Stift nahm, blickte ich auf den Schutzumschlag von »Die Angst, zu leben« – ein bösartig grinsendes Gesicht verzehrt von Flammen. Ich war von diesem Titelbild nicht sonderlich begeistert gewesen, aber was der Autor darüber denkt, interessiert niemanden.

»Soll ich es einfach signieren?«, fragte ich.

»Würden Sie … ich meine, könnten Sie vielleicht eine Widmung für meine Freundin hineinschreiben?«

»Klar.« *Sagst du mir, wie sie heißt, oder muss ich danach fragen? … Ich muss fragen.* »Wie heißt sie?«

»Jenna.«

»J–E–N–N–A?«

»Ja.« Ich legte das Buch auf das Autodach und schrieb eine meiner drei Standardwidmungen hinein: *Für Jenna – mögen deine Hände zittern und dein Herz laut pochen. Andrew Z. Thomas.* Ich klappte das Buch zu und reichte es ihm zurück. »Sie wird total begeistert sein«, sagte er und legte wieder einen Gang ein. »Vielen, vielen Dank.« Ich schüttelte seine kalte, dünne Hand und schritt über den Bordstein wieder auf den Rasen.

Während er wegfuhr, ging ich über den ungemähten Rasen auf die Haustür meiner Mutter zu, dabei fuhr eine Windböe durch die Bäume und streifte meinen Rücken. Der Morgenhimmel war von dicken Wolken verhangen, die in den kommenden Monaten vermutlich Schnee mit sich bringen würden. In der Mitte des Rasens leuchtete vor dem aschegrauen Oktoberhimmel ein Silberahorn in allen Farben des Feuers.

Je näher ich dem Haus kam, desto trostloser wirkte es. Laub verstopfte die Regenrinnen, die an einigen Stellen kaum mehr am Dach hingen. Die Holzverkleidung war aufgequollen und die Farbe blätterte ab. Selbst der Vorgarten hatte sich in einen Urwald verwandelt, und ich hegte nicht den geringsten Zweifel, dass Mutter den Gärtner wieder gefeuert hatte, den ich für sie bestellt hatte. Sie hatte wütend und stur jedwede finanzielle Unterstützung abgelehnt. Nachdem »Der Mörder und seine Waffe« nach Hollywood verkauft worden war, hatte ich versucht, ihr ein neues Haus schmackhaft zu machen, doch sie hatte sich geweigert, umzuziehen. Ich durfte weder ihre Rechnungen bezahlen noch ihr ein Auto kaufen oder sie gar auf eine Kreuzfahrt schicken. Ich war nicht sicher, ob es an ihrem Stolz lag oder daran, dass sie einfach nicht wusste, wie viel Geld ich verdiente, doch es ärgerte mich maßlos. Sie bestand darauf, sich allein mit dem Unterhaltszuschuss, ihrer Lehrerinnenrente und Vaters geringer und mittlerweile beinah aufgebrauchter Lebensversicherung durchzuschlagen.

Ich stieg die Stufen zur Veranda empor und klingelte. Von drinnen ertönten durch eine gesprungene Fensterscheibe Fetzen von »Der Preis ist heiß« und gleichzeitig Schritte, die sich der Haustür näherten. Ich hörte, wie meine Mutter einen Hocker über den Boden schleifte, um den Türspion zu erreichen.

»Ich bin's, Mutter!«, rief ich durch die Tür.

»Andrew, bist du es?«

»Ja, Mutter!.« Drei Riegel wurden geöffnet und die Tür ging auf.

»Liebling!« Ihr Gesicht erstrahlte – eine Wolke gab die Sonne frei. »Komm rein«, sagte sie lächelnd. »Gib deiner Mutter einen dicken Kuss.« Ich trat ein und umarmte sie. Gerade fünfundsechzig, kam sie mir jedes Mal kleiner vor, wenn ich sie besuchte. Ihr Haar wurde langsam weiß, aber sie trug es immer noch lang und zu einem Pferdeschwanz gebunden wie früher. Das grüne Kleid mit den weißen Blumen war ihr inzwischen viel zu groß und wirkte auf ihrem zierlichen Körper wie eine aus der Mode gekommene Tapete.

»Du siehst gut aus«, sagte sie und inspizierte meine Hüften. »Ich sehe, du hast diesen Rettungsring abgelegt.« Lächelnd zwickte sie mich in den Bauch. Ihre größte Sorge war, ich könnte plötzlich dreihundert Kilo zunehmen und Gefangener in meinem eigenen Haus werden. Es war kaum auszuhalten bei ihr, wenn mein Körper auch nur die geringsten Zeichen von Übergewicht erkennen ließ. »Ich hab dir doch gesagt, dass du diese Speckpölsterchen leicht wieder loswirst. Sie sind wirklich nicht attraktiv, weißt du. Aber das kommt davon, wenn du immerzu drinnen hockst und schreibst.«

»Der Garten sieht gar nicht gut aus, Mutter«, erklärte ich, ging ins Wohnzimmer und setzte mich aufs Sofa. Sie ging zum Fernseher und schaltete den Ton aus. »Kommt der Gärtner nicht mehr?«

»Ich hab ihn rausgeschmissen«, sagte sie und stellte sich mit in die Hüften gestemmten Händen vor den Bildschirm. »Er hat zu viel verlangt.«

»*Du* musstest ihn doch nicht bezahlen.«

»Ich brauche deine Hilfe nicht«, meinte sie. »Und ich werde auch nicht mit dir darüber diskutieren. Ich habe dir einen Scheck ausgestellt über die Summe, die du mir gegeben hast. Erinnere mich daran, ihn dir mitzugeben, bevor du gehst.«

»Ich werde ihn nicht annehmen.«

»Dann ist es eben zum Fenster rausgeworfenes Geld.«

»Aber der Garten sieht fürchterlich aus. Er müsste dringend …«

»Das Gras wird eh braun und fault weg. Kein Grund, jetzt so ein Getue deswegen zu machen.«

Ich seufzte und lehnte mich zurück gegen die staubige, durchsessene Sofalehne, während meine Mutter in die Küche verschwand. Das Haus roch muffig, nach altem Holz und angelaufenem Silber. Über dem gemauerten Kamin hing ein Familienfoto, das in dem Sommer nach Orsons und meinem Schulabschluss aufgenommen worden war. Das Foto war sechzehn Jahre alt und das sah man auch. Der Hintergrund war rötlich verfärbt und unsere Gesichter wirkten eher rosa als fleischfarben.

Ich erinnerte mich sehr genau an jenen Tag. Orson und ich hatten uns darüber gestritten, wer von uns Vaters braunen Anzug tragen durfte. Wir beide hatten uns so darauf fixiert, dass unsere Mutter eine Münze warf. Ich gewann. Orson war so wütend, dass er sich weigerte, sich fotografieren zu lassen, also gingen Mutter und ich alleine ins Fotoatelier. Ich trug den braunen Anzug meines Vaters und sie ein lila Kleid, das auf dem verblichenen Foto nun schwarz wirkte. Es war unheimlich, meine Mutter und mich anzuschauen, wie wir dort allein vor dem roten Hintergrund standen – eine halbe Familie. *Sechzehn Jahre später hat sich nichts geändert.*

Sie kam aus der Küche zurück ins Wohnzimmer und trug ein Glas mit süßem Tee.

»Hier, für dich, mein Liebling«, sagte sie und reichte mir das kühle, klebrige Glas. Ich trank einen Schluck und genoss ihre Kunst, den besten Tee aufzubrühen, den ich je gekostet hatte. Er war genau richtig gesüßt, nicht bitter, nicht zu schwach und von transparenter Mahagonifarbe. Sie setzte sich in ihren Schaukelstuhl und zog sich einen Quilt über ihre mageren Beine, die wurmartigen Venen waren unter der dicken Strumpfhose verborgen.

»Warum hast du dich vier Monate lang nicht blicken lassen?«, fragte sie.

»Ich hatte zu tun, Mutter«, erklärte ich und stellte das Teeglas auf dem Beistelltischchen vor dem Sofa ab. »Ich hatte eine Lesereise und vieles andere um die Ohren, deshalb bin ich auch noch gar nicht so lange wieder in North Carolina.«

»Nun, es tut schon weh, wenn sich der eigene Sohn nicht einmal die Zeit nimmt, seine Mutter zu besuchen, sondern immer nur wichtigere Termine hat.«

»Es tut mir Leid«, meinte ich. »Ich bin beschämt.«

»Du solltest wirklich etwas aufmerksamer sein.«

»Das werde ich. Tut mir Leid.«

»Hör auf damit«, erwiderte sie kurz. »Ich verzeihe dir.« Sie drehte sich wieder zum Fernseher um und meinte: »Ich habe dein Buch gekauft.«

»Du brauchst es doch nicht zu kaufen, Mutter. Ich habe noch dreißig Exemplare zu Hause. Ich hätte dir eins mitbringen können.«

»Das wusste ich nicht.«

»Hast du es denn gelesen?«

Sie runzelte die Stirn und ich kannte bereits ihre Antwort. »Ich möchte deine Gefühle nicht verletzen«, sagte sie. »Aber es liest sich genau wie die anderen. Ich habe noch nicht einmal das erste Kapitel zu Ende gelesen, bevor ich es weggelegt habe. Du weißt, ich habe etwas gegen Gottlosigkeit. Und dieser Mann war einfach schrecklich. Ich lese nichts über jemanden, der andere Menschen mit einem Schraubenzieher ermordet. Ich weiß nicht, wie du so etwas schreiben kannst. Die Leute denken vermutlich, ich hätte dich misshandelt.«

»Mutter, ich …«

»Ich weiß, dass du das schreibst, was sich verkauft, aber das heißt noch nicht, dass ich es mag. Ich wünschte nur, du würdest zur Abwechslung mal etwas Nettes schreiben.«

»Was denn? Was soll ich denn deiner Meinung nach schreiben?«

»Eine Liebesgeschichte, Andrew. Irgendetwas mit einem Happyend. Die Leute lesen schließlich auch Liebesgeschichten, wie du weißt.« Ich lachte laut und hob das Glas.

»Du glaubst also, ich sollte ins romantische Fach überwechseln? Meine Fans wären begeistert, das kann ich dir sagen.«

»Jetzt bist du gemein«, sagte sie, während ich wieder einen

Schluck trank. »Du solltest dich was schämen. Sich über die eigene Mutter lustig zu machen.«

»Ich mache mich nicht über dich lustig, Mutter. Ich finde, du bist urkomisch.«

Erneut runzelte sie die Stirn und schaute wieder auf den Fernseher. Unter ihrer harten Schale aus Eigenwillen und Reizbarkeit war meine Mutter überraschend sensibel.

»Warst du schon an Vaters Grab?«, fragte sie nach einer kurzen Pause.

»Nein. Ich wollte mit dir zusammen hingehen.«

»Heute Morgen lagen an seinem Grabstein Blumen. Ein wunderschönes Gesteck. Sie sahen frisch aus. Bist du sicher, dass du …«

»Mutter, ich denke doch, ich würde mich daran erinnern, wenn ich heute Morgen Blumen auf Vaters Grab gelegt hätte.«

Ihr Kurzzeitgedächtnis ließ ganz schön nach. Vermutlich hatte sie die Blumen gestern selbst hingetragen.

»Nun, ich war heute Morgen dort«, erklärte sie. »Bevor es sich bewölkt hat. Habe etwa eine Stunde dort gesessen und mit ihm geredet. Er hat eine schöne Ruhestätte, dort unter der Magnolie.«

»Ja, das hat er.«

Ich starrte auf den olivgrünen Plüschteppich unter meinen Füßen, den schiefen Esstisch neben der Küche und auf die erste Tür im Flur, die hinab in den Keller führte, und spürte, wie wir vier uns durch diesen toten Raum bewegten, diesen altmodischen Spuk – spürte meinen Vater und Orson genauso intensiv wie meine Mutter, die leibhaftig vor mir saß. Erstaunlicherweise riss mich der Geruch verbrannten Toastbrotes aus der Erstarrung. Meine Mutter liebte verbranntes Brot, und obwohl der Geruch ihres angesengten Frühstücks bereits ein paar Stunden alt war, verwandelte er drei unerbittliche Sekunden lang dieses verfallene Haus in meine Heimat und mich wieder in ihren kleinen Jungen.

»Mutter«, fing ich meinen Satz an und hätte beinah seinen Namen ausgesprochen. *Orson* lag mir auf der Zunge. Ich wollte, dass sie mich daran erinnerte, was für ein sorgloses Leben wir als Kinder geführt hatten, die miteinander spielten.

Sie schaute von ihrem stummen Fernseher auf.

Doch ich bat sie nicht darum. Sie hatte ihn aus dem Gedächtnis gestrichen. Als ich einmal den Fehler begangen hatte, von ihm zu sprechen, war sie sofort verstummt. Es hatte sie zutiefst verletzt, dass er weggegangen war, dass Orson vor dreizehn Jahren sämtliche Familienbande zerschnitten hatte. Anfänglich hatte sie diesen Schmerz bekämpft, indem sie geleugnet hatte, dass er je ihr Sohn gewesen sei. Inzwischen, Jahre später, leugnete sie, dass er je geboren worden war.

»Ach, nichts«, sagte ich, und sie wandte sich wieder der Quizshow zu. Also suchte ich selbst nach einer Erinnerung. *Mit elf sind Orson und ich alleine im Wald. Es ist Sommer und die Bäume sind dicht belaubt. Wir finden ein zerschlissenes, feuchtes und verschimmeltes Zelt aus Segeltuch und sind begeistert. Wir kehren die Blätter nach draußen, machen das Zelt zu unserer geheimen Trutzburg und spielen in jenem Sommer jeden Tag darin, sogar bei Regen. Da wir nicht einmal den Nachbarskindern davon erzählen, gehört es uns ganz allein und wir schleichen uns mehrere Male nachts aus dem Haus, kampieren dort mit unseren Taschenlampen und Schlafsäcken und jagen bis zum Morgengrauen Glühwürmchen. Dann rennen wir nach Hause und klettern in unsere Betten, bevor Mutter und Vater aufwachen. Sie erwischen uns nie und zum Ende des Sommers besitzen wir ein ganzes Marmeladenglas voller Gefangener – eine luziferinische Nachtbeleuchtung auf dem Spielzeugregal zwischen unseren Betten.*

Mutter und ich schauten bis Mittag den habgierigen Kandidaten zu. Ich behielt diese Erinnerung für mich.

»Andrew«, sagte sie, als die Quizshow zu Ende war, »ist es immer noch kalt draußen?«

»Es ist kühl«, erwiderte ich, »und etwas windig.«

»Würdest du ein Stück mit mir spazieren gehen? Das Laub ist wunderschön.«

»Gerne.«

Sie ging ins Schlafzimmer, um sich einen Mantel zu holen, und ich stand auf und ging durch das Esszimmer zur Hintertür. Ich öffnete sie und trat auf die hintere Veranda. Da die grüne Farbe überall abblätterte, waren die Bohlen rutschig.

Mein Blick wanderte über den zugewachsenen Garten und die kaputte Schaukel, die wir einst mit unserem Vater gebaut hatten. Er wäre nicht stolz darauf, wie ich mich um seine Frau kümmerte. *Aber sie ist stur wie ein Esel und das wusstest du. Wusstest es besser als jeder andere.* Ich lehnte mich gegen die Brüstung und blickte zu dem knapp dreißig Meter entfernten Wald hinüber, der dort begann, wo der Rasen aufhörte.

Irgendwo in meinem Innern fühlte ich ein Zwicken. Es war, als sähe ich die Welt wie das Negativ eines Fotos – schwarz und grau, zwei Jungen, die durch den Wald auf etwas zugingen, was ich nicht sehen konnte. Ein flüchtiges Bild tauchte vor meinen Augen auf – eine glühende Zigarette in einem Tunnel. Ich spürte eine Gegenwart in diesem Wald, in meinem Kopf, die mich aus der Fassung brachte.

Ich wurde den Gedanken nicht los, etwas vergessen zu haben.

Kapitel 17

Vor Einbruch der Dunkelheit verließ ich meine Mutter und dachte die vierzig Meilen zwischen Winston-Salem und meinem Haus am See in der Nähe von Davidson an Karen. Normalerweise verbannte ich jeglichen Gedanken an sie aus meinem Kopf, kaum dass mich irgendetwas an sie erinnerte, doch an jenem Abend erlaubte ich ihr zu bleiben und stellte mir beim Anblick des vertrauten Straßenverlaufs zwischen Wäldern und Weiden vor, sie säße neben mir im Jeep.

Wir fahren einvernehmlich schweigend nach Hause und in einer Stunde gehen wir gemeinsam durch meine Haustür. Du wirfst deinen Mantel über den Klavierschemel und ich gehe schnurstracks in die Küche, um eine Flasche Wein zu holen, auch wenn ich deinem Blick entnehme, dass du heute Abend vielleicht mehr an etwas anderem interessiert bist als an Wein. Daher gehen wir ohne Musik, Kerzen oder uns frisch zu machen direkt nach oben in mein Schlafzimmer, haben Sex miteinander, schlafen ein, wachen wieder auf, lieben uns erneut und schlafen wieder ein.

Ich wache in dieser Nacht noch einmal auf, spüre deinen Atem neben mir und lächle bei dem Gedanken, uns ein gemeinsames Frühstück zu bereiten. Du bist morgens im Bademantel beim Kaffee eine wunderbare Gesellschaft, wenn der See in den ersten Sonnenstrahlen glitzert …

Ich redete laut mit einem leeren Sitz und Davidson war immer noch fünfzehn Meilen entfernt.

Das Letzte, was ich von Karen gehört hatte, war, dass sie als Lektorin für einen kleinen Verlag in Boston arbeitete und mit einem Patentanwalt zusammenlebte. Weihnachten würden sie auf den Bermudas heiraten. *Versuch es mal so, Andy: Gegen halb neun wirst du deine Haustür aufschließen, dein Haus betreten und direkt nach oben ins Schlafzimmer gehen. Allein. Dir wird nicht einmal nach einem Drink zumute sein.*

Ich erwachte durch einen ohrenbetäubenden Schrei aus meiner Stereoanlage, die unten im Wohnzimmer stand und Miles Davis auf voller Lautstärke durch das Haus jagte. Es war zwei Uhr morgens. Ich verharrte in vollkommener Dunkelheit bewegungslos unter der Decke und dachte: *Es ist jemand im Haus. Wenn du das Licht einschaltest, wirst du ihn am Fußende des Bettes stehen sehen, und wenn du dich bewegst, wird er wissen, dass du wach bist, und dich umbringen. Bitte, lieber Gott, lass es sich um einen plötzlichen Spannungsanstieg in der Stromleitung oder um irgendeinen Fehler im Überspannungsschalter handeln! Aber ich habe gar keine Miles-Davis-Platte.*

Die Fenster klirrten wegen der lauten Musik, während ich mit der linken Hand nach meinem Nachttisch tastete und die Schublade öffnete, obwohl ich jeden Augenblick damit rechnete, vom Licht geblendet zu werden und direkt danach einen unsagbaren Schmerz zu spüren. Meine Hand griff nach meiner neuen Pistole, einer kompakten .40er Glock. Ich konnte mich nicht mehr daran erinnern, ob ich die Waffe geladen hatte, daher schob ich sie unter die Bettdecke und zog den Patronenschaft heraus. Ich konnte spüren, wie das Teilmantelgeschoss aus dem Magazin hervorstand, bereit, abgefeuert zu werden.

Zwei Minuten lang lag ich im Bett, nur darum bemüht, meine Augen an die Dunkelheit zu gewöhnen. Danach blickte ich mich blinzelnd, damit er nicht das Weiße meiner Augen sehen konnte, in meinem Zimmer um: Offensichtlich war ich alleine. *Es sei denn, er ist im Schrank.* Ich rollte mich im Bett auf die andere Seite und griff nach dem Telefon, um 911 zu wählen. Miles plärrte durch die Muschel. *O Gott!*

Ich setzte die Füße auf den Teppich, kroch zur Tür und konnte nur denken: *Geh nicht da runter. Orson könnte irgendwo im Haus sein. Ich weiß, dass er es ist. Bitte lass es einen Traum sein.*

Der Flur im ersten Stock verlief als Balustrade über dem gesamten Wohnzimmer entlang und mündete in mein Schlafzimmer. Ich hielt an meiner Tür inne und spähte in den leeren Flur. *Zu dunkel, um irgendetwas im Wohnzimmer unten zu erkennen.* Das Einzige, was ich sah, waren die rot und grün leuchtenden Lämpchen der Stereoanlage neben der Treppe und durch die hohen Wohnzimmerfenster den Wald, den See und das weit entfernte bläuliche Licht am Ende von Walters Steg. *Vielleicht sterbe ich heute Nacht.*

Ich hatte die Hand schon auf dem Lichtschalter, konnte mich aber nicht entschließen, die Lichtleiste im Flur einzuschalten. *Vielleicht weiß er noch nicht, dass ich aufgestanden bin. In dem Fall möchte ich ihn unter keinen Umständen darauf aufmerksam machen.*

Auf der rechten Seite des Flurs befanden sich drei offene, zu dunklen Zimmern führende Türen, auf der linken Seite begrenzte das Eichengeländer den Gang. Mein Herz schlug so heftig wie ein Vorschlaghammer. *Geh bis zur Treppe.* Ich eilte den Flur entlang, während »So What« meine Schritte übertönte. Bis ich oben auf der Treppe kauerte, brannte mir kalter Schweiß in den Augen. Durch das Geländer konnte ich hinab in den großen Wohnraum blicken: das Sofa, der kurze Flügel, die Bar, der Kamin – alles mehrdeutige, schiefe Formen im Schatten unter mir. Einige Winkel konnte ich nicht einsehen: die Küche, die Eingangshalle, mein Arbeitszimmer. *Er könnte überall sein.* Mein Körper wurde so heftig von hysterischem Zittern geschüttelt, dass ich den Finger nicht am Abzugshahn lassen konnte, dabei dachte ich die ganze Zeit: *Er will mir nur Angst einjagen. Genau das törnt ihn an.*

In meine Panik mischte sich Wut. Ich stand auf und richtete die Waffe die Treppe hinab ins Wohnzimmer.

»Orson!«, schrie ich über die Musik hinweg. »Sehe ich etwa ängstlich aus?! KOMM SCHON!!«

Ich ging zur Stereoanlage und schaltete sie aus. Eine ungeheuerliche Stille umfing mich, deshalb schaltete ich die Lampe neben der Stereoanlage ein, deren warmes Licht mein Herz beruhigte. Ich lauschte, schaute mich um, sah und hörte nichts, atmete fünfmal tief durch und lehnte mich gegen die Wand, um die wieder aufwallende Angst zu bezähmen. *Geh durch die Küche hinaus auf die Terrasse und hau ab von hier. Vielleicht spielt er nur mit dir. Vielleicht ist er schon weg.*

Auf dem Weg zur Hintertür hielt mich etwas auf, was sich in der Fensteröffnung des Alkovens zwischen Küche und Wohnzimmer befand. Eine unbeschriftete Videokassette stand auf der Glasplatte des Frühstückstischs. Ich hob sie auf und blickte dabei über die Schulter in den Flur über mir und in die Eingangshalle. Es bewegte sich immer noch nichts. Ich wollte mein Arbeitszimmer und die drei Gästezimmer auf der ersten Etage durchsuchen, aber mir fehlte die Ruhe dazu, da er nach wie vor reglos in einem versteckten Winkel darauf lauern konnte, dass ich blind an ihm vorbeistolperte.

Ich kehrte zur Stereoanlage und dem Heimkino zurück, legte die Kassette in meinen Videorekorder und schaltete den Fernseher ein. Ich setzte mich aufs Sofa, um gleichzeitig den

Bildschirm und den größten Teil des Wohnzimmers im Blick zu haben:

Der Bildschirm ist erst blau, dann schwarz. In der rechten unteren Ecke tauchen Datum und Uhrzeit auf: 30.10.96, 11:08. *Das ist heute. Beziehungsweise inzwischen gestern.*

Ich höre eine Stimme, dann zwei Stimmen, so leise und undeutlich, dass ich die Lautstärke höher drehe.

»Möchten Sie, dass ich es signiere? ... Würden Sie das tun? ... Gerne ... Haben Sie einen Stift? ... Oh, Mist!, nein ... warten Sie ... Soll ich es einfach signieren? ... Könnten Sie ... ich meine, würden Sie eine Widmung für meine Freundin hineinschreiben? ... Klar ... Wie heißt sie? ... Jenna ... J–E–N–N–A? ... Ja ... Sie wird total begeistert sein. Vielen Dank.«

Der Bildschirm ist immer noch schwarz, das Geräusch eines Automotors lässt den Fernseher vibrieren, dann sind die ersten Bilder zu sehen – durch die Heckscheibe eines fahrenden Autos und aus einiger Entfernung ich selbst, wie ich die Stufen zu Mutters Haus hinaufgehe. Dann ist der Bildschirm wieder schwarz und stumm.

Immer noch der 30.10.96, es ist jetzt 11:55. Das Bild zeigt einen langsamen Kameraschwenk durch einen dunklen Raum. *O Gott!* Betonwände, Zementboden. Doch die Gegenstände in dem Raum lassen keinen Zweifel: zwei rote Fahrräder, ein kaputtes Trampolin, ein weißer Weihnachtsbaum aus Plastik, bergeweise Kartons und mehrere Schallplattenstapel – der kleine, fensterlose Keller im Haus meiner Mutter.

Der Kameramann hält bei den vierzehn nach oben führenden Stufen inne und geht sie dann hinauf, wobei das Bild Schwindel erregend wackelt. Die erste Tür im Flur öffnet sich quietschend, dann zoomt die Kamera mein Gesicht heran, während ich schweigend auf Mutters Sofa sitze und auf den stummen Bildschirm starre. »So ein guter Sohn, der seine Mutter besucht«, flüstert er. Dann schließt der Kameramann die Tür und geht auf Zehenspitzen die Treppe wieder hinab.

Nachdem Orson die Kamera auf einen Schallplattenstapel unseres Vaters gestellt hat, lässt er sich, die Treppe im Hintergrund, vor ihr nieder, und der Bildschirm wird wieder schwarz.

Das Bild kehrt aus dem gleichen Blickwinkel im Keller zurück – 30.10.96, 19:25. Orson beugt sich zur Linse vor und flüstert: »Du hast gerade das Haus verlassen, Andy.« Er lächelt. Er trägt einen Arbeitsoverall, allerdings kann ich die Farbe in der spärlichen Kellerbeleuchtung nicht erkennen. »Ich möchte dich nicht beunruhigen, Andy«, flüstert er. »Diese Ich-bin-dir-auf-der-Spur-Masche ist nur vorübergehend. Während du dir diese Kassette in deinem Wohnzimmer gegen zwei Uhr morgens anschaust, bin ich in der Tat Hunderte Meilen von dir entfernt und fahre auf die Hauptstadt dieser wunderbaren Nation zu. Und wenn ich dort fertig bin, tauche ich wieder für eine ganze Weile in der gesichtslosen Masse unter.« Orson niest zweimal.

»Weil du deinen Mund nicht halten kannst, denke ich darüber nach, einen Freund bei Walter und seiner hübschen Familie vorbeizuschicken. Würde dich das stören? Ich glaube, du hast Luther bereits kennen gelernt.« Er lächelt. »Er ist ein Fan von dir.« Orson zieht ein Stück Draht aus der Tasche. »In einer Minute wird dir klar werden, dass du das alles auf Band hast. Nun, du *hattest* es auf Band. Denk daran. Sollen wir?« Orson nimmt die Kamera und flüstert weiter, während er die Treppe hinaufsteigt. »Die rasende Wut, die du fühlst, wird dich befreien, Andy. Sieh es aus dieser Warte. Ach, und noch ein Letztes – schalte morgen früh die Nachrichten ein.«

Er öffnet die Tür zum Flur. Irgendwo im Haus singt meine Mutter. Orson schlägt die Tür zu, öffnet sie und schlägt sie erneut zu, bevor er die Treppe wieder hinuntereilt. Er stellt die Kamera zurück auf den Plattenstapel und bewegt sich aus ihrem Blickfeld hinaus ins Halbdunkel zwischen den unzähligen Kartons. Ich kann jetzt nur die Treppe und ein Stück der kahlen Betonwand sehen.

Stille. Am oberen Ende der Treppe geht die Tür auf.

»Andrew, bist du noch mal zurückgekommen?« Die Stimme meiner Mutter füllt den Keller und ich beginne zu zittern, mein Kopf bewegt sich unfreiwillig vor und zurück. Sie geht fünf Stufen hinab und hält inne. Ich kann jetzt ihre Beine sehen. Ich murmele in einem fort: »Nein, nein, nein«, als ob sie dadurch wieder hinaufgetrieben würde.

»Andrew?«, ruft sie. Keine Antwort. Nach drei weiteren Stufen beugt sie sich so weit vor, dass sie in den Keller spähen kann. Mehrere Sekunden lang streift ihr Blick das Durcheinander, dann richtet sie sich wieder auf und geht die Treppenstufen hinauf. Doch bevor sie die Tür erreicht, bleibt sie stehen und kommt dann bis zu dem Punkt, an dem sie bereits war, zurück und schaut direkt in die Kamera. Ich sehe Verwirrung auf ihrem Gesicht, aber noch keine Angst.

Meine Mutter geht vorsichtig die letzten Stufen hinab und bleibt vor der Kamera stehen. Sie trägt immer noch ihr grünes Kleid, das weiße Haar hängt jetzt offen herab. Sie blickt neugierig in die Linse, zwischen ihren Augenbrauen bildet sich eine markante Falte.

»HALLO, MUTTER!!!«, ruft Orson vergnügt. Sie schaut hinter die Kamera. Die Angst in ihrem Gesicht bringt mich fast um, und als sie aufschreit und zur Treppe rennt, fällt die Kamera auf den Zementboden.

Der Bildschirm wurde wieder blau und ich blieb für einige Sekunden vor Schreck erstarrt sitzen. *Er hat unsere Mutter nicht umgebracht. Er hat …* Ich roch Windex. Im nächsten

Augenblick schlug ein harter, metallener Gegenstand gegen meinen Hinterkopf.

Auf dem Rücken neben meinem Sofa liegend, konnte ich durch das Fenster erkennen, dass in wenigen Stunden die Sonne aufgehen würde – diese violettblaue Färbung der Morgendämmerung schob bereits die Dunkelheit der Nacht beiseite. Ich kämpfte mich mühsam auf die Beine, während die weiche Beule auf meinem Hinterkopf unbarmherzig pochte.

Der Fernseher lief noch, also kniete ich mich hin und drückte auf den Ausgabeknopf des Videogeräts, doch das Band war bereits entnommen worden.

Nachdem ich in der Küche das Telefon wieder aufgelegt hatte, schleppte ich mich die Treppe zu meinem Schlafzimmer hinauf. Ich verstaute die Pistole wieder in der Schublade und legte mich auf die Decke, bereit, mich einer Welle aus Trauer und Verzweiflung hinzugeben. Ich schloss die Augen und versuchte zu weinen, aber der Schmerz war zu groß, zu surreal. *Vielleicht war das ein neuer Alptraum? Vielleicht bin ich schlafwandelnd dort hinuntergegangen und habe mir den Kopf gestoßen. Einen völlig obskuren Traum geträumt. Das wäre eine Möglichkeit. Glaub daran. Sie schläft. Du könntest sie jetzt anrufen und sie wecken. Sie würde verärgert über meine Unverschämtheit ans Telefon gehen. Aber sie würde ans Telefon gehen und nur das zählt.*

In der Dunkelheit griff ich zum Telefon und wählte die Nummer meiner Mutter.

Es klingelte und klingelte.

Dritter Teil

Kapitel 18

An einem kalten, klaren Halloween-Morgen schaute die Welt auf Washington, D.C., während sich Stadtpolizei, FBI, Secret Service und ein riesiger Schwarm von Pressevertretern um das Weiße Haus versammelt hatten. Es hatte vor Sonnenaufgang begonnen.

Um 4 Uhr 30 hatte eine Joggerin, die die East Street entlanggelaufen war, einen Stapel Kartons im gefrorenen Gras der Ellipse bemerkt, ganz in der Nähe des Nationalen Weihnachtsbaums. Wieder zu Hause, hatte sie die 911 gewählt.

Als die Polizei eintraf, war der Secret Service bereits vor Ort, da sofort der Verdacht geäußert worden war, die Kartons könnten Sprengstoff enthalten. Daher wurde der Präsident an einen sicheren Ort geflogen, das Personal des Weißen Hauses evakuiert und die East Street hinter dem Weißen Haus abgesperrt.

In Washington verbreiten sich schlechte Nachrichten sehr schnell. Um acht Uhr kampierten bereits die Teams der lokalen und überregionalen Fernseh- und Nachrichtensender entlang der Absperrung, die die Polizei zweihundert Meter von den Kartons entfernt errichtet hatte. Jeder Sender des Landes brachte die Nachricht, und so sah die ganze Welt zu, als gegen neun Uhr ein Bombenentschärfungsroboter auf den unheilvollen Kartonstapel zurollte.

Zwei Stunden lang zoomten die Kameras die Techniker in den Schutzanzügen heran, die mit Hilfe des Roboters und der Röntgengeräte jeden einzelnen Karton unter die Lupe nahmen. Die untersuchten Kartons wurden in einem gepanzerten Lastwagen gestapelt. Die Kartons wurden zwar geöffnet, doch die Kameras waren zu weit entfernt, um den Inhalt, sofern es einen gab, zu erkennen. Es waren mindestens ein Dutzend Kartons, und das Entschärfungsteam untersuchte jeden einzelnen von ihnen so sorgfältig, als könnte er eine Atombombe enthalten. Ihre Gründlichkeit wirkte ermüdend. Erst gegen elf Uhr waren sämtliche Kartons untersucht und in dem gepanzerten Lastwagen abtransportiert worden.

Die Spekulationen begannen. In den Kartons waren offensichtlich keine Bomben – was also dann? Ein Scherz? Ein Mordanschlag auf den Präsidenten? Gerüchte und unbestätigte Meldungen schwirrten durch die Sender, bis das FBI um halb zwei vor die Presse trat und die East Street wieder freigegeben wurde.

Der Sonderbeauftragte Harold Trent wandte sich an die Reporter und sprach auf der Rückseite des Weißen Hauses, das unter dem Oktoberhimmel hinter ihm sichtbar war, in ein Meer von Mikrofonen. Zwölf Kartons, die meisten davon zwischen einem halben und einem Kubikmeter groß, waren vom FBI beschlagnahmt worden. Es wurde kein Sprengstoff darin gefunden. In jedem Karton hatte sich vielmehr etwas befunden, was wie ein menschliches Herz aussah, und dazu ein Zettel mit einem Namen.

Die Reporter stellten jede Menge Fragen: Waren es Namen realer Personen? Würden die Namen veröffentlicht werden? Gab es Verdächtige? Warum hatten die Kartons in der Nähe des Weißen Hauses gestanden? Harold Trent weigerte sich zu spekulieren. Die Ermittlungen hätten gerade erst begonnen und eine Sonderkommission des FBI werde mit nationalen und lokalen Polizeieinheiten kooperieren, bis der oder die Verantwortlichen in Gewahrsam genommen worden seien.

Der Sonderbeauftragte Trent atmete tief durch; auf dem Fernsehschirm, der sein Bild in mein Wohnzimmer übermittelte, war ihm die Erschöpfung deutlich anzusehen. Er blickte in die Kameras und sprach Sätze, die in den folgenden Tagen auf allen Fernsehsendern als Klanghäppchen ununterbrochen wiederholt werden würden.

»Es liegt ein langer Weg vor uns«, erklärte er. »Es wird einige Zeit dauern, bis wir überprüft haben, ob es sich tatsächlich um die Herzen vermisster Personen oder bekannter Mordopfer handelt. Ich bete, dass dies nicht der Fall ist, aber es scheint sich hier letztlich doch um das Werk eines Serienmörders zu handeln. Und sollte dies der Fall sein, wird er so lange weitermorden, bis er gefasst wird.« Der kräftige schwarze Beamte entfernte sich von den Mikrofonen und ignorierte die Fragen, die ihm von den Reportern nachgerufen wurden.

Die Nation hielt den Atem an, derweil die Presse ihrer Leidenschaft frönte. Die wildesten Spekulationen schossen wie Pilze aus dem Boden, während sich das Land selbstverliebt der eigenen Angst hingab. Noch bevor das FBI bestätigt hatte, dass die Herzen tatsächlich von Mordopfern stammten, propagierte die Presse bereits die Geburt eines Monsters.

Zum Entsetzen der Ärzte würde dieses Monster den Spitznamen »Herzchirurg« erhalten, womit diese Berufsbezeichnung von jenem Tag an einen Makel besaß. Wer sie aussprach, beschwor die bekannten Bilder von FBI-Agenten und Washingtoner Bombenentschärfungsteams herauf, wie sie Kartons, die Arbeit eines Verrückten, in einen gepanzerten Lastwagen luden.

Es war ein merkwürdiges Gefühl, als Einziger die Wahrheit zu kennen.

Kapitel 19

Nebel streifte mein Gesicht, als ich zur Mitte des Sees hinausruderte. Ich hörte nichts außer dem gurgelnden Geklapper des Außenbordmotors, der am Heck meines undichten Ruderbootes angebracht war. Der Abendhimmel sah nach Regen aus, als ich über das bleierne, sich kräuselnde Wasser glitt und auf dem leeren See nach Walters Boot Ausschau hielt.

Eine halbe Meile von meinem Steg entfernt stellte ich den Motor ab. Die kalte, stille Dämmerung hüllte mich ein, und ich überlegte, ob ich wohl noch vor Einsetzen des Regens zurückkäme. Obwohl ich nicht gerne draußen auf dem See war, blieb mir keine Wahl, denn in meinem Haus konnte ich mit Walter nicht mehr sprechen, aus Angst, dass Orson mithörte.

Ich hörte das Dröhnen von Walters Boot, bevor ich es sah. Meine Nerven flatterten, und ich bedauerte, vorher nicht noch mehrere harte Drinks gekippt zu haben, die es mir leichter gemacht hätten, ihm das zu sagen, was ich ihm sagen musste. Walter hatte ebenfalls den Motor abgestellt, kam mit seinem Ruderboot an meine Seite und warf mir ein Tau herüber, damit ich uns aneinander binden konnte.

»Was ist los?«, fragte er.

»Hast du die Nachrichten gesehen?«

»Klar.«

Er holte eine Packung Marlboro Lights aus seinem braunen Regenmantel und schob sich eine Zigarette zwischen die Zähne. Aus einer Tasche meines blauen Regenmantels zog ich ein Gasfeuerzeug und reichte es ihm. »Danke«, sagte er, blies eine Rauchwolke aus dem Mundwinkel und gab mir das Feuerzeug zurück. »Die Presse ist völlig ausgerastet«, meinte er. »Der Ehrgeiz steht ihnen ins Gesicht geschrieben. Ich wette, die hatten 'nen Orgasmus, als sie den Tipp bekommen haben.«

»Du glaubst also, sie haben einen Tipp bekommen?«

»Klar, natürlich. Wer auch immer diese Kartons dort hingestellt hatte, wusste genau, was er tat. Vermutlich hat er direkt danach ein Dutzend Zeitungen und Fernsehsender informiert. Ich wette, er hat ihnen gesagt, dass hinter dem Weißen Haus eine Bombe liegt. Dann hat diese Joggerin 911 gewählt und die Geschichte bestätigt und bum … das Medienereignis des Jahres.« Walter nahm einen tiefen Zug von seiner Zigarette und redete weiter, als sich der Rauch aus seinem Mund kräuselte. »Ja, der Einzige, der über diese Herzen noch glücklicher ist als die Presse, ist dieses kranke Arschloch, das sie da abgestellt hat. Der sitzt jetzt wahrscheinlich gerade vor dem Fernseher, holt sich einen runter und sieht zu, wie sich die ganze Nation sabbernd das Maul darüber zerreißt, wie er …«

»Es war Orson«, unterbrach ich ihn. Walter zog wieder an seiner Zigarette und versuchte, ausdruckslos dreinzublicken.

»Woher weißt du das?«, fragte er und hustete beim Ausatmen leicht.

»Er bewahrt die Herzen auf. In seiner Hütte in Wyoming stand eine Gefriertruhe, die war voll damit. Es sind seine Trophäen, seine kleinen Andenken.«

»Andy …«

»Nur eine Minute, hör mir zu, Walter.«

Eine Welle ließ unsere Boote aneinander schlagen und ein Regentropfen traf mein Gesicht.

Wie sagt man einem Mann, dass man seine Frau und seine Kinder in Gefahr gebracht hat?

»Das Ding in Washington ist noch gar nichts«, erklärte ich. »Meine Mutter ist tot. Orson hat sie gestern Abend stranguliert. Er hat es auf Video aufgezeichnet ... Es ist ...« Ich unterbrach mich, um wieder ruhiger zu werden. »Es tut mir Leid. Aber ich glaube, ich habe dich in Gefahr gebracht.« Sein Kopf neigte sich fragend. »Ich weiß nicht wieso, aber Orson weiß oder vermutet zumindest, dass ich dir von der Wüste erzählt habe.«

»O Gott!« Walter schnippte seine Zigarette ins Wasser, wo sie zischend verlosch, und schlug die Hände vors Gesicht.

»Ich hätte dir nie etwas davon erzählen ...«

»Du hast verdammt Recht, das hättest du nicht tun sollen.«

»Sieh mal ...«

»Was hat er gesagt?«

»Walter ...«

»Was zum Teufel hat er gesagt?!« Seine Stimme hallte über den See. Ein Fisch hüpfte ganz in der Nähe übers Wasser.

»Die genauen Worte spielen ...«

»Halt's Maul!« Er wischte sich die Tränen aus dem Gesicht. »Was hat er gesagt?« Ich schüttelte den Kopf. »Hat er meine Familie erwähnt?« Als ich nickte, schossen mir zum ersten Mal an diesem Tag Tränen in die Augen. »Er hat meine Familie erwähnt?« Walter hyperventilierte.

»Es tut mir so ...«

»Wie konnte dir das passieren, Andy?«

»Ich wollte nicht ...«

»Was hat dein Bruder gesagt? Ich will jedes Wort, jede Silbe hören, und wag nicht, zu sagen, der Wortlaut spielt keine Rolle. Los, sag es mir!!«

»Er hat gesagt, weil ich meinen Mund nicht halten könne …« Ich schloss die Augen. *Ich will sterben.*

»Los, sprich den Satz zu Ende!«

»… zieht er es in Betracht, dir einen seiner Freunde vorbeizuschicken. Dir und deiner ›wundervollen Familie‹.«

Walter drehte sich um und schaute zu seinem Steg und seinem Haus, das hinter orangeroten Blättern verborgen lag. Es nieselte inzwischen, daher zog ich die Kapuze meines Regenmantels über. In meinem Boot stand das Wasser zwei bis drei Zentimeter hoch.

»Wer ist dieser Freund?«, fragte er.

»Keine Ahnung.«

»Ist das …« Er hyperventilierte erneut.

»Walter, ich werde mich darum kümmern.«

»Wie?«

»Ich werde Orson töten.«

»Dann weißt du also, wo er steckt?«

»Ich habe so eine Ahnung.«

»Gib dem FBI einen Tipp.«

»Nein. Orson kann mich immer noch ins Gefängnis bringen. Und ich werde nicht ins Gefängnis gehen.«

Unsere Boote schaukelten auf dem aufgewühlten Wasser. Mir wurde übel.

»Falls ich Orson ausfindig mache«, fragte ich, »kommst du dann mit mir?«

»Um dir dabei zu helfen, ihn zu töten?«

»Ja.«

Er lachte sarkastisch. »Ist das dein Ernst? Hast du den Verstand verloren?«

»Scheint so.«

Aus dem Nieseln war Regen geworden. Ich zitterte.

»Ich muss nach Hause«, sagte er. »Ich muss mit John David und Jenna zum Halloween-Umzug.«

»Wirst du mitkommen?«, wiederholte ich meine Frage.

»Rate mal!«

»Ich verstehe.«

»Nein. Nein, das tust du nicht. Du verstehst überhaupt nichts.« Er fing wieder an zu weinen, doch es gelang ihm, für einen Moment die Fassung zurückzugewinnen. »Lass uns etwas klarstellen, okay? Ruf mich nicht an. Komm nicht zu meinem Haus rüber. Schreib mir keine E-Mails. Denk verdammt noch mal nicht mal an mich. Tu nichts, aber auch gar nichts, weshalb dieses verdammte Arschloch den Verdacht haben könnte, dass wir Freunde sind. Hast du mich verstanden?«

»Ja, Walter. Ich möchte, dass du …«

»Kein einziges Wort mehr. Gib mir das Tau.«

Ich band unsere Ruderboote auseinander und warf ihm das Tauende zu. Er ließ den Außenbordmotor an, entfernte sich tuckernd und fuhr in einem großen Halbkreis zu seinem Steg zurück.

Es war fast dunkel und der Regen prasselte beständig und heftig auf den See. Ich ließ den Motor an und beeilte mich, zurück zu meinem Steg zu kommen. Hätte nicht die Sicherheit von Walter und seiner Familie auf dem Spiel gestanden, wäre ich nach Hause geeilt, um mich selbst zu töten.

Kapitel 20

Die Wände meines Arbeitszimmers bestehen fast nur aus Fenstern, und da es bis an die Bäume ragt, habe ich das Gefühl, meine Zeit schreibend im Wald am Fuße eines Gebirges zu verbringen. Mein Schreibtisch steht an der längsten Glaswand zum Wald hin, so lenkt mich nichts von der Arbeit ab, außer dann und wann eine Hirschkuh oder ein grauer Fuchs. Ich kann vom Schreibtisch aus noch nicht einmal den See sehen, und das ist Absicht, denn Wasser übt eine magische Faszination auf mich aus und würde mir nur die Zeit stehlen.

Überall Bücher, unsortiert in Regalen und stapelweise auf dem Boden. In einer Ecke türmen sich Manuskripte von Fans und nach Ruhm strebenden Hobbyautoren zu einem Angst einflößenden Stapel. Ein riesiges Lexikon liegt ständig aufgeschlagen auf einem Lesepult. Ich habe sogar einen Ständer für die Erstausgaben und Übersetzungen meiner Romane neben der Tür stehen. An der anderen Türseite hängt ein kleiner Goldrahmen mit der Fotokopie meines ersten, mageren Gehaltsschecks.

Regen rinnt die Scheibe hinab, als ich an meinem Schreibtisch sitze, in den schwarzen Wald starre und darauf warte, dass eine Website geladen wird. Es wird die fünfte College-Website sein, die ich überprüfe. Ich hatte meine Suche auf die Lehrstühle für Geschichte an den Universitäten von New

Hampshire und Vermont beschränkt, doch je länger ich vergeblich suche, desto häufiger frage ich mich, ob das Gedächtnis des Cowboys vielleicht lückenhaft war. Franklin Pierce, Keene State, die Universitäten von New Hampshire und Plymouth hatten nichts ergeben. Vielleicht stand Dave Parker für Orson Irgendwer.

Als ich die Homepage des Woodside College auf dem Monitor hatte, klickte ich erst auf *Fachbereiche* und dann auf *Geschichte* und gelangte schließlich zu *Lehrpersonal der Fakultät für ältere und neuere Geschichte (Alphabetische Auflistung).*

Während ich dem Server Zeit ließ, schaute ich auf die Uhr auf meinem Schreibtisch: 19 Uhr 55. *Sie ist seit vierundzwanzig Stunden tot. Hast du sie einfach in diesem dreckigen Keller liegen lassen?* Wegen der Aktion in Washington konnte ich mir nicht vorstellen, dass Orson sich die Mühe gemacht hatte, unsere Mutter mitzunehmen. Ihre Leiche aus dem Haus zu holen, wäre zeitaufwändig und riskant gewesen. Davon abgesehen war meine Mutter ein Mensch, der die Einsamkeit liebte; so vergingen oft Tage, ohne dass sie zu irgendjemandem Kontakt hatte. *Mein Gott, sie könnte eine Woche in diesem Keller liegen, bevor sie jemand findet!*

Die Polizei würde mich benachrichtigen müssen. Ich hatte nicht einmal in Erwägung gezogen, den Mord an ihr anzuzeigen, denn nach allem, was ich bisher erlebt hatte, war ich sicher, dass Orson mich wieder reingelegt hatte. *Muttermord. Selbst bei Tieren scheint das unnatürlich.* Ich konnte nicht darüber nachsinnen. Ich musste mir meinen Trancezustand erhalten.

Die Website der Fakultät begann mit einem kurzen Abschnitt über die herausragenden und außergewöhnlichen Qualifikationen der vierzehn Professoren, aus denen sich der historische Lehrstuhl des Woodside College zusammensetzte. Ich las ihn flüchtig und ging dann die Namensliste durch.

Scheißkerl.

Dr. David L. Parker.

Sein Name war zwar mit einem Hyperlink versehen, doch seine Seite ließ sich nicht öffnen. Bist du das? Habe ich dich tatsächlich aufgrund eines kurzen Wortwechsels mit einem bekifften Cowboy aus Wyoming gefunden?

Das Klingeln an der Haustür überraschte mich. Ich erwartete niemanden. Nachdem ich die Pistole vom Schreibtisch genommen hatte (ich trug sie jetzt überall mit mir herum), schritt ich durch den langen Flur, der mein Arbeitszimmer mit der Küche und dem restlichen Haus verband, durch das Wohnzimmer und rechts durch die Eingangshalle bis zu dem opaken, ovalen Fenster neben der Tür. Währenddessen hatte ich die Waffe geladen.

Es klingelte erneut.

»Wer ist da?«, fragte ich.

»Süßes oder Streiche!« *Kinderstimmen.* Ich ließ die Waffe sinken und steckte sie hinten in den Hosenbund meiner feuchten Jeans. Da mein Haus am Ende einer langen Auffahrt abseits auf einem großen Waldgrundstück stand, kamen an Halloween nur selten Kinder an meine Tür. Ich hatte dieses Jahr nicht einmal Süßigkeiten für sie eingekauft.

Ich öffnete die Tür. Ein kleiner maskierter und als Zorro verkleideter Junge zeigte mit einem Revolver auf mich. Seine Schwester war ein Engel – ein kleiner weißer Bademantel, Flügel aus Karton und ein Heiligenschein aus silbernem Lametta. Ein unglücklich dreinblickender Mann in einem braunen Regenmantel stand mit einem Regenschirm hinter ihnen – Walter. *Warum bist du …*

»Süßigkeiten oder ich erschieße dich!«, rief John David. Das blonde Haar des Vierjährigen lugte unter seinem schwarzen Kopftuch hervor. Seine Maske war verrutscht, so dass er nur durch eins der Augenlöcher sehen konnte, doch er blieb seiner Verkleidung treu. »Ich erschieße dich«, warnte er mich erneut, und noch bevor ich etwas sagen konnte, zog er den Abzugshahn. Bei jedem Klicken des Plastikhammers zuckte ich zusammen, stolperte schließlich rückwärts in die Eingangshalle zurück und fiel dort auf die Knie.

»Warum, John David, warum?«, fragte ich atemlos, hielt mir den Bauch und sank schließlich in gekrümmter Haltung auf den Boden, allerdings achtete ich darauf, dass meine Glock nicht aus der Hose rutschte. John David kicherte.

»Guck mal, Papa, ich hab ihn erwischt. Ich schau kurz nach, ob er auch wirklich tot ist.«

»Nein, JD«, sagte Walter, während ich wieder auferstand. »Geh nicht ins Haus.«

Ich ging zurück zur Tür, sah Walters Blick und blickte auf den siebenjährigen Engel herab.

»Du siehst wunderschön aus, Jenna«, sagte ich. »Hast du das Kostüm selbst gemacht?«

»Ich hab's heute in der Schule gemacht«, erklärte sie. »Gefällt dir mein Zauberstab?« Sie hielt einen langen Feenstab mit einem glitzernden Pappstern an der Spitze hoch.

»Geh ein Stückchen mit uns«, sagte Walter. »Ich habe das Auto am Briefkasten stehen lassen.«

»Lass mich erst nachsehen, ob ich ein paar Süßigkeiten für …«

Er schüttelte die Plastiktüte in seiner rechten Hand. »Sie haben genug Süßigkeiten. Komm schon.« Ich zog mir Stiefel an, holte eine Jacke und einen Regenschirm aus dem Garderobenschrank, schloss die Tür hinter mir ab und trat nach draußen.

Zu viert gingen wir den Fußweg bis zur Auffahrt entlang, dort reichte Walter Jenna seinen Regenschirm. »Schätzchen, ich möchte, dass du mit JD ein Stückchen vorgehst, okay?«

»Warum denn, Papa?«

»Ich muss mit Onkel Andy reden.«

Sie nahm den Schirm. »Du musst mit mir kommen, JD«, trieb sie ihren Bruder an.

»Neiiiin!«

»Los, geh mit ihr. Wir sind direkt hinter euch.« Jenna lief vor und John David lief ihr hinterher und duckte sich unter den Regenschirm. Sie lachten und erfüllten mit ihren hellen, lebhaften Stimmen den Wald. Seine Spielzeugpistole gab drei Schüsse ab.

Walter kam unter meinen Regenschirm. Gemeinsam gingen wir die von hohen Weihrauchkiefern gesäumte Auffahrt entlang. Während der Regen auf unseren Baldachin trommelte, wartete ich darauf, dass er reden würde. Der Abend roch nach nassen Pinien.

»Beth packt gerade«, flüsterte er. »Sie bringt die Kinder weg.«

»Wohin?«

»Ich habe sie angewiesen, mir nicht zu sagen, wohin.«

»Sie weiß Bescheid über …«

»Nein. Sie weiß, dass die Kinder in Gefahr sind. Mehr braucht sie nicht zu wissen.«

»Hör auf!«, schrie John David seine Schwester an.

»Kinder!«, rief Walter barsch. »Benehmt euch.«

»Papa, Jenna …«

»Ich will nichts davon hören, mein Sohn.«

Ich überlegte, warum Walters Zorn auf mich verflogen war.

»Weißt du wirklich, wo er steckt, Andy?«, flüsterte er.

»Ich habe seinen möglichen Decknamen in New England aufgespürt. Ich kann natürlich erst sicher sein, wenn ich da war, aber ich bin ziemlich sicher, dass er es ist.«

»Dann fährst du also definitiv dorthin?«

»Ja.«

Er hielt inne und schaute mich an. »Du fährst wirklich dorthin, um ihn umzubringen? Um ihn irgendwo in ein Loch zu werfen, wo er niemals gefunden wird?«

»Genau das habe ich vor.«

»Und du hast keine Gewissensbisse, deinen eigenen Bruder zu töten?«

»Nein.«

Wir gingen ein Stück weiter. Ich hatte eine fürchterliche Vorahnung.

»Du hast die Polizei verständigt, nicht wahr?«, fragte ich.

»Was?«

»Du hast ihnen von Orson erzählt.«

»Nein, Andy.«

»Aber du hast es vor.« Er schüttelte den Kopf. »Warum nicht?«

»Komm mal her, Jenna!«, brüllte Walter. Die Kinder wandten sich um und rannten zu uns zurück. Dabei hielten sie den Schirm so tief, dass ich sie nicht sehen konnte. Walter nahm Jenna den Schirm ab und hielt ihn hoch.

»Jenna, zeig Onkel Andy das Tattoo, das du heute in der Schule bekommen hast.«

»Au ja!«, rief sie, als sie sich daran erinnerte. »Schau mal, Andy, ist das nicht cool?«

Jenna zog den Ärmel ihres Gewandes zurück und hielt mir die zarte Beuge ihres rechten Unterarms hin. Meine Knie wurden weich. Vom Ellbogen bis zu ihrem schmalen Handgelenk stand mit einem rosa Magic Marker geschrieben: W – Pssst.O.

Ich schaute zu Walter auf. Seine Augen waren feucht.

»In Ordnung, Kinder«, sagte er durch die Tränen lächelnd. »Hier. Lauft wieder vor, damit wir uns unterhalten können.« Jenna nahm den Schirm und rannte mit John David voraus, während wir langsam weitergingen. Der Briefkasten war nicht mehr weit entfernt.

»Sie ist damit heute von der Schule nach Hause gekommen«, erklärte Walter. Beth hat es bemerkt, als sie ihr das Kostüm anzog. Ihr Scheißlehrer wusste nichts davon. Jenna hat gesagt, ein netter Mann hätte allen Kindern Halloween-Tattoos gemalt. Sie hätte ihn noch nie gesehen.«

»Himmel, Walter, ich …«

»Ich will weder deine Entschuldigungen noch dein Mitleid«, flüsterte er. »Ich werde mit dir fahren. Um dir das zu sagen, bin ich hergekommen. Wir werden dieses Arschloch gemeinsam vergraben.«

Die Kinder waren bei dem weißen Cadillac angekommen. Wir blieben ein paar Meter vom Ende der Auffahrt entfernt stehen. Walter drehte sich zu mir um.

»Also, wann fährst du los?«

»In ein paar Tagen. Ich muss hier weg, bevor meine Mutter gefunden wird.«

Sein Blick wurde mitfühlend. »Andy, ich möchte, dass du weißt, wie Leid …«

»Und ich brauche dein Mitleid nicht«, sagte ich. »Es wird keinem von uns dabei helfen, zu tun, was wir tun müssen.«

Er nickte und blickte über die Schulter zu Jenna und John David. Sie hatten den Schirm auf den Boden geschmissen und warfen mit Kieselsteinen von der Auffahrt auf meinen Briefkasten, waren allerdings weit entfernt davon, ihn zu treffen.

Kapitel 21

Der Vorabend meiner Abreise aus Vermont war unser fünfunddreißigster Geburtstag und Orson hatte mir eine selbst gebastelte Karte geschickt. Die Vorderseite bildete eine Collage aus Fotos, die er in dem widerwärtigen orangefarbenen Licht seiner Scheune aufgenommen hatte. Eine Nahaufnahme von Shirley Tanners Gesicht mit den Blutergüssen von dem Stiefeltritt; eine Aufnahme von Jeffs Leiche in einem Loch in der Wüste; Wilburs aufgeschnittener Torso auf der roten Plastikfolie.

Unter der bunten Collage stand in Orsons unverwechselbarer Handschrift: *Was kriegst du für den Kerl, der das alles hat?* Und innen stand: *Absolut nichts. Alles Gute zum Geburtstag von Shirley und der Gang.*

Woodside liegt am Fuße des Gebirges im mittleren Westen von Vermont und ist von den nördlich gelegenen großen Städten im Osten durch die Green Mountains und im Westen durch New Yorks Adirondacks abgeschnitten. Im Herbst ist es mit seinen atemberaubenden Aussichten auf wogende, hügelige Wälder und endlose Bergketten und mit einem malerischen, in einem Tal liegenden Universitätsstädtchen der Inbegriff amerikanischer Landschaft.

Einem Tankwart zufolge waren wir drei Wochen zu spät

dran. Bis dahin hatten die Wälder so bunt geleuchtet wie schon seit dreißig Jahren nicht mehr. Nun hingen nur noch wenige braune, tote Blätter an den Bäumen und der blaue Himmel leuchtete merkwürdig über der kahlen Winterlandschaft. Vermont im November besaß die gleiche steife Schönheit wie eine für die Aufbahrung hergerichtete Leiche.

Jenseits der Randbezirke von Woodside, am Fuße der Green Mountains, fuhren Walter und ich auf einen Gasthof zu. Nach einer langen, kurvigen Auffahrt sah ich ein großes, weißes, direkt an den Berg gebautes Haus. Auf der das Haus umgebenden Veranda bewegte sich etwas – leere Schaukelstühle schwankten in einer kräftigen Brise hin und her.

Walter fuhr seinen Cadillac auf den mit Kies bestreuten Parkplatz, der an den fahlen Rasen hinter dem Haus angrenzte. Nur sieben Wagen parkten dort, und ich war erleichtert, mich außerhalb von Orsons Stadt zu befinden. Wegen der Nähe zum Campus hätten wir beinahe im Zentrum von Woodside in einem Hotel übernachtet. Doch das Risiko, Orson über den Weg zu laufen, war einfach zu groß.

Nachdem wir unsere Koffer die Stufen zur Veranda hochgewuchtet hatten, ließen wir uns in die Schaukelstühle fallen. Von dort, wo wir saßen, fiel der Berghang gut dreihundert Meter ab und die frühe Abendsonne beleuchtete den Wald aus kahlen Bäumen im Tal unter uns. Kahle Äste bewegten sich im Wind, und ich stellte mir vor, wie vor drei Wochen noch das Geraschel des Laubs mit seinem Klang die Luft erfüllt hatte. Auf der anderen Seite des Tals, das sich etwa zwanzig Meilen in Richtung Westen erstreckte, konnte ich schon New York State mit seinen gewaltigen Adirondack-Bergen erkennen.

Ich saß lauschend und beobachtend in der Kälte, der Wald roch nach verbranntem Holz und ich spürte Walters Unruhe.

Nach einer kurzen Pause sagte er: »Es ist zu kalt, hier draußen zu sitzen. Ich melde uns an.« Er stand auf und nahm seinen Koffer. »Bleibst du hier sitzen?«, fragte er, während er auf die Tür zuging.

»Ja.«

Unser Zimmer lag auf der zweiten Etage am Ende eines knarrenden Flures. Zwei Doppelbetten standen sich gegenüber, dazwischen befand sich ein Giebelfenster, von dem aus man einen Blick auf die Berge hatte. Das Zimmer hatte auf beiden Seiten Dachschrägen, die sich genau in der Mitte trafen. Auf dem Parkettboden standen zwei mit Paisleystoff überzogene Sessel, dazwischen ein niedriger Beistelltisch. Ein wunderhübsches Zimmer für fünfundsiebzig Dollar die Nacht. Die frischen Schwertlilien in den Glasvasen auf beiden Nachttischen sorgten dafür, dass es im Raum wie in einer Gartenlaube roch.

Walter saß auf dem Bett und packte seine Sachen aus. Mein Koffer stand noch ungeöffnet auf dem Boden, während ich auf meinem Bett lag. Durch die Wände waren Stimmen zu hören, dann vernahm ich den hohlen Klang von Schritten auf der Treppe. Jemand klopfte.

Ich durchquerte den Raum und blieb vor der Tür stehen. Da sie keinen Spion hatte, fragte ich: »Wer ist da?«

»Melody Terrence.« Ich öffnete die Tür und stand einer hübschen langhaarigen Brünetten gegenüber, die für eine Pensionsbesitzerin viel zu jung und gut aussehend war.

»Hallo«, sagte ich.

»Finden Sie beide hier alles, was Sie brauchen?«, fragte sie.

»Aber klar.«

»Ich wollte nur sagen, dass in einer halben Stunde das Abendessen serviert wird, falls Sie Lust haben. Danny hat vergessen, das Schild wieder aufzustellen.«

»Danke für die Einladung.«

»Dann essen Sie also mit? Unten ist ein gemütlicher Speiseraum und Danny hat den ganzen Tag einen Vogel geräuchert. Dazu gibt es frisches Gemüse, selbst gebackene Brötchen …«

»Klingt verführerisch«, meinte ich, »also dann bis gleich.«

»Schön.« Sie lächelte und ging den Flur entlang zum nächsten Zimmer. Ich schloss die Tür.

Walter hatte gerade einen Stapel Hemden in eine Schublade gelegt, knallte sie jetzt zu und schaute wütend zu mir auf. »Und du willst ein Krimiautor sein? Wir sollen runtergehen und alle Gäste kennen lernen? Was, wenn dich einer erkennt, Andy? Falls es rauskommen sollte, dass Orson der Herzchirurg dein Bruder ist« – den schändlichen Spitznamen flüsterte er – »und in Woodside lebt, bräuchte man nur noch zwei und zwei zusammenzuzählen. Eventuell würde sich jemand daran erinnern, dass du zur gleichen Zeit, als David Parker verschwand, hier in Vermont warst. Und du weißt, dass das ausreichen würde, um uns das FBI auf den Hals zu hetzen.« Walter ging zum Giebelfenster, drehte mir den Rücken zu und schaute hinaus auf die mittlerweile dunklen Wälder. Der Mond musste erst noch über die Berge steigen, um sein mildes Licht zu verbreiten.

Ich ging zu meinem Freund.

»Walter«, sagte ich, doch er drehte sich nicht um. »Was ist los? Hast du Angst?«

»Wir dürfen das nicht vermasseln«, erklärte er. »Uns darf nicht der geringste Fehler unterlaufen.«

Als ich in den Abendhimmel über Vermont hinausschaute, in diese fremde Dunkelheit, stieg Heimweh in mir auf. Ich gestand mir diesen vertrauten Schmerz meiner Kindheit ein und wartete, bis er verflogen war.

»Danke, dass du mitgekommen bist«, sagte ich und legte

ihm die Hand auf die Schulter. »Du hättest es nicht tun müssen, Walter, und ich werde dir das nie vergessen.«

Er drehte sich um und schaute mich an. »Es hat nichts mit dir zu tun«, sagte er. »Gar nichts.«

An einem kalten, bewölkten Donnerstag parkte ich um elf Uhr morgens Walters Cadillac im Zentrum von Woodside und ging zügigen Schrittes auf den Campus zu. Die Straßenseiten des für seine Größe ungewöhnlich lebhaften Städtchens wurden von zwei- und dreistöckigen Gebäuden gesäumt. Die Bürgersteige waren voller Menschen, die auf Bänken saßen, auf Rollerblades fuhren oder die Schaufenster betrachteten. Die meisten von ihnen waren Studenten, wie an den Rucksäcken und den unbeschwerten Gesichtern unschwer zu erkennen war.

Ich ging an einer Apotheke, dem Supermarkt, dem Valley Café, mehreren Bekleidungsgeschäften und einem Straßencafé namens Beans 'n' Bagels vorbei, vor dem auf dem Gehweg mehrere Tische unter einer Markise standen. Mit den vielen Koffeinabhängigen und der ungewöhnlichen Musik war es der belebteste Ort weit und breit. Draußen vor dem offenen Eingangsbereich war die Luft erfüllt vom kräftigen Geruch gerösteter Kaffeebohnen. Hätte ich nicht bereits zwei Tassen Kaffee in unserem Gasthof getrunken, in dem Walter erschöpft von der langen Fahrt des Vortags immer noch schlief, hätte ich mir auch eine Tasse bestellt.

Die Gebäude hörten auf, aber der Gehweg verlief aus dem Zentrum weiter bis zum bewaldeten Campus. Jetzt konnte ich auch die Berge sehen, die das Städtchen umgaben. Der erste Schnee hatte die höchsten Gipfel bereits weiß gefärbt. Ich überlegte, wie viele Studenten wohl heute ihre Seminare schwänzten, um Ski zu fahren. Ein eisiger Wind trieb mir Tränen in die Augen; ich zog den Reißverschluss meiner Lederjacke bis unters Kinn hoch und vergrub meine Hände in den warmen Taschen.

Vom Bürgersteig ging ein gepflasterter Weg ab, der geradewegs auf eine Gruppe von Backsteingebäuden zuführte. Ich folgte dem Weg und hatte schnell einen weißen, sechseckigen Aussichtsturm erreicht. Er schien genau in der Mitte des Campus zu stehen, umgeben von den meisten, nicht weiter als vierzig Meter entfernten Gebäuden. An jeder Seite des Aussichtsturms hing eine Plakette mit der Inschrift »College, gegr. 1800«.

Ich ging die Stufen zu dem Säulengang hinauf, der das Gebäude trug und die größte von mindestens zehn Säulenhallen in der Umgebung war. Eine große, von einem Baugerüst umgebene Uhr überragte das Dach. Die beiden schwarzen Zeiger waren wie ein schlechtes Omen auf der Ziffer Vier stehen geblieben.

In dem Gebäude roch es feucht und schal. Der Boden war aus poliertem Marmor, die holzgetäfelten Wände des Foyers schmückten große Porträts ehemaliger Dekane, Gründer und gestorbener Professoren. In der Mitte des kreisrunden Saals stand eine lebensgroße Statue, die mich ausdruckslos anstarrte. Ich sah nicht nach, um wessen Darstellung es sich handelte.

Doppelte Glastüren versperrten den Weg zum Studentensekretariat. Beim Aufdrücken der Türen sah ich kurz mein Spiegelbild – mit den braunen Haaren und neuerdings einem Bart, der Metallgestellbrille, der khakifarbenen Hose und einem verwaschenen Jeanshemd unter dem Jackett sah ich überhaupt nicht mehr aus wie ich selbst.

In dem hellen, fensterlosen Raum standen in offenen Nischen mehrere Schreibtische. Ich ging auf den nächsten zu, an dem eine Frau leidenschaftlich die Tastatur ihres Computers bearbeitete. Als ich näher kam, schaute sie von ihrem Bildschirm auf und lächelte.

»Kann ich Ihnen helfen?«, fragte sie. Ich setzte mich auf den Stuhl vor ihrem Schreibtisch. Das ständige Geräusch der klappernden Tastaturen würde mich auf Dauer wahnsinnig machen.

»Ich benötige einen Plan der Universität, ein Vorlesungsverzeichnis für dieses Semester und ein Telefonnummernverzeichnis.«

Sie öffnete einen Aktenschrank und holte ein schmales Buch und ein blaues Heft heraus.

»Hier sind der Plan und das Telefonnummernverzeichnis«, sagte sie und legte beides auf den aufgeräumten Schreibtisch. »Das Vorlesungsverzeichnis muss ich aus dem Wandschrank holen.« Sie durchquerte den Raum und raunte im Vorübergehen einer anderen Sekretärin irgendetwas zu. Ich schlug das Telefonnummernverzeichnis auf und suchte den Buchstaben P. Es war nur fünfzig Seiten stark, die ersten zehn Seiten für die Fakultäten und die restlichen vierzig Seiten für die dreitausend Studenten.

Page. Paine. Parker, David, L. Die Information unter dem Namen war spärlich – lediglich eine Büronummer, Gerard 209, und eine entsprechende Telefonnummer.

Die Frau kam zurück und reichte mir das Vorlesungsverzeichnis. »Bitte schön.«

»Vielen Dank. Finden heute Vorlesungen statt?«, fragte ich, während ich mich erhob.

Sie schüttelte zweifelnd den Kopf. »Normalerweise ja«, erklärte sie, »aber da der erste Schnee in diesem Jahr gefallen ist, werden die meisten Studenten heute blaumachen und Ski fahren.«

Ich bedankte mich erneut und verließ das Büro. Im Foyer kam ich an drei Studentinnen vorbei, die neben der Statue flüsternd beisammenstanden. Ich verließ das Gebäude, ging durch das Schneegestöber zu dem Aussichtsturm zurück und setzte mich auf die Bank, die innen im Gebäude kreisförmig an der Wand entlanglief. Zunächst faltete ich den Plan auf und suchte das Gerard-Gebäude. Ich konnte es von meinem Sitzplatz aus sehen. Ein zweistöckiges Backsteingebäude mit demselben altmodischen Charme wie die restlichen Gebäude.

Ich wärmte meine Hände mit meinem heißen Atem und schlug das Vorlesungsverzeichnis auf – ein dickes Heft, das auf den ersten zehn Seiten nichts weiter als Informationen zur Kursanmeldung und zum Bücherkauf enthielt. Dann fand ich allerdings auch eine alphabetische Liste der Vorlesungen mit entsprechenden Zeitangaben, und nach kurzem Durchblättern der Anthropologie, Biologie, Kommunikationswissenschaften, Englisch und Französisch stieß ich schließlich auf die für das Wintersemester 96 angesetzten Geschichtsvorlesungen. Sie nahmen eine ganze Seite ein; ich ging die Liste durch, bis ich seinen Namen las:

Gesch 089 Geschichte Roms Saal 3.0 35
26229 001 Do 11:00 – 12:15 HD 107 Parker, D.L.

Offensichtlich die einzige Vorlesung, die er hielt, und ein Blick auf meine Uhr verriet mir, dass sie gerade jetzt lief.

Dem Abkürzungsschlüssel der Gebäude zufolge stand HD für Howard-Gebäude, das auf dem blauen Plan leicht zu finden war. Keine zwanzig Meter entfernt gehörte es zu den Gebäuden, die dem Aussichtsturm am nächsten lagen. Mein Herz begann heftiger zu schlagen, als ich den Gehweg hinunter zum Eingang des Gebäudes sah.

Ohne zu überlegen stieg ich die Stufen vom Aussichtsturm herab und ging auf das Howard-Gebäude zu. Da es links vom Verwaltungsgebäude lag, bildete sich durch diese östliche Umfriedung sozusagen ein Innenhof. Auf den Stufen saßen zwei rauchende Studenten, und als ich an ihnen vorbeiging und die Tür berührte, musste ich unwillkürlich denken: *Was, wenn er es nicht ist? Dann komme ich ins Gefängnis und Walter und seine Familie werden sterben.*

Noch während ich die Tür hinter mir zuzog, hörte ich seine Stimme. Sein eindringlicher Flüsterton war im gesamten Erdgeschoss des Gebäudes zu hören und versetzte mich sofort zurück in die Wüste von Wyoming. Langsam verließ ich das Foyer, deren Wände mit Anschlägen zu politischen Veranstaltungen, Zimmerinseraten und allen möglichen Informationen zugeklebt waren. In dem etwas dunkleren Flur drang Licht aus einem Türspalt, dahinter brach gerade eine Vielzahl von Stimmen in Gelächter aus. Orsons Stimme war auch über das Trommeln seiner Studenten zu hören, so bog ich in einen Flur nach rechts ab und gab Acht, dass meine Schritte nicht hallten.

Seine Stimme wurde lauter und bald konnte ich jedes Wort verstehen. Einige Schritte vor der Tür hielt ich an und lehnte mich gegen die Wand. Aus der Lautstärke des Gelächters schloss ich, dass seine Vorlesung vermutlich von dreißig bis vierzig Studenten besucht wurde. Orson sprach erneut und nur noch die Wand trennte mich von seiner Stimme. Obwohl ich am liebsten davongelaufen wäre, um mich weit entfernt von dieser Stimme in einem Schrank oder in einer Toilette zu verstecken, blieb ich stehen und lauschte weiter, im Vertrauen darauf, dass er keinen Grund hatte, gerade jetzt hinaus auf den Flur zu treten.

»Ich möchte Sie bitten, Ihre Kugelschreiber und Stifte hinzulegen«, sagte er, worauf ein metallisches Klopfen auf Holz aus dem Raum erklang, »denn um Geschichte zu begreifen, müssen Sie sie sehen. Geschichte ist mehr als nur bedruckte Seiten. Sie ist tatsächlich passiert. Das dürfen Sie nie vergessen. Legen Sie den Kopf auf den Tisch«, sagte er. »Sie alle. Los!

Und nun schließen Sie die Augen.« Seine Schritte näherten sich der Tür. Er bediente einen Schalter, das Licht unter der Tür erlosch, dann entfernten sich seine Schritte wieder.

»Megalomanie. Kann mir einer sagen, was das ist?«, fragte er.

»Größenwahn!«, rief eine männliche Stimme in die Dunkelheit.

»Gut«, meinte Orson. »Dabei handelt es sich um eine Geisteskrankheit und auch das sollten Sie nicht vergessen.«

Der Professor schwieg eine halbe Minute, auch sonst blieb es still. Als er seine Stimme wieder erhob, klang sie kontrolliert und melodisch.

»Wir schreiben das Jahr 39 vor Christus«, hob er an. »Sie sind ein römischer Senator, und Sie und Ihre Gattin wurden eingeladen, gemeinsam mit dem jungen Kaiser Gaius Caligula den Gladiatorenspielen beizuwohnen.

Während des mittäglichen Zwischenspiels, bei dem Gefangene vor einer jubelnden Menge wilden Tieren zum Fraß vorgeworfen werden, steht Caligula auf, nimmt Ihre Frau an der Hand und verlässt, von seinen Wächtern eskortiert, die Tribüne.

Sie wissen genau, was passieren wird, auch die anderen Senatoren wissen Bescheid, denn das Gleiche widerfuhr auch ihren Frauen. Doch Sie unternehmen nichts. Unter dem blauen Frühlingshimmel bleiben Sie einfach auf den Steinstufen sitzen und schauen zu, wie die Löwen ihre Beute jagen.

Eine Stunde später kehrt Gaius mit Ihrer Gattin zurück. Als sie sich wieder neben Sie setzt, bemerken Sie einen Bluterguss in ihrem Gesicht. Sie zittert fassungslos, ihr Gewand ist zerrissen und sie weigert sich, Ihnen in die Augen zu blicken. Außer Ihnen wurden sechs weitere Senatoren eingeladen, und plötzlich hören Sie, wie Caligula zu ihnen spricht.

›Ihre Brüste sind ziemlich klein‹, verkündet er so laut, dass jeder es hören kann. ›Und beim Sex ist sie eine Niete. Ich sehe mir lieber wieder die Löwen an, als sie noch einmal zu ficken.‹

Er lacht und klopft Ihnen auf den Rücken und die anderen lachen mit ihm. Niemand widerspricht Gaius. Niemand fordert den Kaiser heraus. Alles reine Speichelleckerei; doch Sie sitzen da, kochen vor Wut und wünschen sich, niemals dieser Einladung Folge geleistet zu haben. Doch ein Wort gegen Caligula würde den sicheren Tod für Ihre Familie bedeuten. Das Beste ist, zu schweigen und zu beten, dass Sie nie wieder eine Einladung erhalten.«

Orsons Schritte näherten sich der Tür. Ich trat zurück, doch er knipste lediglich das Licht wieder an. Von drinnen hörte ich, wie die Studenten hin und her rutschten und ihre Notizhefte wieder öffneten.

»Kommenden Dienstag«, verkündete er, »sprechen wir über Caligula. Ich sehe, dass einige Ihrer Kommilitonen heute nicht unter uns sind, was womöglich mit dem gestrigen Schneesturm in den Bergen in Zusammenhang steht.« Die Studenten lachten. Es war längst unüberhörbar, dass sie ihn anhimmelten.

»Wir werden nächsten Dienstag zu Caligula eine Art Quiz veranstalten. Also lernen Sie die Eckdaten. Wann wurde er geboren? Wann zum Kaiser gekrönt? Wann und wie starb er? Lesen Sie Kapitel einundzwanzig in Ihrem Buch, dann sollte es für Sie ein Kinderspiel sein. Ich schätze, Sie werden in ihm einen der vielschichtigsten, faszinierendsten und dennoch meist missverstandenen Herrscher der römischen Geschichte entdecken.« Er schwieg einen kurzen Moment. »Ich wünsche Ihnen ein schönes Wochenende.«

Ich hörte, wie Hefte zugeschlagen und Rucksäcke geöffnet wurden. Dann schienen sich alle Studenten auf einmal zu erheben und zur Tür zu stürzen. Auch Orson würde herauskommen.

Auf der anderen Seite des Flurs stand eine Tür halb offen. Ich kämpfte mich durch den Pulk der Studenten und verschwand unbeobachtet in einem dunklen, leeren Seminarraum. Dann starrte ich durch die Ritzen der Tür und wartete darauf, dass er auftauchen würde.

Kapitel 22

Orson ging die Treppe hinunter und den Flur entlang. Ich wartete im Foyer des Howard-Gebäudes und beobachtete ihn durch das Fenster neben der Tür. Er trug einen Anzug aus beiger Wolle, eine rote Fliege, grüne Hosenträger, eine Brille mit dünnem Goldrand und unter dem Arm eine dunkelbraune Aktentasche. Als er hinter dem Aussichtsturm war, öffnete ich die Tür und folgte ihm. Mit schnellen Schritten überquerte er den Campus und verschwand im Gerard-Gebäude.

Als ich mich dem Gebäude näherte, setzte leichter Schneefall ein. Im Laufe des Tages war es immer kälter geworden, und der anfangs nur leicht bewölkte Himmel war mittlerweile von tiefen grauen Wolken verhangen, die auch die Bergspitzen verdeckten.

Das Gerard-Gebäude gehörte zu den kleineren Gebäuden auf dem Campus – lediglich zwei Etagen hoch und schmal, der Name stand in Stein gemeißelt über der Tür. Draußen in der Kälte unter Orsons Gebäude kam ich mir sehr ungeschützt vor. Sein Büro lag im ersten Stock, doch er konnte sich irgendwo im Gebäude aufhalten, und auch wenn ich mich in der Entfernung sicher fühlte, wusste ich, dass er aus der Nähe sofort meine Augen erkennen würde.

Fünf Minuten saß ich auf den Stufen, bevor ich mich traute, das Gebäude zu betreten. Doch als ich aufstand und nach der Tür griff, hörte ich drinnen Schritte auf dem Holzboden und sah durch das Fenster einen Schatten im Flur auftauchen. Ich drehte mich um und lehnte mich über das schwarze Geländer, als die Tür aufging.

Ich roch ihr Parfüm, bevor ich sie sah. Eine ältere, immer noch schöne Frau stieg mit ihren hochhackigen Schuhen und dem schwarzen Mantel elegant die Stufen herab. Ihr blondes, von silbernen Strähnen durchzogenes Haar wippte, als sie über den Weg in Richtung Stadt davonging. Wieder schaute ich vorsichtig durch das hohe, schmale Fenster neben der Tür, und da das Foyer leer war, zog ich am Türgriff und betrat das Gebäude.

Da weder Stimmen noch das Klappern der Tastaturen zu hören waren, wirkte das Brummen der Lampen über meinem Kopf geradezu ohrenbetäubend. Ihr hartes, weißes Licht beschien einen staubigen Boden. Die Magnetwand in der Glasvitrine wies das Gebäude als historische Fakultät aus, zudem waren dort in weißen Buchstaben die Nachnamen der Professoren mit den entsprechenden Zimmernummern angeschlagen. Als ich rechts und links den Flur entlangschaute, sah ich zu beiden Enden Treppenhäuser. Willkürlich wandte ich mich nach links und ging an vier nicht beschrifteten Türen und einem Wandschrank, auf dem »Hausmeister« stand, vorbei bis zur Treppe.

Aus dem ersten Stockwerk erklang leise Jazzmusik. Am oberen Treppenabsatz blieb ich erneut stehen und blickte den Flur hinunter. Bis auf eine am anderen Ende des Flurs sporadisch aufflackernde Leuchtröhre war die Deckenbeleuchtung ausgeschaltet. Das einzige gleichmäßige Licht kam aus zwei sich gegenüberliegenden, offenen Türen, aus denen mehrere miteinander diskutierende Stimmen und eine klagende Trompete erklangen.

Bis zur ersten Bürotür konnte ich im Schatten gehen. Sie war geschlossen und auf einem Messingschild stand Stchykenski 206. Auf der anderen Seite des Flurs war aus Zimmer 207 das Klappern einer Tastatur und dazwischen leise klassische Musik zu hören.

Keine fünf Meter entfernt stand auf der rechten Seite Orsons Tür weit offen und aus dem Innern drang leise Miles Davis' »Blue in Green«. Ich schlich weiter, bis ich in Orsons leeres Zimmer spähen konnte und aus dem gegenüberliegenden Raum seine Stimme im Gespräch mit einer anderen vernahm: »Ich bin mir noch nicht ganz sicher«, hörte ich Orson sagen.

»David, es besteht kein Grund zur Eile. Wir müssen erst kurz vor Weihnachten eine Entscheidung treffen. Soweit ich weiß, ist der 21. Dezember der letzte Termin.«

»Bis dahin ist ja noch reichlich Zeit«, meinte Orson. »Ich möchte nur seine Publikationen gründlich studiert haben. Was ich bis jetzt gesehen habe, gefällt mir, aber ich möchte einfach sichergehen, Jack.«

»Das möchten wir alle«, erwiderte Jack, »und auch nach Meinung der anderen ist Dr. Harris eine gute Besetzung für die Stelle. Wer seine Arbeiten bereits gelesen hat, hält ihn für bestens qualifiziert.«

Von der anderen Treppe waren Schritte zu hören und ich zuckte zurück.

»Verdammt!«, sagte Orson. »Ich bin noch mit einer Studentin verabredet. Wie wäre es, wenn wir morgen zusammen Mittag essen?

»Gerne.«

Ein Stuhl wurde zurückgeschoben und ich rannte den Flur entlang. Zu meiner Rechten befand sich eine Herrentoilette, die ich zuvor übersehen hatte. Als Orson aus Jacks Zimmer auf den Flur trat, konnte ich gerade noch rechtzeitig darin verschwinden. In der Dunkelheit tropfte ein Wasserhahn. Durch einen Türspalt starrte ich in den Flur. Orson stand inzwischen auf der Schwelle zu seinem Zimmer, lehnte sich in den Türrahmen und unterhielt sich mit einer dicklichen, jungen Frau. Sie hatte hellbraune Haare, ein blasses Gesicht und trug einen Rucksack über ihrer gelben Regenjacke. Sie lächelte, als Orson sie in sein Zimmer bat und die Tür hinter ihr schloss.

Ich ließ die Toilettentür zufallen und versank in der Dunkelheit. Mit geschlossenen Augen atmete ich tief durch, bis das Herzklopfen etwas abflaute.

Plötzlich fiel mir etwas ein – beim Hinaufgehen der Stufen hatte ich einen roten Kasten mit der Aufschrift »Feuer« gesehen.

Ich öffnete die Tür. Orsons Zimmertür war immer noch geschlossen, daher rannte ich den Flur entlang bis zur Treppe. Ich hielt vor dem an der Wand hängenden Feuermelder an und sah mich um. Inzwischen schien das einzige Licht aus Jacks Zimmer.

Ich zog an dem weißen Griff und löste den Alarm aus.

Zurück in der Herrentoilette, deren Dunkelheit nun von blinkenden Lichtern zerschnitten wurde, tastete ich mich zu einer Kabine durch und setzte mich auf die Kloschüssel. Die Tür zum Toilettenvorraum ging auf, jemand brüllte etwas, doch da alles dunkel und leer schien, wurde die Tür wieder geschlossen. Dreißig Sekunden später traute ich mich heraus.

Der Flur war menschenleer, die meisten Türen standen offen und erhellten den Gang. Noch während die Alarmsirene heulte, rannte ich auf das Zimmer 209 zu. Leer. Ich stürmte hinein, schloss die Tür und ging zum Fenster. Draußen vor dem Eingang des Gebäudes hatte sich eine Menschentraube gebildet. Alle starrten verwundert nach oben und hielten Ausschau nach Rauch. Inzwischen schneite es in dichten Flocken, die auf dem Rasen liegen blieben, aber auf dem Pflaster langsam wieder schmolzen. Ich überlegte, wie lange es wohl bis zum Eintreffen der Feuerwehr dauern würde.

Es gab keine Aktenschränke. Ich öffnete die unterste rechte Schreibtischschublade und fand darin lediglich Prüfungsbogen und Testformulare. Die Schublade darüber war voll gestopft mit Büromaterial – Kugelschreiber, Bleistifte, verschiedene Blöcke. In der mittleren Schublade befanden sich lediglich zwei Universitätsverzeichnisse und zwei Päckchen Karteikarten. Die Schubladen auf der linken Seite waren beide leer. Keine Trophäen. Keine Fotos. Doch das überraschte mich nicht. Er war zu vorsichtig, um hier etwas zu verwahren. Trotzdem hatte ich ganz sichergehen wollen.

Auf dem Boden standen als Einzelteile ein Monitor, ein Rechner und eine Tastatur – eine alte Tandy 1000, die Buchstaben waren längst nicht mehr zu erkennen. Auf beiden Seiten des Fensters standen Bücherregale. Ich überflog die Titel, entdeckte aber nichts von Interesse. Historische Fachbücher, hauptsächlich zur Geschichte des Altertums. An der Wand gegenüber des Schreibtischs hing ein Poster von Athen und ein gerahmtes Foto, das Orson vor dem Kolosseum zeigte.

Auf dem Schreibtisch fand ich einen Stapel ungeöffneter Briefumschläge. Drei der vier Umschläge trugen seine Universitätsadresse, auf dem anderen stand: 617 Jennings Road, Woodside. *Ja.* Ich schnappte mir einen Stift und ein Blatt Papier aus der Schublade und schrieb die Adresse ab. Dann warf ich noch einen zweiten Blick in die Schubladen, um sicherzugehen, dass ich nichts verändert hatte. Orson würde es merken.

Die Feuersirenen verstummten. Ich steckte den Zettel mit der Adresse in die Tasche und öffnete die Tür. Im Flur war es immer noch ruhig, doch im Erdgeschoss konnte ich die Rufe und schweren Schritte der Feuerwehrmänner hören. Ich eilte nach rechts zu der Treppe, blickte nach unten – *alles in Ord-*

nung, und eilte die Stufen hinab. Im Erdgeschoss verschwanden gerade zwei Feuerwehrleute in unterschiedlichen Räumen. Ich entdeckte einen Seitenausgang, rannte zur Tür, eilte die Stufen hinab und über den schneenassen Rasen. Nach zwanzig Metern verlangsamte ich meinen Schritt und blickte über die Schulter. Immer noch wartete eine Menschenmenge vor dem Gebäude. Orson war einer von ihnen.

Der Schneefall hatte nachgelassen; nur noch wenige, große, weiche Flocken fielen zur Erde. Heiter schritt ich über den weißen Rasen in Richtung Stadt. Bevor es dunkel wurde, mussten Walter und ich noch Orsons Grab schaufeln.

Kapitel 23

Wir warteten bis etwa halb sieben, als der wolkenverhangene Himmel allmählich schiefergrau wurde. Ich fuhr den Cadillac auf den Highway 116, einer einsamen Strecke durch das unbewohnte Gebiet zwischen Woodside und Bristol. Im Tal lag nur noch wenig Schnee. Gegen Abend war die Temperatur wieder auf über null Grad angestiegen, daher war der nasse Schnee vom frühen Nachmittag nicht liegen geblieben.

Kiefern rauschten auf beiden Straßenseiten vorbei. Ich konnte sie sogar im Auto riechen – ihren klaren, bitteren Geruch. Wir fuhren an mehreren Parkbuchten und einem Campingplatz des Green-Mountains-Nationalparks vorbei. Doch ich hielt nach einem Landstrich Ausschau, wo niemals Menschen hinkamen. Die Campingplätze waren inzwischen leer, von dort waren die Wälder durch Wege erschlossen. Sollte es wieder wärmer werden, was zweifellos vor dem ständigen Frost im Winter noch einmal der Fall sein würde, dienten diese Pfade Spaziergängern und Hundeführern. Und ich hatte weder die Zeit noch die Kraft, ein wirklich tiefes Loch zu graben.

Nach etwa zehn Minuten wurde der unbefestigte Straßenrand gut zwei Autolängen breit. Ich fuhr langsamer und bog von der Straße ab, bis die Reifen im matschigen Gras standen. Ich schaltete den Motor und die Scheinwerfer aus und blickte durch die Windschutzscheibe und den Rückspiegel. Der leere Highway verlief stur geradeaus in die Dunkelheit.

»Glaubst du, dass es hier sicher ist?«, fragte Walter.

»So sicher wie überall«, sagte ich und zog den Zündschlüssel ab.

Ich öffnete die Tür und trat in das kalte, nasse Gras. Das Zuschlagen der Wagentüren hallte durch den Wald. Ich öffnete den Kofferraum, und beide nahmen wir uns einen Spaten und ein Paar Lederhandschuhe, damit die Hände nicht zu kalt und steif würden.

Ich führte uns zurück zu den Bäumen. Wir gingen nicht sonderlich weit, denn in einer mondlosen Nacht würde es schwer werden, diese Stelle wiederzufinden. Wir würden Orson tragen müssen, und es würde schon schwierig genug werden, mit dieser Last zwischen den Bäumen hindurchzukommen. Von den weißen Kiefern tropfte geschmolzener Schnee; schon bald war mir so kalt, dass ich zitternd an den Kamin des Gasthofs dachte.

Knapp vierzig Meter von der Straße entfernt blieb ich stehen. Die Bäume standen hier bereits so dicht, dass der Highway nicht mehr zu sehen war. Ich malte einen Pfeil in die Kiefernnadeln, der zur Straße hin zeigte. Falls wir hier im Wald die Orientierung verlieren sollten, würden wir vermutlich die ganze Nacht umherwandern und den Highway suchen.

»Lass uns das Loch graben«, sagte ich und zeigte auf einen Erdfleck zwischen den Bäumen.

Ich bohrte meinen Spaten durch die Kiefernnadeln und riss die weiche Erde darunter auf. Anfangs war die Arbeit schwierig, weil wir ganz steif vor Kälte waren, doch die körperliche Anstrengung trieb uns schon bald den Schweiß aus den Poren. In null Komma nichts spürte ich die beißende Kälte nur noch auf meinen geröteten Wangen.

Wir markierten zunächst den Umriss. Dann gruben wir in

die Tiefe und zu zweit hatten wir schnell sechzig Zentimeter ausgehoben. Als mir das Loch tief genug erschien, legte ich mich hinein und Walter berechnete, wie tief ein Tier wohl graben musste, um bis zu mir vorzudringen: Orson würde mehr als dreißig Zentimeter unter dem Waldboden liegen.

Ich kletterte hinaus und klopfte mir den Dreck von der inzwischen feuchten und dreckigen Jeans. Walter lehnte sich gegen den Stamm einer roten Fichte und zündete sich eine Zigarette an. Im blauen Dunst verschwanden seine Gesichtszüge, doch ich merkte, dass er mich merkwürdig anstarrte, während die Tabakasche verglühte.

»Was ist los?«, fragte ich, doch er schüttelte den Kopf. »Nein, sag schon.« Ich zitterte bereits wieder.

»Wir werden tatsächlich einen Mann töten.«

»Nicht *einen* Mann, Walter. Den Mann, der gedroht hat, einen Psychopathen auf deine Familie zu hetzen.«

»Du fürchtest dich vielleicht nicht, Andy, aber ich mache mir vor Angst fast in die Hose. Ich habe letzte Nacht kaum geschlafen. Ich muss immerzu daran denken, was morgen alles schief laufen könnte. Er könnte uns entkommen. Uns töten. Vielleicht weiß er sogar, dass wir hier sind. Hast du daran mal gedacht? Er ist ein Psychopath und wir treiben Spielchen mit ihm.«

Irgendwo in der Ferne knackte ein Zweig.

»Tust du das hier nicht für deine Familie?«, fragte ich. »Wenn du Angst hast, dann denk an sie. Was es für ein Gefühl sein wird, diese Bestie, die Jenna bedroht hat, verblutet in diesem Loch hier liegen zu sehen.«

Der Wald war Furcht erregend dunkel geworden.

»Es wird womöglich hart morgen«, meinte ich. »Wir werden ihm vielleicht … gewisse Dinge antun müssen, wenn er uns nicht sagt, was wir wissen müssen. Bist du dazu bereit?«

»Ich werde es sein.«

Walter ging los in Richtung Highway. Ich hob meinen Spaten auf und folgte ihm, wobei ich die Schritte von Orsons Grab bis zum Waldrand zählte. Als wir aus dem Wald hinaustraten, lag der Highway ruhig vor uns und kalter Nebel zog von den Bergen herab. Ich konnte nur noch etwa hundert Meter der Straße überblicken – dahinter undurchdringlicher, schwarzer Nebel.

Ich lehnte meinen Spaten an die größte Kiefer, die ich fand. Wir würden ein paar Markierungen brauchen, um den Ort in der Dunkelheit wiederfinden zu können. Als wir ins Auto stiegen, die Innenbeleuchtung anging und das Anschnalllämpchen aufblinkte, begann ich plötzlich zu verzagen. Walter irrte sich, wenn er mich für furchtlos hielt. Vielleicht machte der Nebel es noch schlimmer, aber ich hatte Angst. Auf der Rückfahrt zu unserem Gasthof zitterten meine Hände, obwohl sie das Lenkrad umklammerten. Insgeheim fürchtete ich, nicht dazu fähig zu sein. Trotz allem, was er getan hatte, war Orson mein Bruder. Mein Zwillingsbruder. Zwischen uns bestand ein Band.

Walter und ich schwiegen. Ich stellte mir vor, unser Schweigen sei ähnlich wie das zwischen Soldaten, denen eine blutige Aufgabe bevorstand. Kein Platz mehr für überflüssiges Geplauder. Stattdessen intensive Konzentration auf die bevorstehenden Stunden und die mentale Vorbereitung auf eine fürchterliche Tat.

Kapitel 24

Am frühen Freitagnachmittag, als die Sonne ihren höchsten Stand erreicht hatte, glich mein Bett einem kleinen Waffenarsenal. Meine kompakte .40er Glock; Walters große .45er; zwei Schachteln Remington Kaliber .40 – 180-J-Teilmantelhohlspitzpatronen, zwei Schachteln Kaliber .45 – 185-J-Teilmantelhohlspitzpatronen; zwei zusätzliche Magazine für jede Handfeuerwaffe; zwei Amherst-RS446-Walkie-Talkies; achtzehn Ampullen Valium; eine Ampulle eines Gegengifts; drei Einmalnadeln für subkutane Injektionen, Gummihandschuhe, Lederhandschuhe, eine Kugelschreiberlampe, Handschellen und zwei Arbeitsoveralls, die ich in einem Militärladen in Davidson gekauft hatte.

Es war sehr schwierig gewesen, an das Valium heranzukommen. Walters Schwiegermutter litt an Panikattacken und zu ihren zahlreichen Medikamenten gehörte auch ein größerer Vorrat des mittelstarken Beruhigungsmittels Ativan. Er hatte dreizehn dieser 1-ml-Ampullen mitgehen lassen. Nach unserer Internetrecherche würde das ausreichen, Orson, wenn nötig, ein paar Tage lang im Koma zu halten. Der Nachteil des Ativan war jedoch, dass die Wirkung erst nach über zwanzig Minuten einsetzte, und ich brauchte etwas, was Orson in weniger als zwei Minuten außer Gefecht setzte.

Also hatte ich etwas sehr Schlimmes getan.

Krimiautoren haben mit ihren Mordschilderungen nur Erfolg, wenn sie realistisch schreiben, und im Laufe der Jahre hatte ich mich mit Anwälten, Polizisten und Fachleuten der unterschiedlichsten Gebiete angefreundet, die mich dankenswerterweise beim Schreiben berieten und meinen Romanen die nötige Authentizität verliehen. Die Ermittlungs- und Gerichtsszenen in meinen Romanen waren präzise recherchiert und von unfehlbarer Genauigkeit. Ich wählte immer die richtige Waffe. Ein befreundeter Pathologe ließ mich sogar einmal einer Autopsie beiwohnen, damit ich die olfaktorischen Erfahrungen im ersten Kapitel meines letzten Romans bis ins kleinste Detail wiedergeben konnte.

Auf den Anfangsseiten von »Blauer Mörder« stiehlt der Protagonist Drogen aus einem Krankenhaus. Daher hatte ich im Zuge meiner Recherchen für diesen Roman meinen Arzt gefragt: »Falls Sie Narkotika aus einem Krankenhaus stehlen wollten, wie würden Sie das anstellen?« Schriftsteller dürfen derlei Fragen stellen, niemand zweifelt an ihrem lauteren Motiv, denn »es ist ja wichtig für den Roman« und ihr Name taucht in der Danksagung auf.

Er hat mir genau erklärt, wie man es anstellen müsste, und er hatte verdammt Recht damit gehabt. Sein Rat hatte gelautet: »Plündern Sie den Aufwachraum. Selbst wenn die Narkotika hinter Verschluss sind, die Schlüssel dazu liegen meist in nicht abgeschlossenen Schubladen. Beten Sie, dass die Schwestern inkompetent sind. Finden Sie heraus, wo sich die Kameras befinden. Besorgen Sie sich einen Hausmeisterkittel und täuschen Sie so lange irgendeine Geschäftigkeit vor, bis Sie herausgefunden haben, wo die Schlüssel zum Giftschrank verwahrt werden.«

Dank der gleichgültigen, unaufmerksamen Schwestern im Aufwachraum des Mercy-Krankenhauses in Charlotte spazierte ich dort zwei Tage vor unserer Abfahrt mit fünf 1-ml-Ampullen des schnell wirkenden Valiums heraus. Als Anästhetikum bei chirurgischen Eingriffen intravenös gespritzt, wirkt es bereits nach neunzig Sekunden. Unglücklicherweise konnte es auch Atemlähmungen verursachen, deshalb hatte ich auch eine Ampulle des Gegengiftes Flumazenil gestohlen.

Zusätzlich zu meinem Diebstahl hatte ich mich intensiv mit der Verabreichung intravenöser und intramuskulärer Spritzen beschäftigt. Ich kannte die Indikation und Anwendungsbereiche für Ativan und Valium. Ich hatte meine Hausaufgaben gemacht, besaß zuverlässige Waffen und einen gut durchdachten Plan. Als Walter und ich in den beiden gegenüberstehenden Sesseln saßen und die messingummantelten Patronen in die Magazine schoben, wurde ich plötzlich ganz ruhig. *Wir machen es tatsächlich,* dachte ich. *Wer macht schon so etwas? Ganz schön aufregend. Eigentlich Stoff für einen tollen Roman.*

Während sich Walter kurz aufs Ohr legte, ging ich nach unten. Dreckige Teller und leere Weinflaschen stapelten sich auf dem Esstisch – die Überbleibsel vom Mittagessen. Ich ging nach hinten in die Küche und bat den Koch, mir ein Truthahnsandwich zu machen. Er hatte keine Lust dazu. Die Mittagszeit sei bereits vorbei. Doch schließlich willigte er doch ein und meinte, ich könne am Kamin darauf warten.

Ich setzte mich in einen Schaukelstuhl. In der steinernen Feuerstelle des Kamins brannte das Feuer langsam aus. Ich stellte mir vor, wie man es bereits in den frühen Morgenstunden angefacht hatte, noch bevor der frische Schnee geschmolzen war und die anderen Gäste ihren Tag geplant hatten. Wenn auch inzwischen eher halbherzig, so wärmte es doch immer noch die gemütliche Sitzecke. Während ich wartete, starrte ich auf das letzte verbliebene Holzscheit. Es glühte von unten und diese Glut fraß es langsam, aber sicher auf und verwandelte das Holz in Asche und Rauch.

Ein Paar kam auf dem Weg zur Haustür an mir vorbei und schaute neugierig auf meine Kleidung. Ein grauer Arbeitsoverall war in diesem gediegenen Gasthof ein eher ungewöhnlicher Anblick.

Die Jennings Road ging links von der Hauptstraße ab, eine Meile jenseits der Universität. Blattloser Zuckerahorn und Birken verdeckten auf der den Hügel ansteigenden Straße den Blick auf den Himmel. Auf beiden Straßenseiten lagen riesige Blätterhaufen. Ich stellte mir vor, wie die Bäume mit dem leuchtend bunten Laub, das jetzt auf der Straße und in den Vorgärten lag, dieses Anwohnergebiet New Englands in ein eigenes mystisches Reich verwandelt hatten.

Kurz vor der Hügelkuppe sah ich auf einem schwarzen Briefkasten in weißen Ziffern die Nummer 617. Walter fuhr langsamer, doch ich wies ihn an, ganz normal daran vorbeizufahren und erst weiter oben an der Straße anzuhalten. Während wir weiterfuhren, starrte ich auf Orsons Haus, noch ungläubig, es tatsächlich gefunden zu haben. Von außen wirkte es elegant und bescheiden. Ein weißes, zweigeschossiges Gebäude mit vorstehenden Dachfenstern im ersten Stock und großen Erkerfenstern im Erdgeschoss. Den Vorgarten umgab ein Gitterzaun, und entlang der gepflasterten Auffahrt, die vom Bürgersteig in einer Kurve bis zur vorderen Veranda führte, wuchsen Blumen. Das Haus verfügte über keine Garage und zurzeit standen auch keine Autos in der Auffahrt.

Jenseits der Hügelkuppe parkte Walter den Wagen am Bordstein, wobei er einen Laubhaufen aufwirbelte. Er schaltete den Motor ab und schaute mich zaghaft an, während ich die beiden Walkie-Talkies unter meinem Sitz hervorholte.

»Kanal acht, Nebenkanal siebzehn«, sagte ich und reichte Walter eines der Geräte. Wir stimmten unsere Frequenzen aufeinander ab. »Bevor wir in die Jennings Road abgebogen sind, sind wir an einem Diner vorbeigekommen. Warte da auf mich. Dieser Wagen wirkt hier verdächtig, vor allem wegen des Nummernschilds eines anderen Bundesstaates. Ich werde dich in dem Diner anfunken. Ich werde ›Los, Papa‹ sagen. Das heißt, er ist zu Hause, also komm her und fahr hier in der Gegend herum. Beim zweiten Mal werde ich sagen: ›Bring es nach Hause.‹ Und das heißt, komm zur Nummer 617 und fahr rückwärts die Auffahrt hoch. Ich möchte, dass du mir den Kofferraum öffnest und wieder einsteigst. Wenn du wieder im Auto sitzt und der Kofferraum offen ist, dann bringe ich ihn raus. Er wird bewusstlos sein, ich werfe ihn in den Kofferraum und du fährst uns zum Loch an der 116. Irgendwelche Fragen?«

»Nein.«

»Funk mich nicht an, es sei denn, es handelt sich um einen Notfall. Und nenn mich Wilma. Ich werde dich Fred nennen. Man weiß nie, wer mithört. Also, vergiss die Kanäle nicht. Acht und siebzehn. Schreib sie dir auf die Hand.« Ich steckte mir das Walkie-Talkie an und nahm die klobige Gürteltasche, die zu meinen Füßen gelegen hatte. Ich band sie mir um die Taille, öffnete die Wagentür und wurde von der kühlen Nachmittagsluft empfangen.

»Es ist jetzt erst halb fünf«, meinte ich, »es kann also noch mehrere Stunden dauern, bis du von mir hörst.« Ich schloss die Tür und er fuhr geradeaus weiter den Hügel hinab und verschwand hinter einer Kurve.

Ich ging den Hügel wieder hinauf, und als ich über die Kuppe kam, lag Woodside genau vor mir. Ich überlegte, ob man das nur wenige hundert Meter unter mir liegende Städtchen wohl auch im Frühling oder Sommer durch das

Laub der Bäume sehen konnte. Doch die kahlen Zweige gaben den Blick auf die Gemeinde am Fuße der Berge preis – die Hauptstraße, die Universität, sogar Bruchstücke des anderthalb Meilen weiter im Norden liegenden Zentrums. *Nette Gegend.* Straßen wie diese gab es in New England zu Hunderten, übers Land verteilt sogar Tausende. Wer würde je den Verdacht hegen, dass der Herzchirurg ausgerechnet hier in einem der idyllischen Wohnhäuser des Außenbezirks von Woodside lebte?

Ich ging Orsons Auffahrt hinauf bis zu dem weißen Zaun, der in Brusthöhe den hinteren Garten umgab. Während ich darüber kletterte, überlegte ich, ob er wohl einen Hund hatte. Als meine Füße das Gras auf der anderen Seite berührten, blieb ich zunächst auf allen vieren hocken, suchte die Wiese nach einer Hundehütte ab und lauschte auf das Rasseln einer Kette. Doch nichts bewegte sich auf dem wunderbar gepflegten Rasen. Eine Silberzeder überschattete den Garten, doch nirgendwo war ein Hund zu sehen.

Auf der Terrasse hinter dem Haus standen weiße Plastikgartenstühle. Ich ging über den Rasen auf die Terrasse, von der Glastüren zu einem Wintergarten führten. Ich schlich bis zu den Türen und spähte vorsichtig durch die Glasscheibe. Nirgendwo brannte Licht, aber durch die Schatten konnte ich die dahinter liegende Küche erkennen. Das Haus schien leer. Ich zog am Türgriff, doch die Tür war verschlossen. Ich war erleichtert, dass sie nicht noch durch einen Riegel gesichert war und ich nur eine einzige Glasscheibe einzuschmeißen bräuchte.

Ich holte ein Paar Handschuhe aus meiner Gürteltasche und griff nach einem baseballgroßen Stein, der in einem an die Terrasse angrenzenden Blumenbeet lag. Nachdem ich die Handschuhe angezogen hatte, schlug ich damit die Glasscheibe direkt neben dem Türgriff ein. Laut krachend zersplitterte die Scheibe und einzelne Glassplitter flogen innen auf den Boden. Mit dem Stein in der Hand wartete ich darauf, dass eine Alarmsirene losging, doch es blieb still. Ich legte den Stein zurück und drehte den Türgriff.

Durch die geöffnete Tür strich mir die warme Heizungsluft über die Wangen. Ich betrat das Haus, zog die Lederhandschuhe aus und steckte sie wieder in die Gürteltasche. Nachdem ich meine Fingerabdrücke außen vom Türgriff abgewischt hatte, zwängte ich meine Hände in ein Paar Gummihandschuhe und zog die Tür hinter mir zu.

Ich misstraute der Stille. Ich blieb im Wintergarten stehen, in das das schwächer werdende Licht durch lange, gebogene Glasscheiben fiel. Korbstühle standen etwas zufällig angeordnet auf dem Klinker vortäuschenden Linoleumboden, Kübelpflanzen verliehen dem Raum den erdigen Duft eines Gewächshauses. Obwohl ich vorsichtig über den Boden schlich, knirschten die Glassplitter unter meinen Füßen. Unterwegs holte ich meine Pistole aus der Gürteltasche und lud die erste Patrone, dabei betete ich, dass ich die Waffe nicht in diesem ruhigen Viertel abfeuern müsste. Walter und mir war es nicht gelungen, Schalldämpfer auf dem Schwarzmarkt ausfindig zu machen.

Vorsichtig ging ich weiter bis zur Küche, wo allerlei weiße Küchengeräte auf meterlangen Arbeitsflächen standen. Am Kühlschrank hingen Fotos einer Wildwasserraftingtour und von Orson und einer Frau, die ich noch nie zuvor gesehen hatte, Arm in Arm auf einer kahlen Bergspitze.

Zur Rechten führte eine Tür ins Esszimmer mit Geschirrschrank, einem mehrarmigen Leuchter und einem Esstisch aus Mahagoniholz, der mit einem weißen Tischtuch, Kristallgläsern sowie silbernem Besteck und Porzellan gedeckt war.

Doch ich wählte die linke Tür von der Küche zum Wohnzimmer. Orson hatte wirklich einen guten Geschmack. Über dem Kamin hing ein monochromatischer Druck von Odilon Redon mit dem Titel: »Antonius: Was ist das Thema all dessen? Der Teufel: Es gibt kein Thema.« Zufällig erinnerte das Thema dieser schwarzen Lithografie auf unangenehme Weise an den Mann, der mich in der Straße meiner Mutter wegen der Widmung angehalten hatte. Luther. In der hinteren linken Ecke stand ein alter Steinway-Flügel, und vor dem künstlichen, mit Gas betriebenen Kamin lag ein Perserteppich, der von einem Futonsofa und zwei burgunderroten Ledersesseln eingerahmt wurde. Zu meiner Rechten führte eine Treppe nach oben und gegenüber konnte ich die Haustür sehen.

Als ich das Wohnzimmer durchschritt, hallten meine Schritte auf dem Holzparkett. Auf der linken Seite neben dem Steinway ging eine weitere Tür ab. Als ich über die Schwelle trat, stand ich in einem Raum voller Bücher – Orsons Bibliothek.

Es roch gut nach altem Papier und Zigarren in seinem Arbeitszimmer. Die Mitte des Raums wurde von einem gewaltigen Schreibtisch beherrscht, der mit dem in meinem Arbeitszimmer identisch war. Sogar der Drehstuhl war der gleiche. Ich durchsuchte die Schubladen, jedoch ohne Erfolg. Alle Briefe waren an Dr. David Parker adressiert und die meisten Aktenordner enthielten Forschungsberichte über das alte Rom. Auf dem Schreibtisch standen nicht einmal Fotos – nur ein Computer, ein Humidor aus Zedernholz, gefüllt mit Macanudo-Zigarren, und eine Karaffe mit Cognac.

Die Wände waren mit Büchern zugestellt – dieselbe intellektuelle Auswahl wie in seinem Büro: »Die Agrargesellschaft Roms im 3. Jh. n. Chr.«; »Gerichtshoheit und imperialistische Macht im Altertum«; »Ausländische Beziehungen: Rom, Karthago und die Punischen Kriege«.

Das leichte Brummen eines Automotors ließ mich ans

Fenster treten. Mit zwei Fingern zog ich die Jalousien etwas auseinander und beobachtete, wie ein weißer Lexus Sedan in Orsons Auffahrt einbog. Ich wartete. In mir krampfte sich alles zusammen. Wenn Orson durch die Hintertür hereinkam, würde er die zerbrochene Glasscheibe sehen.

Er tauchte plötzlich auf, ging in einem olivgrünen Anzug mit einer Aktentasche in der Hand zügig den Weg hinauf. Ich trat vom Fenster zurück, sank auf die Knie und kroch unter seinen Schreibtisch.

Ein Schlüssel drehte sich im Schloss und die Eingangstür öffnete sich. Orson betrat pfeifend sein Haus. Ich kroch so weit es ging in die Dunkelheit unter seinem Schreibtisch. An seinen Schritten konnte ich hören, dass er vom Wohnzimmer in die Bibliothek kam. Ein ohrenbetäubender Schlag ließ den Schreibtisch erzittern und mein Herz noch schneller rasen. Er hatte seine Aktentasche auf die Schreibtischoberfläche fallen lassen. Als seine Schritte den Schreibtisch in Richtung Stuhl umrundeten, entsicherte ich die Pistole.

Irgendwo im Haus klingelte ein Telefon. Er hielt inne. Ich konnte jetzt seine Beine sehen, seine schwarzen, spitzen Schuhspitzen. Ich roch ihn – sauber, nach Rasierwasser duftend, vertraut. Unser Körpergeruch nach einem langen Arbeitstag war der gleiche. Das Telefon klingelte erneut, er eilte hinaus und murmelte dabei etwas Unverständliches.

»Hallo?«, antwortete er nach dem dritten Klingeln in der Küche. »Hallo, Arlene … Ja, natürlich … Nun, warum kommst du dann nicht her? Wir hauen uns etwas in die Pfanne … Nein, das brauchst du nicht. Und komm einfach her … In Ordnung. Klingt gut. Bis dann.«

Er legte auf und ging zurück ins Wohnzimmer. Einen kurzen Moment dachte ich, er würde in die Bibliothek zurückkehren, und hob die Waffe. Doch seine Schritte verhallten, als er die Treppe hinaufrannte.

Zitternd kroch ich unter dem Schreibtisch hervor. Als ich oben die Dusche hörte, kauerte ich mich hin, nahm das Walkie-Talkie aus der Gürteltasche und drückte die Sprechtaste.

»Wilma«, flüsterte ich. »Wilma? Over?«

»Over.« Walters Stimme wurde von lautem Knistern begleitet. Ich stellte die Lautstärke leiser. »Du bist Wilma. Ich bin Fred«, sagte er.

»Er ist hier«, flüsterte ich. »Nimmt oben eine Dusche.«

»Hast du was gefunden?«

»Kann jetzt nicht reden. Los, Papa.«

»Was?«

»Komm hier rauf und warte auf die nächste Anweisung.«

Ich schaltete das Walkie-Talkie aus und ging ins Wohnzimmer. Der Teppichboden auf der Treppe dämpfte meine Schritte, als ich hinauf in den ersten Stock ging. Ich stand in der Mitte eines düsteren Flurs, an dessen beiden Enden sich je ein Schlafzimmer befand. Genau gegenüber sah ich unter einer geschlossenen Tür Licht durchscheinen, so dass ich dahinter das Badezimmer vermutete. Orsons Schuhe, seine braun und dunkelblau getupften Socken, sein schwarzer Gürtel und sein olivgrüner Anzug bildeten eine Spur bis zu dieser Tür.

Er sang unter der Dusche: »All you need is love! Loooove! Love is all you need!«

Ich ging einen Schritt auf das Badezimmer zu. *Öffne die Tür, schleich dich hinein und jag die Spritze durch den Duschvorhang rein …*

Plötzlich klingelte es an der Tür. Ich blieb wie erstarrt im Flur stehen und überlegte, ob er die Klingel wohl auch gehört hatte. Nach fünf Sekunden wurde die Dusche ausgestellt und ich hörte das dumpfe Auftreten nasser Füße auf Fliesen und wie ein Handtuch kräftig über die Haut gerubbelt wurde. Ich rannte nach rechts den Flur entlang bis zu einem Zimmer, das wohl sein Schlafzimmer war, da dort überall Kleidungsstücke herumlagen. Zu meiner Rechten konnte man von einem Dachfenster aus auf die Jennings Road und die weit dahinter liegenden verschneiten Berge blicken. In einem Alkoven stapelten sich Kissen, und ich dachte unwillkürlich, dass Orson in dieser gemütlichen Ecke vermutlich viele Stunden mit Lesen verbrachte.

Links von mir befand sich ein geräumiger, begehbarer Kleiderschrank, und als die Badezimmertür geöffnet wurde, huschte ich hastig dort hinein. Es klingelte erneut, und Orson rief: »Ich hab dir doch gesagt, du kannst einfach reinkommen!« Dabei eilte er die Treppe hinunter.

Ich konnte nicht verstehen, was er beim Öffnen der Tür sagte. Ich tastete mich zwischen Kleiderbügeln mit nach Mottenpapier stinkenden Anzügen und dicken Pullovern vorbei und versteckte mich schließlich in der hintersten Ecke des unbeleuchteten Schrankes.

Kurz darauf kam Orson die Stufen wieder herauf und bis ins Schlafzimmer, so dass ich ihn sogar kurz durch die Kleiderbügel hindurch sehen konnte. Er war noch nackt und stieg in Boxershorts und Jeans, die noch so zusammen auf dem Boden gelegen hatten, wie er sie offensichtlich ausgezogen hatte. Mit nacktem Oberkörper stellte er sich in voller Länge vor einen großen Spiegel und kämmte seine nassen Haare, die seit dem Bürstenhaarschnitt der Wüste kräftig nachgewachsen waren. Er grinste sein Spiegelbild an, bleckte die Zähne und formte tonlos Worte, die ich nicht verstand. Zum ersten Mal hatte ich einen guten Blick auf meinen Bruder und ich sog ihn in mich auf.

Seine Erscheinung wirkte zivilisierter und attraktiver als in der Wüste und seine körperliche Verfassung war immer noch bewundernswert gut. Er strahlte Charisma aus und seine Augen funkelten.

»Schenk dir schon mal ein Glas Wein ein!«, rief er. »Im Weinregal steht ein Pinot Noir!«

Orson öffnete eine Schublade der Kommode, durchsuchte sie einen Moment und holte schließlich einen grauen Teppichschneider hervor. Er schob die Klinge heraus, die den Griff um zweieinhalb Zentimeter überragte. Er fuhr mit dem Daumen ihre Kante entlang und lächelte erneut sein Spiegelbild an.

»Du wirst dich benehmen«, sagte er kichernd. »Heute Abend wirst du dich anständig benehmen.«

»Dave?«

Orson fuhr herum. »Arlene! Hast du mich erschreckt!«

Ihre Stimme kam vom oberen Treppenabsatz. »Wo ist das Weinregal?«

»Küchenanrichte.« Er hielt den Teppichschneider hinter seinem Rücken. Aus meinem Winkel sah ich im Spiegel, wie er damit herumspielte und die Klinge rein- und rausschob. »Oh, Arlene! Und leg bitte etwas Musik auf. Miles Davis, wenn du nichts dagegen hast.«

Er schob die Klinge wieder ganz in den Griff, steckte den Teppichschneider in eine seiner Hosentaschen und alberte weiter vor dem Spiegel herum.

Durch das Dachfenster konnte ich sehen, wie die letzten Sonnenstrahlen hinter den Bergen verschwanden. Es schien verführerisch, mich die ganze Nacht im Kleiderschrank hinter Kleiderbügeln voller alter, müffelnder Sachen zu verstecken, doch ich widerstand dieser Anwandlung, tastete mich durch seine Garderobe und stolperte schließlich aus dem Schrank.

Ihre Stimmen schallten die Treppe hinauf. Ich hörte meinen Bruder lachen und das Klappern des Bestecks auf dem Porzellan. Es hatte eine Stunde gedauert, bis ich die Kraft gefunden hatte, den Kleiderschrank zu verlassen. *Gott sei Dank essen sie immer noch.* Plötzlich fiel es mir ein – die zerbrochene Scheibe! Bitte, geh nicht in den Wintergarten!

Da ich das Zimmer vorerst für mich hatte, nutzte ich die Gelegenheit, den Schrank, die Bücherregale und die Kommode nach den Bildern und Videobändern von der Wüste zu durchsuchen. Ich fand jedoch nichts, was auf sein Hobby hindeutete, nicht einmal ein Tagebuch. Letztlich war der einzige Gegenstand in Orsons Schlafzimmer, der entfernt seine Vorliebe für Gewalt widerspiegelte, ein großer Druck von William Blake an der Wand gegenüber seines Bettes – genannt »Der simonistische Papst«, ein handkolorierter Kupferdruck, der die Höllenflucht des Papstes Nikolaus des Dritten in einem Flammenfass mit brennenden Fußsohlen zeigt. Ich kannte dieses Bild. Es ist eine Illustration der Hölle, Canto 19 aus Dantes Göttlicher Komödie. Wer Orson nicht kannte, mochte vielleicht etwas erstaunt über seinen morbiden Wandschmuck sein.

Ich ging den Flur entlang bis zum Gästezimmer, das unpersönlich und voll gestopft mit einzelnen, nicht zueinander passenden Möbelstücken war. Der Schrank war genau wie die Schubladen der beiden Nachttische leer. Ich bezweifelte, dass je jemand in dem Einzelbett geschlafen hatte.

Ich schlich wieder zurück auf den Flur und ging ein paar Stufen hinunter. Aus dem Esszimmer erklang Orsons leise Stimme. Stühle wurden gerückt – Schritte gingen in Richtung Eingangshalle. Ich trat zwei Schritte zurück, und als ihre Schritte weiter in meine Richtung kamen, eilte ich die restliche Treppe hinauf und rannte über den Flur zurück in den Kleiderschrank.

Sie betraten das Schlafzimmer und ließen sich gemeinsam auf das Bett fallen. Ich hörte Orson sagen: »Ich mag dich sehr.«

»Ich mag dich auch.«

»Ja?«

»Sonst wäre ich doch wohl nicht hier.« Arlenes Stimme klang, als sei sie um die dreißig, etwas kehlig, aber mit einem Rest mädchenhafter Unschuld. Ich wusste, warum Orson sie mochte. Die Lampe auf seinem Nachttisch wurde ausgeschaltet. Sie küssten sich eine Weile in der Dunkelheit und das intime Geknutsche erinnerte mich an die Freitagabende unserer Highschool-Zeit.

»Was würdest du von mir denken, wenn ich das täte?«, fragte er.

»Ooooh.«

»Ja?«

»Uh huh.« Einen Moment lang waren nur feuchte, saugende Geräusche zu hören.

»Rate mal, was ich in der Hosentasche habe«, sagte Orson schließlich.

»Mmm. Was ist es denn?«

»Du musst es erraten, Dummchen.«

»Ist es rund und wellenförmig?«

»Nein, es ist hart.«

»Mmm.« Sie schauderte in freudiger Erwartung. Ich hörte, dass der Alkohol ihre Stimme schleppend gemacht hatte.

»Und sehr scharf.«

»Huh?«

»Hast du irgendwelchen Freundinnen von mir erzählt?«

»Wie meinst du das?«

»Weiß irgendjemand, dass wir miteinander ausgehen?«

»Warum? Spielt das eine Rolle?«

»Antworte mir einfach.« Ich hörte leichte Verärgerung in seiner Stimme, die sie mit Sicherheit gar nicht registrierte.

»Nur den Kolleginnen bei der Arbeit.«

Orson seufzte.

»Ich habe dich doch gebeten, niemanden zu erzählen, dass wir uns treffen. Hast du ihnen meinen Namen genannt?«

»Warum?«

»Arlene, hast du ihnen meinen Namen genannt?«

»Ich weiß es nicht mehr.« Ihre Stimme wurde weicher. »Was hältst du hiervon, Liebling?« Ein Reißverschluss wurde aufgezogen, gefolgt von einer plötzlichen Bewegung in der Dunkelheit. »Rühr mich nicht an!«, zischte er.

Das Bett quietschte, und ich überlegte, ob sie sich wohl aufgesetzt hatte.

»Schalt das Licht ein«, sagte sie. »Schalt es ein!« Es blieb dunkel.

»Hast du deinen Freundinnen meinen Namen genannt?«

»Warum benimmst du dich so eigenartig?«

»Antworte mir, damit ich dir zeigen kann, was ich in der Tasche habe.«

»Ja, ich hab ihnen deinen …«

»Verflucht noch mal!«

»Was?«

»Du kannst jetzt gehen.«

»Warum?«

»Hau ab!«

»Was ist los mit dir?« Ihre Stimme klang, als würde sie gleich heulen. »Ich dachte … ich meine … ich mag dich, und ich dachte …«

»Ich hatte heute Nacht etwas ganz Außergewöhnliches für uns geplant. Und du hast es gerade ruiniert. Ich wollte dich öffnen, Arlene.«

»Wie meinst du das?«

»Los, raus aus meinem Haus!«

Wieder quietschte das Bett, dann knackte der Boden und es klang, als ob Kleidungsstücke glatt gestrichen würden.

»Ich kann nicht glauben, dass … Ich meine, du brauchst Hilfe, David.«

»Vielleicht.«

»Du kannst zu …«

»Ich rate dir, das Haus zu verlassen, solange du dazu noch in der Lage bist.«

Sie stürmte aus dem Schlafzimmer auf den Flur und schrie: »Ausgeflippter Idiot!« Als sie die Haustür erreicht hatte, schluchzte sie.

Kapitel 25

Nachdem Arlene weg war, blieb Orson eine Weile in der Dunkelheit sitzen. Aus irgendeinem Grund dachte ich, er würde anfangen zu heulen oder gar schluchzend zusammenbrechen, sobald er allein war. Doch das geschah nicht. Nachdem sich meine Augen an die Dunkelheit gewöhnt hatten, konnte ich die Konturen seines Zimmers ausmachen – das Bild an der Wand, die Bücherregale, seine ausgestreckten Beine auf dem Bett. Durch das Dachfenster sah ich auf der anderen Seite des Tals Lichterreihen auf den schwarzen Hängen.

Eine halbe Stunde später dachte ich, er sei eingeschlafen, und überwand mich, aus dem Schrank zu kriechen, um das zu tun, wozu ich gekommen war. Doch als ich mich bewegte, setzte er sich urplötzlich im Bett auf. Stocksteif vor Schreck beobachtete ich, wie Orson unter dem Bett etwas wie einen Schuhkarton vorzog und ihn auf die Matratze stellte. Er streifte seine Schuhe ab und kickte sie in unterschiedliche Richtungen von sich weg. Einer flog in den Kleiderschrank und hätte mich beinah am Kopf getroffen.

Ich hörte ein mechanisches Klicken. Er lehnte sich wieder bequem zurück und begann mit leiser, monotoner Stimme zu sprechen. »Es ist Freitag der 8. November, 19 Uhr 43. Arlene ist heute Abend vorbeigekommen. Ich habe dir von ihr erzählt. Diese Anwaltsgehilfin aus Bristol. Fade Kuh. Es sollte heute Abend passieren. Ich habe den ganzen Tag an nichts anderes gedacht. Die ganze Woche. Doch sie hat mich – ich meine, meinen Namen – gegenüber ein paar Arbeitskolleginnen erwähnt, also hat sich die Sache erledigt. Es war eine Übung in Selbstbeherrschung. Ich habe noch nie ein Teppichmesser benutzt, umso enttäuschter bin ich, dass es heute Abend nicht geklappt hat. Wenn ich noch viel länger ohne Spielzeug auskommen muss, könnte mir wieder etwas Unbedachtes unterlaufen wie damals in Burlington. Aber du hast die Regel aufgestellt, es niemals hier in dieser Stadt zu tun, und es ist eine sinnvolle Regel, also verdirb es nicht.« Er hielt das Diktiergerät an, drückte dann jedoch erneut auf Aufnahme.

»Ein Letztes noch. Ich war heute online und hab gesehen, dass James Keillers zweites Gnadengesuch abgelehnt wurde. Schätze, das heißt, dass sie bald das Datum der Hinrichtung festlegen werden. Eine wunderhübsche Sache, was ich da getan habe. Wirklich. Ich werde vielleicht hoch nach Nebraska fahren müssen, wenn sie ihn auf den Stuhl setzen. Und ich bin ziemlich sicher, dass sie dort in diesem Staat der Maisschäler den elektrischen Stuhl benutzen.«

Er legte das Diktiergerät wieder in den Schuhkarton und holte etwas anderes heraus. Dann stieg er vom Bett und ging zu der Kommode, auf der ein Fernseher und ein Videoplayer standen. Er legte eine Videokassette ein und schaltete den Fernseher an. Als die ersten Bilder sichtbar wurden, legte er sich mit dem Kopf zur Matratzenkante bäuchlings aufs Bett, stützte die Ellbogen auf und legte sein Kinn in die Hände.

Der Film war in Farbe. O Gott! Die Scheune! Ich bekämpfte einen Anfall von Übelkeit.

»Das ist Cindy und sie hat gerade den Test nicht bestanden. Sag Hallo, Cindy.«

Die Frau war nackt und mit dem Lederhalsband an den Pfahl gefesselt. Orson richtete die Kamera auf sich selbst.

Sein Gesicht war verschwitzt, seine Augen funkelten und er hatte ein strahlendes Lächeln aufgesetzt.

»Cindy hat das fünfzehn Zentimeter lange Ausbeinmesser gewählt.«

»Aufhören!«, kreischte sie.

Ich hielt mir die Ohren zu und schloss die Augen. Die Angst in ihrer Stimme machte mich krank. Wenn auch etwas gedämpft, konnte ich die schrillen Schreie gut hören. Auch Orson machte Geräusche auf dem Bett. Ich blinzelte und sah, dass er sich auf den Rücken gedreht hatte, den Bildschirm verkehrt herum betrachtete und sich dabei einen runterholte.

Die Szene, die zeigt, wie Orson sie tötete, war nicht besonders lang, daher schaute er sie sich immer und immer wieder an. Wenn ich mich ganz auf meinen Herzschlag konzentrierte, konnte ich den Fernseher und Orsons Stöhnen beinah vollständig verdrängen. Ich zählte die Schläge und kam bis 704.

Als ich meine Augen wieder öffnete, war es still im Zimmer. Ich war eingenickt und bekam Panik bei dem Gedanken, dass ich vielleicht geschnarcht oder wertvolle Stunden schlafend im Schrank vergeudet hatte. Ich schaute auf die Uhr und stellte erleichtert fest, dass es erst kurz nach halb zehn war. Walter und ich hatten also immer noch den Großteil der Nacht, um meinen Bruder zu töten.

Vom Bett her waren tiefe Atemzüge hörbar. Ich erkannte das für Orson typische lange Ausatmen. Da er mit fast absoluter Sicherheit schlief, holte ich eine Spritze und eine Ampulle Valium hervor. Ich schnippte die Plastikkappe ab, stach die hohle Nadel durch den Gummistöpsel und zog die Spritze auf. Genauso verfuhr ich mit zwei weiteren Ampullen. Mit fünfzehn Milligramm Valium in der Spritze steckte ich die drei leeren Ampullen wieder in meine Gürteltasche und schloss den Reißverschluss so langsam, dass nicht einmal ich hören konnte, wie die Zähne ineinander griffen. Mit der Spritze in der linken und der Glock in der rechten Hand steckte ich vorsichtig meinen Kopf durch die Kleiderbügel und arbeitete mich behutsam nach draußen.

Als ich mit den Füßen das Parkett des begehbaren Kleiderschranks berührte, kam mir in den Sinn, dass er womöglich gar nicht schlief. Vielleicht ruhte er sich nur aus und atmete gleichmäßig in einer Art Entspannungstrance. Nach drei Schritten stand ich auf der Schwelle des Kleiderschranks und starrte auf den auf dem Bett liegenden Orson.

Sein Brustkorb hob und senkte sich gleichmäßig und langsam in dem für den Schlaf typischen Rhythmus. Ich kniete mich hin, steckte mir die Plastikspritze zwischen die Zähne und kroch über den staubigen Boden. An seiner Bettkante hielt ich inne und schluckte eine weitere Welle der Übelkeit hinunter. Schweiß perlte mir von der Stirn in die Augen. Meine Hände in den Gummihandschuhen waren feucht.

Ich duckte mich auf den Boden, nahm die Spritze aus dem Mund, hielt sie mir vors Gesicht und drückte einen kurzen Strahl heraus, um die Luftblasen zu entfernen. Orson bewegte sich. Bisher hatte er mir den Rücken zugewandt, doch jetzt drehte er sich so weit um, dass unsere Gesichter einander zugewandt waren. *Alles, was er jetzt tun müsste, ist, die Augen aufzumachen.*

Sein linker Arm lag wunderbar frei. Ich zog meine Kugelschreiberlampe hervor, steckte sie mir zwischen die Zähne, leuchtete auf seinen Unterarm und sah die vielen Venen unter der Haut. Mit viel Geduld und Konzentration senkte ich die Nadelspitze, bis sie sich nur noch gut zwei Zentimeter über seiner Haut befand. Es bestand die Möglichkeit, dass ihn das umbringen würde. Da ich versuchte, es intravenös zu spritzen, würden fünfzehn Milligramm Valium sofort in seinen Blutkreislauf gelangen, und wenn diese Dosis sein Gehirn erreichte, würde vielleicht die Atmung aussetzen. *Halt die Hände still.*

Als ich die Nadel in die Unterarmvene gegenüber des Ellbogens stach, öffnete er die Augen. Ich injizierte ihm die Droge. *Bitte, lass mich die Vene getroffen haben!* Orson schoss hoch und rang nach Luft. Ich ließ die Spritze los und sprang zurück, dabei blieb die Nadel in seinem Arm stecken. Er zog sie raus und hielt sie sich verblüfft vors Gesicht.

»Andy?«, flüsterte er schwerfällig. »Andy?! Wie hast du …« Er schluckte mehrere Male, als ob seine Luftröhre blockiert wäre. Ich stand auf und richtete die Waffe auf ihn.

»Leg dich zurück, Orson.«

»Was hast du mir gegeben?«

»Leg dich zurück!«

Er lehnte sich in die Kissen zurück. »O Gott«, stöhnte er, »das Zeug ist stark!«

Er klang bereits benommen, und ich meinte, er hätte seine Augen geschlossen. Ich schaltete die Nachttischlampe ein, um sicherzugehen. Sie waren nur noch Schlitze.

»Was tust du, Andy?«, fragte er. »Wie hast du …« Seine Worte verloren sich.

»Du hast meine Mutter umgebracht«, erklärte ich.

»Ich glaube nicht, dass du …« Er schloss die Augen.

»Orson?« Dort, wo die Nadel in seine Haut eingedrungen war, war ein roter Punkt zu sehen. »Orson!« Er bewegte sich immer noch nicht, daher beugte ich mich vor und gab ihm eine Ohrfeige. Er stöhnte, doch diese Reaktion war keine wirkliche Antwort auf meinen Schlag, also fühlte ich mich sicher, dass er unter der Wirkung der Droge stand.

Ich ging rückwärts bis zum Kleiderschrank und zog das Walkie-Talkie aus der Gürteltasche.

»Walter?«, sagte ich atemlos. »Walt… Fred?«

»Over.«

»Bist du in der Nähe?«

»Hundert Meter entfernt.«

»Komm zum Haus und geh rein.«

Ich lehnte mich gegen die Wand und wischte mir den Schweiß aus den Augen.

Orson stürzte aus dem Bett und bohrte seinen Kopf in meinen Bauch, bevor ich auch nur die geringste Chance hatte, an meine Waffe zu denken. Während ich nach Luft rang, fuhr er mit dem Knie zwischen meine Beine und packte mit beiden Händen meinen Nacken. Seine Stirn sauste auf meine Nase nieder und brach den Knorpel. Brennender Schmerz durchzuckte mich und Blut rann mir über die Lippen.

»Was bildest du dir ein, Andy? Du kannst das einfach mit mir machen?«

Ich hatte gerade wieder etwas Luft in der Lunge, als er mir einen Faustschlag in die Eingeweide unterhalb des Nabels versetzte. Als ich mich nach vorne krümmte, traf er mit seinem Knie mein Gesicht und ich ging zu Boden.

Sofort war er über mir und seine Finger gruben sich in meinen Bauch. Meine Hände umklammerten immer noch mit eisernem Griff die Pistole. Ein heftiger, stechender Stich fuhr mir durch das Hemd in den Rücken. Ich stöhnte auf.

»Ja, das gefällt dir, nicht wahr? Ich werde es wieder und wieder tun.« Erneut stach er mit der Nadel zu. Ich spürte, wie er sie in mir hin und her bewegte. »Du wirst aufgeben«, sagte er. »Und ich werde das ganze Wochenende damit zubringen, dich zu töten. Was hältst du davon, Andy?! Was?!«

Ich dachte nur, dass ich wenigstens versuchen sollte, Widerstand zu leisten, doch wenn ich mich bewegte, gelang es ihm womöglich, mir die Waffe zu entreißen.

»Runter von mir!«, grunzte ich. »Lass mich los, du Arschloch!«

»Oh, na gut.« Ein harter Knochen schlug gegen meinen Hinterkopf, der Schmerz war überwältigend. Ich spürte, wie die Nadel herausgezogen und erneut hineingestochen wurde.

»Ah, Mist!«, murmelte er. Erneut schlug er mir auf den Kopf, aber der Schlag war längst nicht mehr so kräftig. »Andy, du Mistkerl.« Er ging zu Boden, fiel auf seine Hände und Knie und versuchte, bei Bewusstsein zu bleiben. »Bleib wach«, murmelte er. »Nein, nein.«

Ich zog mir die Nadel aus dem Rücken, stand auf und ging zur offenen Tür seines Schlafzimmers. Mein Gesicht fühlte sich geschwollen an und mit dem linken Auge konnte ich nur noch verschwommen sehen. Doch das Adrenalin kaschierte den Schmerz und sogar die tiefen, winzigen Löcher in meinem Rücken. Unter meinem Arbeitsoverall rann mir Blut die Beine entlang. Orson kippte auf die Seite.

»Nein«, seufzte er schläfrig, und seine Stimme wurde lallend. »Andy. Mach so etwas nicht …« Er schloss die Augen und war still.

Es klopfte an der Haustür. Ich hielt die Waffe am Lauf fest und schlug sie Orson gegen die Stirn, bis ich Blut sah. Dann rannte ich auf den Flur und die Treppe hinunter.

»Walter?«, rief ich durch die Tür.

»Ich bin's«, antwortete er. Ich ließ ihn rein. Die nächtliche Kälte strahlte von seiner Kleidung ab. »Wo ist dein Bruder … O Gott, dein Gesicht …!«

»Ich bin in Ordnung. Komm«, sagte ich und ging wieder die Treppe hinauf. »Zieh deine Gummihandschuhe an. Er ist oben.«

Kapitel 26

Während Walter Orson in seinen Boxershorts die Treppe hinunterschleifte und ihn in einem Perserteppich mit Blumenornamenten einrollte, durchsuchte ich erneut alle Winkel des Schlafzimmers meines Bruders. Unter dem Bett fand ich den Schuhkarton mit Mikrokassetten und zwei weiteren Videobändern, aber das war auch schon alles. Auch ein erneutes, gründliches Durchsuchen des Kleiderschranks brachte nichts Ungewöhnliches zutage. Als ich auch im Gästezimmer nichts fand und damit begann, ein zweites Mal sein Arbeitszimmer zu durchforsten, kochte ich langsam vor Wut.

»Siehst du das?«, sagte ich, als ich auf den Flur trat und mir den Schuhkarton über den Kopf hielt. »Mehr gibt's nicht in seinem verdammten Haus, was irgendjemandem beweisen könnte, wer er wirklich ist.«

Walter saß in seinem, mit meinem identischen, Arbeitsoverall auf dem im Teppich zusammengeschnürten Orson.

»Es gibt noch mehr solcher Bilder«, sagte ich. »Fotos von mir, die zeigen, wie ich anderen fürchterliche Dinge antue. In einem Schließfach oder einem Tresor. Weißt du, was passiert, wenn dieses Arschloch hier nicht mehr seine Miete bezahlen kann, weil er tot ist? Sie werden das Haus hier entrümpeln und Fotos finden, auf denen ich einer Frau das Herz aus der Brust schneide.« *So, jetzt weißt du es.*

Walter sah mich an, schien jedoch keine weiteren Erklärungen zu erwarten. Er stand auf und ging über das Parkett in Orsons Bibliothek. Er nahm die Karaffe vom Schreibtisch und goss reichlich Cognac in ein passendes Glas.

»Willst du auch einen?«, fragte er, während er das Glas gekonnt schwenkte, um den Weinbrand zu erwärmen.

»Bitte.« Er schenkte mir auch ein Glas ein und brachte es herüber ins Wohnzimmer. Wir setzten uns auf Orsons Futon vor den Kamin, schwenkten und tranken schweigend unseren Cognac und warteten beide auf diese euphorisierende Wirkung, die jedoch ausblieb.

»Wird er es uns sagen?«, fragte Walter schließlich.

»Uns was sagen?«

»Wo die Fotos von dir sind und wer der Mann ist, der auf Jennas Arm geschrieben hat.«

Ich wandte den Kopf und blickte Walter in die Augen. Der Alkohol ließ meine Wangen glühen.

»Worauf du dich verdammt noch mal verlassen kannst!«

Wir trugen ihn zur Haustür hinaus und die Stufen hinab. Der Mond schien leichenblass durch das blattlose, kalligrafische Geäst der Bäume. Der Alkohol hatte mein Gesicht betäubt und milderte die stechende Kälte.

Der Teppich passte nicht in den Kofferraum, daher rollten wir ihn wieder auf und Orson glitt in den dunklen, leeren Hohlraum. Ich überprüfte seine Atmung. Sie war zwar regelmäßig, aber sehr flach. In einem Haus auf der gegenüberliegenden Straßenseite ging das Licht an. In dem Erkerfenster erschien der Schatten eines Mannes.

»Mach schon, Walter«, sagte ich. »Hier ist so ziemlich der schlimmste Ort, an dem wir uns aufhalten können.«

Wir fuhren den Weg zurück, den wir gekommen waren, zunächst den Hügel hinunter und dann rechts in die Hauptstraße. Ich starrte aus dem Fenster, als wir am Campus vorbeikamen, die gepflasterten Wege waren beleuchtet, aber menschenleer. Ein Stückchen weiter konnte ich kurz den Aussichtsturm sehen und die Stelle, an der ich gestern im Schnee gestanden hatte, um den Mann zu suchen, der nun bewusstlos im Kofferraum lag.

»Wir haben das Arschloch erwischt, oder nicht?«, sagte ich und grinste unter dem Alkoholeinfluss.

»Ich beglückwünsche uns erst, wenn er hundert Pfund kalten Dreck auf seinem Gesicht liegen hat und wir wissen, wo der Mann ist, der meine Tochter bedroht hat.«

Gegen 22 Uhr ereichten wir das Zentrum von Woodside. Trotz der Kälte waren viele junge Leute auf den Bürgersteigen. Ihr Atem ließ Hunderte von kleinen Wölkchen entstehen und durch die Scheibe hörte ich ihre lauten Stimmen. Vor den miteinander konkurrierenden Bars auf beiden Straßenseiten standen reihenweise erwartungsvolle Studenten, die in die heitere Wärme im Innern drängten. Für mich war das allzu verständlich. In dieser Stadt war es so verdammt eisig, dass man gar nichts anderes machen konnte, als zu trinken.

Knapp acht Meilen hinter dem Straßencafé fuhr Walter an den weichen, breiten Straßenrand der 116. Er ließ den Wagen noch etwa dreißig Meter durch das Gras rollen und hielt dann im Schatten zweier Eichen.

»Dein Spaten steht dahinten«, erklärte er, während er den Motor ausschaltete. »Ich hab ihn dort an einen Baum gelehnt stehen sehen.« Ich drehte mich um und blickte durch die Heckscheibe. Nichts bewegte sich auf dem in kaltes, blaues Mondlicht getauchten Highway.

»Was macht dein Gesicht?«, fragte er.

»Meine Nase fühlt sich an, als wäre sie gebrochen, ist sie aber nicht.« Sie fühlte sich heiß an und die Haut über dem geschwollenen Nasenrücken zog. Mein linkes Auge war fast vollständig zugeschwollen, tat jedoch überraschenderweise nicht weh.

»Hilfst du mir, ihn rauszuholen?«, fragte ich.

Das Zuschlagen der beiden Autotüren hallte in dem Kiefernwald und den Hang hinauf. Irgendwo über uns schrie eine Eule, und ich stellte mir vor, wie sie mit weit geöffneten Augen auf dem mit Flechten überzogenen Ast einer knorrigen Kiefer saß. Ich war leicht betrunken von dem Cognac und schwankte etwas auf dem Weg zum hinteren Teil des Cadillacs.

Walter steckte einen Schlüssel ins Schloss und ließ den Kofferraumdeckel aufspringen. Orson lag auf dem Bauch, die Arme über dem Kopf. Ohne zu Zögern ergriff ich seine Arme oberhalb der Ellbogen, zog ihn aus dem Kofferraum und ließ ihn ins Gras fallen. Trotz seines nackten Oberkörpers weckte ihn die Kälte nicht auf. Walter öffnete die hintere Tür und hob die Beine meines Bruders an. Wir quetschten ihn auf den Rücksitz, anschließend setzte Walter sich auf ihn und fesselte ihm mit Handschellen die Hände hinter dem Rücken. Dann drehte er Orson um und schlug ihn fünfmal fest ins Gesicht. Ich schwieg, eilte zu meiner Tür und setzte mich hinein. »Stell die Heizung an«, sagte ich. »Es ist saukalt.«

Walter drehte den Zündschlüssel um und schaltete in den geräuschlosen Leerlauf. Ich beugte mich vor und hielt mein Gesicht vor die Lüftung, damit die vom Motor erwärmte Luft meine Wangen auftauen konnte.

»Orson«, sagte ich und kniete mich dabei auf meinen Sitz, um nach hinten blicken zu können. Er lag regungslos und von Tür zu Tür ausgestreckt auf dem Bauch. Ich konnte sein Gesicht sehen – seine Augen waren geschlossen. Ich griff nach hinten und schüttelte ihn kräftig an den Armen, doch er gab keinen Laut von sich.

»Scheiße!« Ich kletterte nach hinten und kniete mich, so

gut es ging, vor ihn, damit wir uns von Angesicht zu Angesicht gegenüber waren. »Orson«, wiederholte ich, und dieses Mal waren meine Lippen so nah an seinen, dass ich ihn hätte küssen können. »Wach auf.« Ich schlug ihn. Es fühlte sich gut an. »Wach auf!«, schrie ich, doch er zuckte nicht einmal. »Verdammte Scheiße!« Ich kletterte zurück auf den Vordersitz. »Schätze, wir müssen einfach abwarten.«

»Wie viel hast du ihm gegeben?«, fragte Walter.

»Fünfzehn Milligramm.«

»Komm, ich will hier draußen nicht die ganze Nacht verbringen. Gib ihm einfach das Gegenmittel.«

»Es könnte ihn umbringen. Es ist ein teuflischer Schock. Wir sollten ihn wenn möglich von selber wieder zu sich kommen lassen.«

Ich starrte den Highway entlang und sah plötzlich ein Paar Scheinwerfer auftauchen und wieder verschwinden.

»Draußen in Wyoming«, sagte ich, »sieht man die Scheinwerfer schon, wenn sie noch zwanzig oder dreißig Meilen entfernt sind.« Ich stellte die Rückenlehne flach und drehte mich nach rechts, so dass ich zur Tür schaute. »Walter?«

»Ja?«

»Ich habe in Wyoming einen Mann getötet.«

Er sagte nichts und wir schwiegen eine Weile.

»Kannst du wach bleiben und Orson beobachten?«, fragte ich schließlich.

»Ja.«

»Weck mich in einer Stunde, dann kannst *du* schlafen.«

»Nichts wird mich dazu bringen, hier einzuschlafen.«

»Dann weck mich, wenn er aufwacht.« Ich rollte mich auf dem Sitz zusammen. Um einzuschlafen, stellte ich mir vor, ich läge in einem Liegestuhl auf Aruba. Die Ventilatoren waren die tropische Brise, den Ozean hörte ich in der Vibration des leer laufenden Motors.

Hände schüttelten mich. Als ich mich aufsetzte, schmerzte mein Kopf, als ob rundherum ein Sprung durch den Schädelknochen ginge. Walter starrte mich an und hielt seine .45er im Schoß.

»Wie spät ist es?«, fragte ich.

»Ein Uhr. Er hat sich bewegt, aber ich glaube nicht, dass er so bald aufwacht. Zumindest nicht richtig.«

»In Ordnung. Ich gebe ihm das Gegenmittel.«

Ich durchsuchte meine Gürteltasche, bis ich die 10-ml-Ampulle mit dem Flumazenil, einem Gegenmittel des Betäubungsmittels, gefunden hatte. Ich zog die ganze Ampulle auf, kletterte auf den Rücksitz und griff nach Orsons linkem Arm. Ich suchte die Vene, die ich bereits einmal benutzt hatte, durchstach die Haut, drückte mit dem Daumen auf den Spritzenkolben und injizierte ihm das Flumazenil. Dann zog ich die leere Spritze wieder heraus und kletterte zurück auf den Vordersitz.

»Bist du bereit?«, fragte ich. »Er wird damit schnell wieder zu sich kommen. Mit großen Augen und völlig fertig.«

Eine Minute verstrich. Dann bewegte sich Orson, rieb sich das Gesicht am Sitz und versuchte sich aufzusetzen. Auf seiner Stirn, dort, wo ich ihn mit dem Griff der Pistole bearbeitet hatte, klaffte eine hässliche Platzwunde. Eine Spur geronnenen Blutes lief wie verwischte Wimperntusche über sein linkes Auge bis in seinen Mundwinkel. Er murmelte etwas.

»Setz ihn aufrecht«, sagte ich und kniete mich wieder hin, um nach hinten schauen zu können.

Walter packte ihn bei den Haaren und zog ihn brutal hoch. Orson versuchte, auf dem mittleren Sitz die Balance zu halten, und öffnete die Augen. Als er mich erblickte, lächelte er schwach.

»Andy«, sagte er deutlich, »was in aller Welt …«

»Wo sind die Videobänder, die du von den Morden gemacht hast? Und die Fotos, zum Beispiel das auf der Karte, die du mir geschickt hast?«

»Ich habe geträumt, wir hätten miteinander gekämpft«, sagte er. »Ich hab dich ganz schön erwischt, wenn ich mich richtig entsinne.« Das Nachlassen der Betäubung war erstaunlich. Orson war bei klarem Verstand, mit weiten Pupillen, sein Herz raste.

»Schalt den Zigarettenanzünder ein, Walter«, sagte ich, und er schob ihn ins Armaturenbrett.

»Walt?«, sagte Orson. »Was machst du denn hier?«

»Sprich nicht mit ihm«, wies ich Walter an.

»Verdammt, er kann doch mit mir reden, wenn er Lust hat! Wie geht's der Familie, Walt?«

»Orson«, zischte Walter. »Ich werde ...« Ich griff nach Walters Arm, schaute ihm in die Augen und schüttelte den Kopf. Er errötete und nickte.

»Nein, lass ihn doch reden«, meinte Orson. »Er ist vermutlich ein bisschen sauer auf mich und will sich das von der Seele quatschen.«

»Nein, Orson, heute Nacht geht's nur um dich.«

Orson lächelte und suchte im Rückspiegel Walters Blick. »Wie geht's der kleinen Jenna?« Walter umklammerte mit beiden Händen das Lenkrad und blickte auf die Pistole in seinem Schoß. »Ich hab mir sagen lassen, wie süß sie ist. Ich schätze, du bist stolz wie ...«

»Walter lässt sich von deinen Verhöhnungen nicht beeindrucken«, erklärte ich. »In deiner Lage würde ich nicht ...«

»Wenn er sich nicht beeindrucken lässt, warum hat er dann gerade auf seinen Revolver geschielt?« Orson lächelte Walter zu. »Denkst du gerade darüber nach, etwas Unbesonnenes zu tun?«

»Orson, es ist eine Angelegenheit zwischen dir und mir ...«

»Ich schätze, er ist ein wenig aufgebracht, weil einer meiner Schützlinge ein Auge auf die Lancings geworfen hat.«

Walters Finger spannten sich um die Waffe. Er kniete sich hin und schaute meinen Bruder an.

»Er heißt Luther«, fuhr Orson fort. »Würdest du gerne mehr über ihn wissen, Walter?« Es könnte sein, dass er in deinem Leben noch eine große Rolle spielt. In der Tat, vielleicht spielt er sie ja schon. Weißt du, als ich ihn vor drei Jahren mit in die Wüste genommen habe, war er sehr begierig, zu lernen, wie man …«

»Walter, ignorier ihn einfach …«

»Lass ihn ausreden.«

»Ursprünglich war das gar nicht meine Absicht«, fuhr Orson fort. »Aber zu Luthers verschiedenen Interessen gehört vor allem auch das an kleinen Wesen. Genau genommen verletzt er kleine Wesen gerne, und da ich mir nicht anmaße, darüber zu urteilen, habe ich zu ihm gesagt: ›Ich kenne zwei kleine Wesen namens Jenna und John David Lancing, die kleine Verletzungen gebrauchen könnten.‹«

»Ich glaube dir kein Wort.«

»Du musst mir auch nicht glauben, Walter. Luther glaubt mir. Und das ist alles, was zählt. Sein Besuch an Jennas Schule war nur der Anfang. Er hat auch Beth getroffen, allerdings hat sie es nicht bemerkt. Auf mein Drängen hin hat er deine Adresse in sein Notizbuch aufgenommen, und wenn er es nicht sogar bereits getan hat, wird er sicherlich dieser Tage 1518 Shortleaf Drive anrufen. Ach ja, stimmt, Beth hat die Kinder ja fortgebracht. Nun, Luther wird sie schon finden, wenn er es nicht bereits getan hat. Er ist äußerst motiviert – die Profiler vom FBI nennen so etwas einen Lustmörder, das bedeutet, die Todesangst anderer Menschen befriedigt ihn sexuell. Du kannst mir glauben, wenn ich behaupte, dass er ein ganz schön makaberes Genie ist. Er jagt sogar mir Angst ein.«

Walter drückte seine Waffe gegen Orsons Brust.

»Nein«, sagte ich ruhig. »Lehn dich einfach zurück.«

»Wenn ich den Abzug drücke«, sagte Walter zu Orson, »dann ist die Wucht, mit der die Kugel deine Brust trifft, vermutlich so heftig, dass dein Herz aufhört zu schlagen. Was ist das für ein Gefühl, Orson?«

»Ich schätze, ich fühle mich genauso, wie sich deine Frau und deine Kinder fühlen werden. Und glaub mir, Walter, du könntest mir bei lebendigem Leibe die Haut abziehen und ich würde Luther nicht zurückpfeifen.«

»Nimm die verdammte Waffe runter«, sagte ich. »Das ist *nicht* der richtige Weg.«

»Er redet von meiner Familie.«

»Er lügt. Er wird es uns schon noch sagen.«

»Ich lüge nicht, Walter. Soll ich dir sagen, was Luther mit deiner Familie vorhat, oder willst du dir die Überraschung nicht verderben?«

Walter presste die Zähne zusammen und zitterte vor rasendem Zorn.

»Ich sage es dir nicht noch einmal«, sagte ich. »Nimm sie runter.«

»Halt's Maul, Andy!«

Ich holte meine Glock aus der Gürteltasche und richtete sie auf meinen besten Freund. »Ich lasse nicht zu, dass du ihn erschießt. Noch nicht. Denk nach. Wenn du ihn umbringst, werden wir nicht herausfinden, wo Luther ist. Du setzt gerade das Leben deiner Familie aufs Spiel.«

»Vielleicht lässt uns Luther in Ruhe, wenn er tot ist. Orson macht das hier nur, weil ich über ihn Bescheid weiß.« Er lud die erste Patrone.

»Walter, du drehst jetzt ein bisschen durch, also …« Ich beugte mich vor, um ihm die Waffe abzunehmen, doch er fuhr zurück und richtete seine .45er auf mich.

»*Du* nimmst jetzt die Waffe runter.«

Mein Finger bewegte sich zum Abzugshahn hin.

»Willst du mich erschießen?«

»Du hast keine Kinder«, sagte er erregt. »Du verstehst das nicht.« Er richtete die Waffe wieder auf meinen Bruder. »Los, zähl bis drei, du Stück Scheiße!«

»Okay, eins.«

»Walter!«

»Zwei.«

»Wenn du ihn umbringst, bringst du auch deine Familie um!«

Bevor Walter bei drei angekommen war, zog Orson seine Knie bis zur Brust hoch und trat von hinten gegen die Rückenlehne meines Sitzes. Ich wurde gegen das Armaturenbrett geschleudert und spürte die Bewegung in meinem Finger, auch wenn ich den Schuss nicht hörte. Dann bemerkte ich den Mündungshochschlag der Glock.

Walter fiel rückwärts auf das Steuerrad und die Hupe tutete weit über das Land. Ich hob ihn von der Hupe herunter, er sackte in meinem Schoß zusammen und verblutete auf mir.

Ich weinte; Orson lachte.

Kapitel 27

Bis ich Walter begraben hatte, war es kurz vor fünf Uhr. Das erste Tageslicht drang durch das Kieferndach, und vom Highway aus würde der weiße Cadillac bald gut sichtbar sein, wenn er es nicht schon war. Der Himmel hellte sich sekündlich mehr auf, und ich spürte, wie meine Selbstbeherrschung wiederkehrte, die mich Stunden zuvor verlassen hatte. Während ich in dem Overall, der von Walters gefrorenem Blut ganz steif war, durch die Bäume zurückging, dachte ich: *Ich könnte so einfach zugrunde gehen.*

Als ich die letzten Bäume erreichte, sah ich drei Autos in Richtung Bristol vorbeifahren. Es war inzwischen so hell, dass sich die schwarzen, konturlosen Berge deutlich vom Himmel abhoben, und jeder, der vorbeikam und zufällig in meine Richtung schaute, würde sehen, wie ich über den Standstreifen zurück zum Wagen stolperte. Am östlichen Horizont kündigte ein dünner Lichtstreifen über dem Atlantik bereits den Tag an. Die Sonne ging auf. Der Mond war vor Stunden verschwunden.

Ich erreichte den Cadillac. Orson lag bewusstlos im Kofferraum, in seinem Blut zirkulierte eine ganze 4-mg-Ampulle Ativan.

Der Fahrersitz war eine einzige Sauerei – das Seitenfenster war rot verschmiert und auf dem Boden hatte sich eine regelrechte Pfütze gebildet. Ich schaffte es, so viel Blut und Hirn von der Scheibe zu kratzen, dass ich fahren konnte, ließ erschöpft den Motor an, fuhr auf den Highway auf und dann weiter in Richtung Süden, zurück nach Woodside.

Ich überlegte die ganze Zeit, was ich wohl tun würde, wenn mich ein Cop anhielt. Er würde den blutbefleckten Innenraum sehen und mein völlig zugeschwollenes, blaurotes linkes Auge. Ich würde weglaufen müssen. Ansonsten hätte ich keine andere Wahl, als ihn zu töten.

Zurück vor Orsons Haus, fuhr ich den Cadillac rückwärts die Auffahrt hinauf und parkte ihn neben dem weißen Lexus. Mir war schlecht vor Angst bei dem Gedanken, den Wagen hier draußen stehen lassen zu müssen, denn die Stadt würde in der nächsten Stunde erwachen. Aber es gab keine andere Möglichkeit. Ich musste Orson ins Haus schaffen, mich säubern und überlegen, was zum Teufel ich als Nächstes tun würde.

Ich lehnte mich auf der geblümten Couch in Orsons Fernsehzimmer zurück und wählte Cynthias Privatnummer. Es war elf Uhr und der sonnige Samstagmorgen schickte seine leuchtenden Sonnenstrahlen durch die Fensterläden in das Fernsehzimmer – ein sparsam möblierter Raum mit einem großen Fernseher in einem Kiefernholzschrank und einem CD-Ständer in der Ecke. Orson lag mir gegenüber auf einer ebenfalls geblümten Couch, seine Hände waren immer noch mit den Handschellen auf dem Rücken gefesselt und um seine Füße hatte ich ein Fahrradschloss gebunden, das ich in seiner Bibliothek gefunden hatte.

»Hallo?«, antwortete sie nach dem dritten Klingeln.

»Hallo, Cynthia.«

»Andy.« Ihre Stimme ließ keinen Zweifel daran, dass sie geschockt war, und das beunruhigte mich. »Wo steckst du?«, fragte sie. »Alle suchen nach dir.«

»Wer ist alle?«

»Das Police Department von Winston-Salem hat mich gestern zweimal im Büro angerufen.«

»Warum suchen sie nach mir?«

»Du weißt, was mit deiner Mutter ist?« Sie bereute diese Frage sofort.

»Was ist mit ihr?«

»O Andy! Es tut mir so Leid.«

»Was?!«

»Vor drei Tagen hat sie ein Nachbar tot in ihrem Haus gefunden. Ich glaube, es war Mittwoch. Andy …«

»Was ist passiert?« Ich ließ meine Stimme zittern. Wie konnte ein unschuldiger Mann erklären, dass er nicht weint, wenn er erfährt, dass seine Mutter umgebracht wurde? Selbst der Schuldige schaffte es, Tränen zu vergießen.

»Sie glauben, sie wurde ermordet.«

Ich ließ den Hörer sinken und rang mir ein paar Schluchzer ab. Einen kurzen Moment später hielt ich den Hörer wieder ans Ohr. »Ich bin hier«, sagte ich schniefend.

»Bist du in Ordnung?«

»Ich weiß nicht.«

»Andy, die Polizei will mit dir sprechen.«

»Warum?«

»Ich äh … Ich glaube …«, sie seufzte. »Das ist hart, Andy. Es gibt einen Haftbefehl gegen dich.«

»Warum das, in aller Welt?«

»Wegen des Mordes an deiner Mutter.«

»O nein, nein, nein, nein …!«

»Andy, ich weiß, dass du es nicht getan hast. Ich glaube dir. Aber das Beste ist, du sprichst mit der Polizei und klärst diesen Mist auf. Wo bist du? Ich schicke dir jemanden, der dich abholt.«

»Danke für alles, Cynthia.« Ich legte den Hörer auf und

dachte: *Sie mussten sie irgendwann finden. Orson, du hast mich schon wieder reingelegt!* Ich starrte auf meinen auf dem Sofa liegenden Bruder. Er würde bald aufwachen. *Bis das hier nicht erledigt ist, hast du kein Zuhause mehr. Vielleicht wirst du nie wieder nach Hause kommen.*

Orson wachte am frühen Nachmittag auf und fand sich nackt auf einem Holzstuhl in seinem Fernsehzimmer gefesselt. Handschellen fixierten seine Arme hinter der Lehne und ein Seil seine Beine am Stuhl. Ich hatte die Tür und die Läden geschlossen und den Fernseher so laut gestellt, dass das Gerät vibrierte. Währenddessen saß ich auf der Couch und wartete darauf, dass er sein Bewusstsein und seinen Verstand wiedererlangen würde.

»Verstehst du mich?«, brüllte ich. Er erwiderte etwas, doch ich konnte ihn wegen des Fernsehers nicht verstehen. »Sprich lauter!« Ich wusste, dass er immer noch orientierungslos war.

»Ja. Was ist …« Ich sah, dass ihm alles wieder einfiel – der Kampf, der Kofferraum, Walter. Als er lächelte, wusste ich, dass er wieder bei vollem Bewusstsein war. Ich nahm die Fernbedienung von der Couch und stellte den Ton aus.

»Orson«, erklärte ich. »Das Spiel geht folgendermaßen: Ich stelle die Fragen. Du beantwortest sie. Schnell, präzise …«

»Wo ist Walt? Nein. Lass mich raten. Liegt er in meinem Loch?«

Ich kämpfte meine Wut nieder, denn ich spürte, dass meine Folter effektiver sein würde, wenn ich ruhig blieb. Also riss ich mich zusammen und fragte: »Hast du immer noch die Videobänder und die Fotos von dir und mir in der Wüste?«

»Natürlich.«

»Wo sind sie?« Er lächelte und schüttelte den Kopf.

Ich schaltete den Ton wieder ein und der Fernseher brummte. Es war eine Wiederholung der »Andy Griffith Show«, in der Barney Fife versucht, Mitglied in einem Kirchenchor zu werden, obwohl er absolut kein Talent zum Singen hat. *Wir haben uns diese Show immer zusammen mit unserem Vater angeschaut.*

Ich stand auf, trat hinter seinen Stuhl, holte ein silbernes Feuerzeug aus meiner Tasche, das ich in Orsons Schrank gefunden hatte, und ließ es aufflammen. Trotz der Hölle, durch die er mich geschickt hatte, fiel es mir sehr schwer, ihm Brandwunden zuzufügen. Aber ich tat es trotzdem.

Orson stöhnte elendig und nach sechs Sekunden klappte ich das Feuerzeug zu und setzte mich wieder auf die Couch. Schweiß perlte auf seiner Stirn, sein Gesicht war rot angelaufen. Ich stellte den Fernseher leise.

»Puh!« Er lächelte trotz der Schmerzen. »Mann, das ist unangenehm! Aber du weißt ja, der Rücken ist nicht der sensibelste Teil des Körpers. Du solltest mein Gesicht verbrennen. Die Lippen, die Augen. Lass sie kochen.«

»Orson, sind die Videobänder und die Fotos hier in dem Haus?«

»Nein.«

»Sind sie in Woodside?«

»Brenn weiter.«

Das Stimmengewirr aus dem Fernseher schallte durch den Raum. Ich beugte mich vor und hielt das Feuerzeug gegen die Innenseite von Orsons Oberschenkel, während dieser mir mit fanatischem Interesse zuschaute. Dieses Mal fühlte ich mich weniger unwohl dabei, ihm Schmerzen zuzufügen.

Als die züngelnde Flamme seine Haut leckte, überbrüllte er die falsche Singstimme von Barney Fife. Als das haarige, weiße Fleisch anfing zu kochen, ließ ich das Feuerzeug zuschnappen und stellte den Ton des Fernsehers ab. Er jaulte immer noch mit geschlossenen Augen, seine Zähne klapperten, der Atem ging stoßweise.

»Wo bleibt dein Einsatz?«, fragte er, immer noch zuckend. Er saugte Luft durch die Zähne ein, um die Schreie zu unterdrücken. Er schaute auf seinen Schenkel, auf dem die gefolterte Haut zu einer leuchtenden Blase erblüht war. Ich konnte das süßliche, verbrannte Fleisch riechen, ein angenehm seltsamer Geruch, ähnlich wie Benzin.

»In Ordnung, Orson«, sagte ich. »Also, Nummer drei.«

»Vielleicht sind sie hier in der Stadt in einem Schließfach, das du niemals finden wirst. Vielleicht …« Der Fernseher plärrte wieder und ich stand auf und hielt das Feuerzeug unter Orsons rechtes Auge. »In der Wüste! In der Wüste!«, schrie er hysterisch, als ich es entflammte.

Ich trat einen Schritt zurück und schaltete den Ton aus. »Ich glaube, du lügst.«

»Andy«, sagte er japsend, »meine Videos, meine Fotos, alles, was ich gegen dich benutzen kann – es ist alles dort draußen.«

»Wo dort draußen? In der Hütte?«

»Bring mich nach Wyoming und ich zeig es dir.«

»Sieht aus, als magst du diese Feuerspiele.«

»Nein! Nicht! Hör zu. Auch wenn du mich weiter folterst und ich dir alles sage, kannst du es nur überprüfen, wenn du dort rausfährst. Glaub mir, anders geht es nicht. Also, denk darüber nach.«

»Du glaubst, ich würde dich bis nach Wyoming schleppen?«

»Wie willst du sonst die Hütte finden? Meine Piste liegt mitten im Nirgendwo. Von einem bestimmten Punkt aus muss man den Meilenstand im Auge behalten, um überhaupt eine Chance zu haben, das Ding zu finden, und ich werde dir nicht sagen, wo dieser Punkt ist. Nicht hier. Nichts zu machen. Du brauchst mich; ich brauche dich; lass uns auf die Reise gehen.«

»Ich werde sie alleine finden.«

»Wie?«

»Ich habe *dich* gefunden.«

Er schnaubte. »Dieser verdammte Cowboy!«

Ich überlegte, ob ich die Flamme so lange an Orsons Auge halten sollte, bis er schrie, wo genau in der Hütte oder Scheune ich das Drum und Dran seiner Besessenheit finden würde. Aber er hatte Recht – ich würde nicht eher wissen, ob er die Wahrheit gesagt hatte, bis ich selbst dort draußen war.

Ich wollte ihn nach meiner Mutter fragen und welche Falle er mir gestellt hatte, aber ich hatte Angst, dass ich genau wie Walter von der Wut übermannt würde, und es gab schließlich noch Dinge, die ich wissen musste.

»Wo ist Luther?«, fragte ich.

»Weiß ich nicht. Luther zieht umher.« In seiner Stimme schwang Unbehagen mit.

»Wie verständigt ihr euch?«

»E-Mail.«

»Wie lautet dein Passwort?« Ein Teil in mir hoffte, er würde die Antwort verweigern. Ich ließ das Feuerzeug aufschnappen.

»W-B-A-S-S.«

»Bete, dass er ihnen noch nichts getan hat.« Ich stand auf und öffnete die Tür.

»Andy«, sagte Orson. »Kann ich bitte noch etwas von dem haben, was du mir gegeben hast? Es tut höllisch weh.«

»Es *soll* wehtun.«

Ich ging durchs Wohnzimmer in Orsons Bibliothek und schaltete den Computer ein. Sein Passwort verschaffte mir Zugang zu seinem Briefkasten. Sechs neue Mails: fünf Spams und eine von LK72:

›Von: ‹LK72@aol.com›
›Datum: Fr, 8. Nov. 1996 20:54:33 – 0500 (EST)
›An: David Parker ‹dparker@email.woodside.edu›
›Betreff:
›
›O –
›
›Werde zappelig. Muss bald nach Norden fahren. Frag
›mich nach Strpr im Stlns. Komisches Zeug! AT ist immer
›noch verschwunden. Genau wie WL. Weiß nicht, wo L.
›sind. Warte aber, wenn du willst. Ansonsten muss ich
›jemanden oben in Sas. besuchen. Alles noch im grünen
›Bereich. Wow! Freue mich auf OB.
›
›L

Ich durchsuchte Orsons lokale Ordner – Posteingang, gesendete Objekte, gelöschte Objekte –, doch er archivierte und sicherte nichts. Dann druckte ich mir die aktuelle E-Mail aus und nahm sie mit ins Fernsehzimmer.

»Entschlüssel mir das«, befahl ich und legte die kryptische E-Mail in Orsons Schoß. »Sie ist von Luther, nicht wahr?«

»Ja, die ist von ihm.«

»Dann lies sie mir so vor, dass sie Sinn ergibt.«

Er schaute auf das Blatt und las mit matter, niedergeschlagener Stimme: »›Orson, ich werde langsam zappelig. Muss bald nach Norden fahren. Frag mich nach dem Stripper im Stallion's. Komisches Zeug. Andrew Thomas ist immer noch verschwunden. Genau wie Walter Lancing. Weiß immer noch nicht, wo die Lancings stecken. Ich warte aber, wenn du willst. Ansonsten gibt es jemanden, den ich in Saskatchewan besuchen muss. Immer noch alles im grünen Bereich. Wow. Freue mich auf die Outer Banks. Luther.‹ Das war's.«

»Dann ist er immer noch in North Carolina und wartet darauf, dass du ihm sagst, was er wegen der Lancings unternehmen soll?«

»Ja.«

Nachdem ich zu dem Schreibtisch in seiner Bibliothek zurückgekehrt war, starrte ich einen Moment durch das Fenster auf eine Frau, die auf der anderen Straßenseite das Laub auf ihrem Rasen zusammenrechte. Während ich mir im Kopf eine E-Mail zurechtbastelte, wurde mir plötzlich klar, was ich tun würde – wegen Luther, den Fotos und sogar wegen Orson. Es war wie eine Erleuchtung und ähnlich den Erfahrungen, die ich beim Schreiben meiner Romane gemacht hatte. Wenn ich mich tief in eine Geschichte verstrickt hatte, wusste ich plötzlich, wie es weitergehen würde.

Während ich die Antwort-E-Mail an Luther schrieb, machte ich mir Sorgen, dass sie zu sehr von Orsons Format und Stil abweichen würde, aber ich riskierte es dennoch:

›Von: ‹dparker@email.woodside.edu.›
›Datum: Sa, 9. Nov. 1996 13:56:26 – 0500 (EST)
›An: ‹LK72@aol.com›
›Betreff:
›
›L –
›
›Fahr nach Sas. Wenn nötig, kümmre ich mich später um
die ›Ls. Ich fahre auch kreuz und quer durchs Land, du
weißt ›wohin. Sollen wir uns irgendwo auf dem Weg treffen,
›entweder morgen Abend spät oder Montag, und erzähl mir
›von diesem Strpr.
›
›O

Ich ging zurück ins Fernsehzimmer und zog zwei Ampullen Ativan in eine Spritze auf. Ich stieß die Nadel tief in einen Muskel von Orsons nacktem Hintern. Als ich bereits wieder auf dem Weg zur Tür war, rief er meinen Namen, doch ich blieb nicht stehen. Stattdessen ging ich die Treppe hinauf zum Gästezimmer, denn ich wollte nicht in seinem Bett schlafen. Die Matratze war alt und unbequem, doch da ich mittlerweile mehr als dreißig Stunden auf den Beinen war, hätte ich sogar auf zerbrochenem Glas schlafen können. Durch das Fenster konnte ich hören, wie die Turmglocke der Universität zwei Uhr schlug, wie die Vögel miteinander stritten, der Wind in den Baumkronen rauschte und die Autos unten im Tal fuhren – die Geräusche eines Städtchens in New England an einem Samstagnachmittag. *Ich bin so, so weit entfernt davon.*

Kurz vor dem Einschlafen wanderten meine Gedanken zu Beth Lancing und ihren Kindern. *Ich versuche, eure Leben zu retten, aber ich habe euch den Ehemann und Vater geraubt. Und mir selbst des besten Freund.* Ich überlegte, ob sie wohl schon spürte, dass er nicht mehr da war.

Kapitel 28

Um halb zwei morgens ging ich die Treppe hinunter, nachdem ich elfeinhalb Stunden durchgeschlafen hatte. Das Haus war absolut still. Das Einzige, was ich in dieser nächtlichen Ruhe kurz vor Sonnenaufgang hören konnte, war das gleichmäßige mechanische Ticken der Küchengeräte.

Nachdem ich die Kaffeemaschine angestellt hatte, warf ich einen Blick in das Fernsehzimmer. Orsons Stuhl war umgefallen. Er war bewusstlos, nackt und immer noch an den nun liegenden Stuhl gefesselt. Er sah schwach und hilflos aus und für einen kurzen Moment hatte ich Mitleid mit ihm.

Barfuß ging ich hinüber in seine Bibliothek und setzte mich an den Schreibtisch. Als der Monitor durch die statische Energie knisternd zum Leben erwachte, sah ich, dass Orson eine E-Mail empfangen hatte. Ich gab das Passwort ein und öffnete die neue Nachricht:

›Von: ‹LK72@aol.com›
›Datum: So, 10. Nov. 1996 01:02:09 – 0500 (EST)
›An: David Parker ‹dparker@email.Woodside.edu›
›Betreff:
›
›O –
›

›Bin vielleicht Montagab. in SB. Ruf an, wenn du Nbrsk
›erreichst, und wir entscheiden dann wegen Treffen.
›
›L

Ich schaltete den Computer aus, ging zurück ins Fernsehzimmer und gab Orson eine weitere Spritze. Dann ging ich nach oben und nahm eine Dusche.

Das warme Wasser fühlte sich makellos rein an. Nachdem ich die Schnitte in meinem Gesicht mit einer Rasierklinge gesäubert hatte, genoss ich noch eine Weile den Fluss des Wassers, lehnte mich gegen die nassen Fliesen, hielt den Kopf gebeugt und beobachtete, wie es mit dem Blut unter meinen Füßen in den Abfluss lief.

Es würde eine Weile dauern, bis sich der Dampf aus dem Badezimmer verzog, deshalb setzte ich mich solange aufs Klo und durchsuchte Orsons Brieftasche – wieder etwas aus seinem Besitz, was mit meinem identisch war. Ich holte seinen Führerschein heraus und legte ihn auf das Waschbecken. Das Bild sah mir nicht im Mindesten ähnlich. Sein Haar war kurz und braun und sein Gesicht glatt rasiert. Ich stand auf und wischte das Kondenswasser vom Spiegel.

Mein grauer, kräuseliger Bart war beachtlich gewachsen. Mein Haar war ein wenig verwuschelt und diese letzte Marathondusche hatte die Farbe ziemlich ausgewaschen. Als Erstes rasierte ich mich und entfernte dabei auch die Koteletten, was meinen Anblick schon erheblich verbesserte. Der Rasierer verfügte über ein Extramesser zum Scheren, daher stieg ich wieder in die Dusche und rasierte mir den Kopf.

Als ich damit fertig war, schaute ich erneut in den Spiegel – viel, viel besser.

»Hallo, Orson«, sagte ich lächelnd.

Vierter Teil

Kapitel 29

Noch vor Sonnenaufgang lud ich Orson am Sonntag in den Kofferraum des Lexus und fuhr die Auffahrt seines Hauses in Woodside hinab. Ich hatte seine mit Bargeld und Kreditkarten gefüllte Brieftasche bei mir und war recht sicher, dass ich, falls nötig, für meinen Bruder durchgehen würde. Es war beruhigend, zu wissen, dass Andrew Thomas verschwinden konnte, weil Orson existierte.

Ich fuhr zum Gasthof in Bristol und schlich heimlich die knarzende Treppe hinauf zu dem Zimmer, in dem ich mit Walter gewohnt hatte. Unsere Kleidung lag über beide Betten verstreut, und ich stopfte alles, auch das aus den Schubladen und was auf dem Boden lag, in unsere Koffer und trug sie nach unten zum Auto.

Auf dem Weg zum Highway 116 lobte ich mich selbst für meine Gründlichkeit. Ich hatte im Gasthof daran gedacht, auszuchecken. Ich hatte sämtliche Spuren meiner Anwesenheit in Orsons Haus beseitigt (mein Blut in seinem Zimmer, meine Haare in seinem Waschbecken und der Duschtasse) und auch die Spuren seiner Entführung. Ich hatte mich sogar um Walters Cadillac gekümmert und ihn um Viertel nach drei morgens den Hügel hinab bis zum Champlain Diner gefahren, wo ich ihn neben einem überbordenden Müllcontainer geparkt hatte. Der Dauerlauf zurück in Orsons Straße war unangenehm gewesen, aber es hatte sich gelohnt. Nichts konnte mich jetzt mit dieser Stadt in Verbindung bringen, und auch wenn Walters blutbefleckter Wagen vermutlich innerhalb einer Woche entdeckt würde, war ich bis dahin längst über alle Berge.

Bevor ich Orsons Haus verließ, kippte ich eine ganze Kanne Kaffee hinunter und schluckte die doppelte Dosis eines Schnupfenmittels, das mich immer aufputschte. Voll gepumpt mit Koffein und ungebremster Energie verließ ich Woodside in Richtung Südwesten und fuhr in den Staat von New York. Wenn nichts schief ging, würde Luther vor Ablauf der nächsten achtundvierzig Stunden sterben und ich Wyoming erreichen.

Ich fuhr auf der I-80 in Richtung Westen durch den östlichen Teil von Nebraska. Es war 23 Uhr 45, und die Lust, von Vermont bis Wyoming durchzufahren ohne zu schlafen, war verpufft. Orson war wach. Seit fünfzig Meilen trat er von innen gegen den Kofferraum und fluchte, ich solle rechts ranfahren.

Es war wenig Verkehr, außer einigen Lichtern von entfernt liegenden Farmhäusern und Getreidefeldern konnte ich nichts sehen. Deshalb gab ich nach und fuhr irgendwo zwischen Lincoln und York auf die Standspur. Ich stieg aus, hinein in die kühle, nächtliche Nebraska-Luft, und öffnete den Kofferraum. Er lag mit Handschellen gefesselt und in seinen Bademantel gehüllt auf dem Rücken und hob den Kopf.

»Ich verdurste, du Mistkerl!«, sagte er krächzend. »Ich sterbe hier hinten.«

»Nun, da vorne steht eisgekühltes Wasser mit deinem Namen drauf. Aber du musst es dir verdienen.« Ich holte Luthers E-Mail aus der Tasche, faltete sie auf und fragte ihn: »Steht SB für Scottsbluff, Nebraska?«

»Warum?« Ich ging zur Vordertür und holte eine volle Plastiktrinkflasche vom Beifahrersitz. Wieder bei Orson, baute ich mich vor ihm auf und ließ einen Strahl Wasser in meinen Mund laufen.

»Oh, das tut gut!« Ich konnte den brennenden Durst in seinen Augen ablesen. »Das ist alles, was übrig ist«, erklärte ich, »und wenn es alle ist, kann es Hunderte und Aberhunderte von Meilen dauern, bis ich wieder anhalte. Ich bin zwar jetzt nicht sehr durstig, aber ich werde die Flasche trotzdem austrinken, wenn du nicht augenblicklich zur Kooperationsbereitschaft in Person mutierst. Steht SB für Scottsbluff?«

»Ja.«

»Was hat das zu bedeuten?«

»Was?« Erneut drückte ich mir einen langen Strahl in den Mund. »Da lebt dieses Mädchen, bei der Luther manchmal ist. Er ist immer unterwegs.«

»Wie heißt sie?«

»Mandy Irgendwas.«

»Du kennst ihren Nachnamen nicht?«

»Nein.«

»Wie heißt Luther mit Nachnamen?«

»Kite.«

»K–I–T–E?« Er nickte. »Mach den Mund auf.« Ich drückte ihm einen Strahl Wasser in den Mund. »Ich habe Luther auf der Telefonliste in deiner Brieftasche gefunden. Ist das die Nummer, über die er am besten zu erreichen ist?«

»Es ist sein Handy. Was willst du tun, Andy?«

»Hast du Luther je in Scottsbluff getroffen?«

»Ein Mal.«

»Wo?«

»Ricki's. Kann ich …«

»Wer ist Ricki?«

»Eine Bar am Highway 92. Bitte, Andy …«

Ich führte den Saugverschluss an seine Lippen und quetschte das kalte Wasser in seine Kehle. Er schluckte gierig, aber ich zog die Flasche nach drei Sekunden wieder weg, da ein Sattelschlepper vorbeirollte. Ich holte Orsons Handy aus meiner Tasche. Während ich Luthers Nummer wählte, hielt ich die halb leere Flasche hoch.

»Der Rest davon gehört dir«, sagte ich. »Finde raus, ob ich Luther morgen im Ricki's treffen kann. Und sei munter. Kling nicht so, als ob du zwanzig Stunden bewusstlos in einem Kofferraum gelegen hättest. Wenn du irgendwas versaust, werde ich dich qualvoll verdursten lassen. Hast du mich verstanden? Ich werde dich tagelang am Rande des Wahnsinns vegetieren lassen.« Er nickte. »Halt dich kurz«, mahnte ich, dann drückte ich die Verbindungstaste und hielt ihm das Telefon ans Ohr.

Ein Mann antwortete nach dem ersten Klingelton. Ich konnte seine Stimme deutlich hören.

»Hallo?«

»Luth?«

»Hey.« Ich tropfte Wasser auf Orsons Gesicht.

»Wo bist du?«, fragte Orson.

»Gateway im Westen. Ich überquere gerade den Mississippi. Ich sehe jetzt den Brückenbogen. Und wo bist du?«

Ich bewegte tonlos meine Lippen: »Im Osten von Nebraska.«

»Im Osten von Nebraska«, sagte Orson. »Bist du morgen Abend bei Mandy?«

»Ja, sollen wir morgen im Ricki's abhängen?«

»Um wie viel Uhr?«

»Wie wär's mit neun? Ich übernachte heute in St. Louis, also werde ich morgen erst spät in Scottsbluff sein.«

»In Ordnung.« Ich strich mir demonstrativ mit dem Finger über die Kehle. »Hey, Luth, die Verbindung wird schlecht.« Ich drückte die Aus-Taste und steckte das Telefon wieder in meine Tasche. Dann gab ich Orson das restliche Wasser und sah, wie die Verzweiflung langsam aus seinem Blick wich.

»Brauchst du etwas zu essen?«, fragte ich.

Er schüttelte den Kopf. »Ich muss mal pinkeln, Andy.«

»Da kann ich dir nicht helfen.«

»Was – du willst, dass ich hier in den Kofferraum pinkle?«

»Es ist dein Wagen.«

Ich öffnete die hintere Tür und fischte eine Spritze und eine Ampulle Ativan aus meiner Gürteltasche. Wieder fuhr ein Auto Richtung Lincoln an uns vorbei, und ich konnte es plötzlich kaum noch erwarten, wieder loszufahren.

»Dreh dich um, Orson.« Ich stach ihn mit der Nadel.

»Andy«, sagte er, als ich gerade den Kofferraum schließen wollte, »du machst das sehr gut.«

Schon vor Stunden war die Wirkung des Kaffees und der Tabletten verpufft, also musste ich auf den ermüdend schnurgeraden Straßen im Westen Nebraskas gegen den Schlaf ankämpfen.

Ich fuhr jetzt seit dreiundzwanzig Stunden und fünfunddreißig Minuten und befand mich in einem Schwebezustand zwischen schlafend und wach. Gelegentlich berührte meine Stirn das Lenkrad, dann fuhr ich wieder starr vor Schrecken hoch und genoss es, fünf Minuten lang hellwach zu sein. Danach wanderten meine Gedanken wieder weit weg und ich verlor erneut für den Bruchteil einer Sekunde das Bewusstsein und erschrak jedes Mal zu Tode.

Fünfzig Meilen nordwestlich von Ogallala tauchte auf dem Highway 26 die Prärie vor mir auf. Ein pfirsichfarbener Sonnenaufgang zeigte sich am östlichen Horizont, und mit zunehmendem Licht breitete sich das Land immer weiter aus, weiter, als es möglich schien. Die Landschaft hatte sich über

Nacht verändert, und da ich diese allmähliche topografische Veränderung nicht bemerkt hatte, wirkte diese plötzliche Offenbarung überwältigend. Für jemanden aus dem Osten der USA, der gen Westen fährt, ist diese Weite und dieser unendliche Himmel stets unfassbar, und ich stellte mir vor, welch symphonische Begleitung einem solch majestätischen Morgen gebühre.

Um halb sieben überquerte ich den von Bäumen gesäumten North Platte River und fuhr nach Bridgeport hinein. Weit hinten im Süden konnte ich die Spitzen zahlreicher Sandsteinkegel sehen, die im Sonnenlicht korallrote Streifen bekamen. Obwohl sie noch viele Meilen entfernt waren, wirkte es, als müsste ich nur meine Hand ausstrecken, um sie zu berühren.

Der Highway 26 ging mitten durch die schlafende Stadt. Im Westen befand sich am Stadtrand ein Motel mit dem Namen Courthouse View, benannt nach dem berühmten Sandsteinkegel fünf Meilen weiter südlich. Dort nahm ich mir ein Zimmer. Da ich Orson genug Ativan für den Großteil des Tages gespritzt hatte, ließ ich ihn im Kofferraum, ging auf mein Zimmer und fiel wie tot auf das Bett.

In vierzehn Stunden würde ich Luther treffen.

Als ich am späten Nachmittag im Courthouse View ausgecheckt hatte und auf dem Highway 92 Richtung Nordwesten nach Scottsbluff fuhr, grübelte ich darüber nach, auf was ich mich da mit Luther eingelassen hatte. Um ehrlich zu sein, hatte ich eine große Dummheit begangen. Es war bereits sieben Minuten nach fünf, mir blieben also nicht einmal mehr vier Stunden, um zu entscheiden, wie ich ihn umbringen und verschwinden lassen und dann selbst unauffällig die Stadt wieder verlassen könnte. Schließlich war ich mir sicher, dass ich zu unbesonnen und leichtsinnig gewesen war. Abgesehen davon wurde ich den Gedanken nicht los, dass womöglich *ich* bei dem Treffen mit dem Scheißkerl getötet werden konnte. Daher beschloss ich fünfzehn Meilen vor Scottsbluff, es nicht zu tun. Bis jetzt war ich systematisch vorgegangen, und die Idee, einen schnellen und cleveren Plan zur Beseitigung von Luther Kite zu entwerfen, erschien zwar verlockend, doch vier Stunden waren als Vorbereitung einfach zu kurz.

Das Ricki's war eine üble Spelunke, die sich am südlichen Rand von Scottsbluff im Schatten der zweihundertfünfzig Meter hohen Felsklippe befand, die der Stadt ihren Namen verliehen hatte. Ich fuhr auf den verdreckten Parkplatz und stellte den Motor ab. Draußen empfing mich eine trockene, prickelnde Kälte, und obwohl der Einbruch der Nacht kurz bevorstand, wurden die Prärie und der in der Entfernung klein wirkende, aber deutlich erkennbare Gipfel des Chimney Rocks noch von der Sonne beschienen. Die Touristenbroschüre des Motels behauptete, dieser gerade mal einhundertfünfzig Meter hohe Inselberg sei für die Pioniere des Oregon-Trails ein Wahrzeichen gewesen – die erste Andeutung der vor ihnen liegenden Rocky Mountains. Während ich mit zwei Flaschen Wasser und drei Tüten Kartoffelchips auf den Kofferraum zuging, starrte ich auf die gelben Sandsteinkegel des Wildcat Range und dachte: *Am liebsten würde ich mir einen dieser Hügel aussuchen, mich auf seinem Gipfel niederlassen und für immer dort bleiben. Ich würde einfach dort draußen sitzen, langsam mit der Landschaft verschmelzen, allein.*

Ich hatte die Lebensmittel im Courthouse View gekauft; doch auf dem belebten Parkplatz des Motels den Kofferraum zu öffnen, wäre zu riskant gewesen. Der zum Ricki's gehörende Parkplatz war leer bis auf meinen Lexus und einen Pick-up.

Orson war wach. Da ihn selbst das Licht der milden Abendsonne blendete, schloss er die Augen. Seine gefesselten Hände hatte er offenbar unter seinen Füßen durch nach vorne gezogen.

»Hier«, sagte ich und drückte ihm eine Flasche in die Hände. Während er wie ein Kleinkind trank, ließ ich die Chipstüten und die andere Flasche neben ihn fallen. »Es wird nicht mehr lange dauern«, erklärte ich. »Wir sind nur noch fünfunddreißig Meilen von der Grenze nach Wyoming entfernt.«

Ich hatte eine Spritze vorbereitet und verpasste ihm weitere vier Milligramm Ativan in den Arsch.

Im Handschuhfach fand ich einen Stift und riss ein Stück der Vermont-Straßenkarte ab. Ich hatte überlegt, Luther einfach anzurufen und Orson unser Treffen absagen zu lassen, aber ich befürchtete, dass mein Bruder derzeit seine Sprache nicht ausreichend kontrollieren konnte. Daher steckte ich den Zettel, den Stift und die Glock in die Tasche meiner Jeans, zog mir einen grauen Wollpullover über, schloss den Wagen ab und ging über den dreckigen Parkplatz auf die Bar zu.

Über der Tür hing ein Neonschild, auf dem in blauen Buchstaben »Ricki's« leuchtete. Ich ging unter dem brummenden Schild in eine verlassene Bar, die kleiner war als mein Wohnzimmer. Unter der bedrückend niedrigen Decke hingen an den Wänden Bretter, die als Regale dienten, und da der Raum nur zwei Fenster rechts und links neben der Tür hatte, hatte ich das Gefühl, einen verrauchten Wandschrank zu betreten.

Als einziger Gast setzte ich mich auf einen Barhocker. Der Tresen bestand aus Eisenbahnschwellen, die immer noch nach Teer rochen. Namen, Verwünschungen, Liebeserklärungen und feindliche Botschaften waren in das schwarze Holz eingeritzt worden.

Während ich den Stift und den abgerissenen Zettel hervorkramte, trat eine Frau aus der Küche.

»Wir bedienen noch nicht«, erklärte sie. Sie trug enge Jeansshorts und ein schwarzes T-Shirt mit der Aufschrift BEARCATS: '94 STATE CHAMPS quer über der Brust. Ihr glattes schwarzes Haar wirkte drahtig, ihre Zähne waren behandlungsbedürftig.

»Die Tür war offen«, erwiderte ich.

»Scheiße! Nun gut. Was wollen Sie?«

»Was auch immer Sie angezapft haben.«

Während sie nach einem Glas auf dem Kühlschrank griff und es mit dunklem Bier füllte, begann ich Orsons Notiz an Luther zu schreiben.

L – Ich habe

Sie stellte das Glas auf die Eisenbahnschwelle. »Einen Dollar fünfzig.« Ich reichte ihr zwei von Orsons Dollarnoten und sagte: »Stimmt so.« Schaum lief am Glas herab. Ich trank einen Schluck, spürte Eisreste im Bier und fuhr fort, das Stück Papier zu bekritzeln.

heute Morgen eine Frau kennen gelernt – du weißt, wie das geht. Sie hat sogar diesen Brief verfasst, bevor ich …

Wie dem auch sei, ich halte es für klug, die Stadt sofort zu verlassen. Tut mir Leid, dass wir uns heute Abend nicht treffen konnten. Hab Spaß in Sas. O.

Ich faltete den abgerissenen Straßenkartenzettel ordentlich zusammen, schrieb »Luther« über die Stadt Burlington und legte ihn auf die Theke. Dann trank ich mein Bier und dachte: *Also gibt es tatsächlich Menschen, die bei Barkeepern Nachrichten hinterlassen. Wie oft habe ich diese Szene schon geschrieben! Das alles kommt mir unwirklich vor.*

Von meinem Barhocker aus schaute ich mich in der leeren

Bar um – kahle, rohe Wände, keine Musikbox oder leuchtenden Bierreklamen.

Es hingen noch nicht einmal niedliche Cowboysprüche herum, die für Durchreisende aus dem Osten wie mich Prärieatmosphäre verbreiten sollen. Nur ein düsterer, hoffnungsloser Ort, an dem sich die verzweifelten Einheimischen betrinken konnten.

Ich trank das Bier aus, und als ob ihre Ohren auf das Auftreffen leerer Gläser auf Holz geeicht waren, kam sie durch die Küchentür zurück und stand wieder vor mir,

»Noch eins?«, fragte sie.

»Nein, danke. Wo sind die anderen?«

Sie schaute auf die Uhr. »Es ist erst sechs«, erklärte sie. »Die kommen erst gegen sieben oder halb acht hierher.«

Draußen fuhr ein Wagen vor. Ich hörte das Geräusch der Reifen im Dreck.

»Wo ist Ricki?«, fragte ich.

»Der Mistkerl ist tot.«

Sie nahm mein leeres Glas und stellte es in einen braunen Plastikkorb.

»Würden Sie mir einen Gefallen tun?«, fragte ich.

»Was denn?«, fragte sie freudlos. Sie war vermutlich die gleichgültigste Person, die ich je getroffen hatte. Ich fragte mich, warum sie sich nicht die Pulsadern aufschnitt, und schob ihr den zusammengefalteten Zettel über den Tresen.

»Ich wollte hier um neun einen Freund treffen, aber ich bin verhindert. Könnten Sie ihm das geben?«

Sie schaute misstrauisch auf den Zettel, nahm ihn dann aber doch entgegen und steckte ihn in ihre Hosentasche.

Draußen wurde eine Autotür zugeschlagen.

»Wie sieht er aus?«, fragte sie.

»Schulterlanges schwarzes Haar. Sogar noch dunkler als Ihres. Sehr blass. Ende zwanzig. Recht groß. Dunkle Augen.«

Im gleichen Moment als ich Schritte auf die Tür zukommen hörte, fragte sie: »Nun, zum Teufel, ist er das nicht?«

Ich schaute über die Schulter und sah Luther Kite zur Tür hereinkommen. Noch während ich vom Hocker rutschte, fuhr ich mit der Hand in meine Tasche und holte die Glock hervor. Bis ich eine Kugel geladen hatte, stand er vor mir und sah auf mich herab.

Ich nahm nur Bruchstücke wahr: Den Windex-Geruch. Seinen blauen Anorak. Ebenholzschwarze Haare über glatten Wangen. Die Bewegung meines Fingers. Luther, der auf mich fällt, sich festklammert. Geschrei hinter den Eisenbahnschwellen. Keuchen. Blut auf dem Kunststoff. Meine rechte Hand warm und nass. Durch den Dreck zum Auto rennen. Kälte. Der Gipfel des Chimney Rocks nun dunkel. Die vorbeirauschende Prärie und die einsamen Hügel, während ich mit Vollgas in Richtung Wyoming fuhr.

Kapitel 30

Nachdem ich Wyoming halb durchquert hatte, fuhr ich nach Mitternacht hinter Wamsutter auf den Standstreifen der I-80. Es war kein Mond am Himmel, so hatte ich kein Gefühl für die Landschaft, außer dass die Gegend um mich herum noch weiter und einsamer war als Nebraska. Ich stellte die Koffer auf den Boden, rollte mich auf der Rückbank zusammen und schloss die Augen.

Rauschten Autos auf der Interstate vorüber, wackelte der Lexus. Ich schlief mit der Frage ein, ob die Sache im Ricki's wirklich passiert war.

Um halb vier morgens weckte mich Orsons Stöhnen. Ich stieg aus, öffnete den Kofferraum und sah, dass er mit geschlossenen Augen hin- und herrollte. Ich weckte ihn aus seinem Alptraum, und als er die Augen öffnete und seine Umgebung wiedererkannte, setzte er sich auf.

»Wo sind wir?«, fragte er.

»Mitten in Wyoming.«

»Ich bin so durstig.«

»Du wirst bis morgen warten müssen.« Er streckte seine Arme aus und gähnte.

»Ich habe einen Schuss gehört«, sagte er.

»Orson, wie finde ich die Hütte?«

Er legte sich wieder hin. »Wirst du mir wieder eine Spritze verpassen?«

Ich setzte mich auf die Stoßstange. »Natürlich.«

»Das ist die I-80, stimmt's?«

»Ja.«

»Bleib auf der 80, bis du im Südwesten von Wyoming nach Rock Springs kommst. Von Rock Springs nimmst du den Highway 191 in Richtung Norden. Ab da musst du den Kilometerzähler im Auge behalten. Nach siebzig Meilen musst du anhalten und mich aufwecken. Ich zeig dir dann den restlichen Weg.«

»In Ordnung.«

»Fahren wir noch heute Nacht dorthin?«

»Nein, ich bin ausgelaugt. Ich werde bis morgen früh schlafen.«

»Andy, hast du Luther umgebracht?«

»Ich hab gekniffen«, erwiderte ich und stand auf. »Du hast ihm eine Nachricht hinterlassen.«

»Ich weiß, dass ich …«

»Du bist total im Arsch. Ich werde deine Spritze holen.«

Bei einer Strecke von zweitausend Meilen musste es irgendwann passieren.

Am Dienstagmorgen hatte ich bereits die Abfahrten nach Red Desert, Table Rock, Bitter Creek und Point of Rocks hinter mir, als ich dreißig Meilen östlich von Rock Springs eine Sirene hinter mir hörte – ein Fahrzeug der Highway Patrol hing an meiner Stoßstange. Mit meiner Pistole in der Tasche hinter dem Beifahrersitz fuhr ich auf den Standstreifen und beruhigte mich: *Warum sollten sie den Kofferraum durchsuchen wollen? Orson ist bewusstlos. Ich habe einen gültigen Führerschein und die richtigen Fahrzeugpapiere. Ricki's ist vielleicht nicht einmal passiert. Ich hab genug Geld dabei.*

Der Officer klopfte gegen meine Scheibe. Ich ließ sie herunter.

»Führerschein und Fahrzeugpapiere«, sagte er mit nüchternem, autoritärem Tonfall. Ich holte die Papiere aus dem Handschuhfach und reichte sie ihm lächelnd durch das Fenster.

Er ging o-beinig zurück zu seinem jagdgrünen Ford Mustang und stieg ein.

Die Uhr im Armaturenbrett zeigte zehn Uhr fünfzehn an, doch ich hatte das Gefühl, es sei schon viel später. Die Prärie sah hier trocken aus. Am nordwestlichen Horizont ragte eine gelbbraune Hügelkette aus dem Flachland empor. Dahinter türmten sich graue Wolken auf.

Ich bemerkte, dass der Pullover und die Jeans, die ich bei Ricki's getragen hatte, im Fußbereich des Beifahrersitzes lagen. *Es war passiert!* Sie waren mit Luthers Blut befleckt, und ich bedauerte, sie letzte Nacht an der Tankstelle in Cheyenne nicht weggeworfen zu haben. Ich wollte sie gerade zusammenknüllen, als die auf dem Kies knirschenden Schritte des Officers mich innehalten ließen.

Ich richtete mich auf und blickte ihm wieder durch das offene Fenster ins Gesicht. Der Mann war ungefähr in meinem Alter. Er erinnerte mich an einen Anwalt aus einem Film, doch ich hätte nicht sagen können, aus welchem.

»Wissen Sie, warum ich Sie angehalten habe, Mr Parker?«, fragte er und gab mir Orsons Führerschein und Fahrzeugpapiere zurück. Ich legte sie auf den Beifahrersitz.

»Nein, Sir.«

Er nahm seine Sonnenbrille mit den reflektierenden Gläsern ab und starrte mit kühlen, blassen Augen auf mich herab.

»Sie sind in Schlangenlinien über die gesamte Breite dieser gottverdammten Straße gefahren.«

»Wirklich?«

»Sind Sie betrunken?« Eine Windböe hob seine Mütze, doch er fing sie rechtzeitig auf und klemmte sie unter den Arm. Er hatte kurz rasierte, widerspenstige, blonde Haare, die sich, wenn sie länger würden, sicher zu einer dichten, krausen Lockenperücke auswuchsen. Allein die Vorstellung eines blonden Polizisten mit Afrolook ließ mich kichern.

»Was ist denn so lustig?«

»Nichts, Sir. Ich bin nicht betrunken, ich bin nur die letzten zwei Tage durchgefahren.«

»Von Vermont?«

»Ja, Sir.« Er blickte auf die Koffer auf den Rücksitzen.

»Reisen Sie allein?«

»Ja, Sir.«

»Welcher von den Koffern gehört denn Ihnen?« *Wie listig!*

»Beide.«

Er nickte. »Und Sie sind erst seit Sonntag unterwegs?«

»Ja, Sir.«

»Sie müssen es ja ganz schön eilig haben.«

»Nein, eigentlich nicht. Ich wollte nur sehen, wie schnell ich das Land durchqueren kann.«

Ich dachte, mein Ehrgeiz würde ihm vielleicht ein Grinsen abringen, aber er blieb so gleichgültig wie bisher.

»Wo wollen sie hin?«, fragte er.

»Kalifornien.«

»Wo nach Kalifornien?«

»Los Angeles.«

»Die I-80 führt aber nicht nach Los Angeles. Die I-80 führt nach San Francisco.«

»Ich weiß, aber ich wollte durch Wyoming fahren, da ich diesen Teil des Landes bislang noch nicht kenne. Es ist wunderschön hier.«

»Es ist eine verdammte Scheißgegend!« Ich starrte auf die goldene Anstecknadel über seiner grünen Brusttasche und hatte die unangenehme Vorahnung, dass er mich gleich aus dem Wagen herauskommandieren würde.

»Nun, Sie sollten wissen, dass Sie geradewegs auf einen verdammten Sturm zusteuern«, sagte er.

»Schneesturm?«

»Ja. Der Wettervoraussage nach wird es richtig unangenehm.«

»Danke für die Warnung. Das hatte ich noch nicht mitbekommen.«

»Vielleicht sollten Sie besser ein Hotel aufsuchen und dort abwarten. Zum Beispiel in Rock Springs oder Salt Lake City, wenn Sie es so weit schaffen.«

»Ich werde es in Erwägung ziehen.«

Er besah sich misstrauisch mein Gesicht und bemerkte die abklingenden Blutergüsse. »Sind Sie geschlagen worden?«

»Ja, Sir.«

»Wann ist das denn passiert?«

»Vergangenes Wochenende in einer Bar.«

»Muss ein verdammt harter Kampf gewesen sein.« Bei diesem Typen war alles irgendwie verdammt. In Gedanken war ich schon dabei, ihn in ein Buch einzubauen. »Sieht aus, als hätten Sie da ganz schön was einstecken müssen«, meinte er.

»Ja, aber Sie sollten erst mal den anderen Kerl sehen!« Dieses abgedroschene Klischee machte ihn an. Er rang sich ein Lächeln ab, blickte über die Einöde und kam zu dem Schluss, dass er sich wohl mal wieder auf den Weg machen sollte. Im Rückspiegel beobachtete ich, wie er zu dem Ford Mustang zurückschlenderte. *Verdammt beherrscht.* Und damit meinte ich mich.

Rock Springs war eine hässliche, braune Stadt, die davon lebte, dass in ihrer unmittelbaren hügeligen Umgebung Kohle und Tronasalz abgebaut und Öl gewonnen wurde. Die Stadt war größer und industrieller, als ich erwartet hatte, und ich überlegte, wie die zwanzigtausend Einwohner dieser nordöstlichen Grenzstadt zur Sierra Nevada wohl ihre Freizeit verbrachten.

Ich fuhr auf einen überfüllten Parkplatz eines Supermarkts. Während der letzten halben Stunde hatte es geregnet und geschneit, doch die Schneeflocken, die draußen vor der Stadt liegen geblieben waren, schmolzen auf dem von der Sonne erwärmten Pflaster sofort wieder. Ich lief durch die herumwirbelnden Schneeflocken zum Eingang und befürchtete, dass die Straßen jeden Moment eisglatt wurden und wir die Hütte nicht erreichten.

Der Supermarkt glich einem riesigen Schlachtfeld – eine einkaufshungrige Meute plünderte die Regale mit Brot, Milch und Eiern. Da ich nicht wusste, welche Vorräte Orson in seiner Hütte gelagert hatte, nahm ich von allem etwas mit – Dosenkost, Obst, Müsli, Weißbrot und sogar mehrere Flaschen vom besten Wein, den sie in ihrem bescheidenen Spirituosensortiment hatten. Die Schlangen vor den Kassen waren halb so lang wie das ganze Geschäft, und als ich mich mit meinem Einkaufswagen hinten anstellte, wurde mir klar, dass ich mindestens eine Stunde warten müsste, nur um zu bezahlen. *Scheiß drauf! Du hast bereits viel Schlimmeres getan als Ladendiebstahl.*

Ich schob meinen Wagen ohne Umwege durch die automatischen Türen und hinaus in den Sturm. Der Parkplatz war mittlerweile vereist und unter ersten Schneewehen verschwunden. Hinter der langen Promenade hoben sich die roten Felsen deutlich aus der weißen Umgebung ab, und mir fiel auf, dass ich noch nie eine schneebedeckte Wüste gesehen hatte.

Zurück beim Lexus, öffnete ich die hintere Tür und begann die Einkäufe auf meinen und Walters Koffer zu packen.

Orson machte einen Riesenradau. Ich befahl ihm, den Mund zu halten, und sagte ihm, dass wir fast am Ziel wären. Der Parkplatz neben mir war leer, daher ließ ich meinen Einkaufswagen dort stehen und öffnete die Fahrertür.

»Entschuldigung?« Eine korpulente Frau in einem bauschigen rosafarbenen Anorak, der ihrer Figur nicht gerade schmeichelte, stand hinter dem Kofferraum des Lexus und starrte mich fragend an.

»Ja, was denn?«

»Was ist das für ein Geräusch?« Sie klopfte auf den Kofferraum.

»Ich weiß nicht, was Sie meinen.«

»Ich glaube, da ist jemand in Ihrem Kofferraum.« Auch ich hörte es. Orson brüllte wieder und seine Stimme klang zwar gedämpft, aber hörbar. Er sagte etwas in der Art, dass er mich umbringen würde, wenn ich ihm nicht einen Schluck Wasser geben würde.

»Da ist nichts drin«, erklärte ich. »Und jetzt entschuldigen Sie mich bitte.«

»Ist es ein Hund?«

Ich seufzte. »Nein, wenn Sie es genau wissen wollen, ich bin ein Profikiller. Ich habe jemanden im Kofferraum und ich fahre mit meinen Opfern immer raus in die Wüste, verpasse ihnen dort einen Kopfschuss und begrabe sie anschließend dort. Wollen Sie mitkommen?«

Sie lachte, dass ihr Gesicht Falten warf. »Oh, Junge! Der ist gut. Sehr komisch«, erklärte sie und kicherte wie wild.

Sie ging davon, ich stieg in den Lexus und fuhr rückwärts aus der Parklücke. Da das Pflaster langsam spiegelglatt wurde, verließ ich, nervös wie alle Südstaatler im Schneesturm, vorsichtig den Parkplatz und fuhr wieder auf den Highway 191 auf.

Kapitel 31

Der Wind schüttelte das Auto. Die Straße war verschwunden.

Die letzten vierzig Meilen war ich einer einzigen Reifenspur gefolgt. Beim Verlassen von Rock Springs vor beinah vier Stunden konnte ich darunter noch das Pflaster erkennen. Doch als ich der ermüdend geraden Spur des Highway 191 weiter nach Norden folgte, verschwand der Farbkontrast zwischen Straßenbelag und Schnee gänzlich. Inzwischen bemühte ich mich verzweifelt darum, zwischen den rasenden Scheibenwischern auch nur kleinste Vertiefungen im Schnee zu erkennen. Bald würde der Schnee zu hoch liegen, um weiterzufahren. Schon jetzt spürte ich, wie die Reifen beim leisesten Druck auf das Gaspedal oder die Bremse durchdrehten. Abgesehen von einem Hurrikan vor sieben Jahren in North Carolina war dies das schlimmste Unwetter, das ich je erlebt hatte.

Genau siebzig Meilen nördlich von Rock Springs hielt ich mitten auf dem verlassenen Highway an. Einen Moment lang blieb ich einfach in dem warmen Ledersitz sitzen und starrte durch die Windschutzscheibe in den Schnee hinaus, der so heftig und schnell wie starker Regen fiel. Keine dreißig Meter entfernt war das Weiß bereits unergründlich und die Sicht nahm weiter ab. Ein heftiger Fallwind rüttelte den Wagen durch und wirbelte den bereits gefallenen Schnee wieder von der Straße auf. Als der Straßenbelag kurz sichtbar wurde, sah ich, dass die Reifen genau die gestrichelte Linie berührten.

Ich schaltete den Motor aus, nahm den Schlüssel, öffnete die Tür und trat hinaus in den Sturm. Sofort hatte ich Schnee in den Augen, hob schützend einen Arm vor mein Gesicht und kämpfte mich bis zum Kofferraum vor. Auf der Straße lagen bereits knapp acht Zentimeter Schnee und in der Wüste waren es noch mehr. Wenn der Schnee erst alle Sträucher bis auf den hohen Beifuß und das Fettholz bedeckte, hätten wir keine Anhaltspunkte für die Piste mehr. *Aber wir haben ja Zeit,* dachte ich, schloss den Kofferraum auf und wappnete mich gegen eine weitere eisige Böe. *Der Sturm hat gerade erst begonnen.*

Orson war wach und blickte mit seinen dunklen, geschwollenen Augen erschreckt auf den Schnee, der sich auf seinen Haaren sammelte. Rote Linien liefen über sein Gesicht, dort, wo er stundenlang auf dem Teppich geschlafen hatte, und seine Lippen waren ausgedörrt und rissig.

»Könnte sein, dass wir in Schwierigkeiten stecken«, erklärte ich. »Ich möchte, dass du die Hände hinter den Rücken nimmst, denn ich werde deine Füße befreien. Nimm sie hier hoch.« Er ließ seine Beine aus dem Kofferraum hängen, und ich öffnete das Fahrradschloss, das seine Fußknöchel gefesselt hatte. Ich warf es in eine Ecke des Kofferraums, half meinem Bruder herauszuklettern und wies ihn an, zur Beifahrertür zu gehen. Bis ich wieder auf meinem Sitz saß und die Lüftung auf maximale Leistung geschaltet hatte, war meine Kleidung vom Schnee völlig durchnässt. Ich öffnete die Beifahrertür und Orson stieg ein. Da ich nicht die Absicht hatte, ihm die Handschellen abzumachen, griff ich über seinen Schoß und schloss die Tür.

Einen Moment lang saßen wir schweigend nebeneinander. Ich schaltete die Scheibenwischer aus. Der Schnee schmolz auf der warmen Scheibe. Draußen wurde es dunkel.

»Wir befinden uns genau siebzig Meilen nördlich von Rock Springs«, sagte ich. Orson starrte durch die Windschutzscheibe.

»Sind wir in der Nähe der Piste?«

»Vermutlich höchstens eine halbe Meile entfernt. Aber wie's jetzt aussieht, könnten es auch hundert sein.«

»Die Hütte ist auf dieser Seite, stimmt's?« Ich zeigte nach draußen.

»Ja, irgendwo dort hinten.«

»Was soll das heißen? Du kannst sie nicht finden?«

»Nicht in dieser Scheiße.« Er hatte vor Besorgnis die Kiefer aufeinander gepresst und seine blauen Augen hatten an Glanz verloren.

»Lass es uns versuchen«, meinte ich. »Immer noch besser als ...«

»Sieh mal. Ungefähr fünf Meilen in dieser Richtung befindet sich mitten in der Wüste eine Hügelkette.« Er nickte zu der wirbelnden Dämmerung auf meiner Fensterseite hin. »Du erinnerst dich vermutlich daran.«

»Ja, und?«

»Wenn ich diesen Kamm nicht sehen kann, kann ich auch unseren Standpunkt im Verhältnis zu der Hütte nicht beurteilen. Verdammt, wir könnten in diese Richtung fahren, aber es wäre ein Schuss ins Blaue und vermutlich würden wir irgendwo stecken bleiben.«

»Scheiße!« Ich schaltete den Motor aus. »Ich hätte in Rock Springs anhalten und dort übernachten sollen.«

»Wäre vermutlich das Beste gewesen. Aber du konntest nicht wissen, dass es so sein würde.«

»Nein.« Ich wischte den geschmolzenen Schnee von meinem glatt geschorenen Kopf.

»Du siehst aus wie ich«, sagte Orson. »Was soll das?«

»Bist du durstig?«

»Ja.« Ich ließ ihn aus einer vollen Flasche lauwarmes Wasser trinken.

»Orson«, sagte ich. »Wenn du irgendwas versuchst, egal was, dann bringe ich dich um.«

»Das glaube ich dir.«

Die Uhr im Armaturenbrett zeigte 16 Uhr 07 an. Ich sah zu, wie sie auf 16 Uhr 08 sprang. Dann auf 16 Uhr 09.

»Es wird dort draußen bald dunkel sein«, erklärte ich. Schweiß lief mir die Brust und die Beine hinab. Orson lehnte sich zurück und schloss die Augen. Er roch nach Urin. Sein Bademantel war fleckig, und ich schämte mich, dass ich ihn seit Vermont nicht mehr hatte zur Toilette gehen lassen.

16 Uhr 10. 16 Uhr 11. 16 Uhr 12.

»Ich halte das nicht aus«, sagte ich und ließ den Motor an.

»Was tust du?«

»Ich werde diese verdammte Piste finden.«

»Andy. Andy!« Ich legte einen Gang ein und mit dem Fuß auf dem Gaspedal sah ich zu Orson hinüber. »Lass den Blödsinn«, sagte er ruhig. »Du wirst die Piste nicht finden. Du wirst die Hütte nicht finden. Wir befinden uns mitten in einem heftigen Schneesturm, und wenn wir irgendwo abseits dieses Highways stecken bleiben, hocken wir richtig in der Scheiße. Wir werden dieses Auto so bald nicht verlassen. Das steht fest. Also lass uns hier mitten auf dem Highway ausharren, denn hier wissen wir wenigstens, wo wir sind. Wenn du versuchst, die Piste zu finden, verirren wir uns mitten im weißen Nichts der Wüste.«

»Wir müssen doch nur geradeaus fahren. Die Hütte liegt in dieser Richtung. Wir werden geradeaus fahren bis …«

»Wo ist denn geradeaus? In dieser Richtung? Oder dieser? Oder dieser? Das sieht doch alles gleich aus!«

Ich trat aufs Gas, dass der hintere Teil des Lexus seitlich wegschlitterte. Ich nahm den Fuß vom Pedal und versuchte es deutlich vorsichtiger noch einmal. Dieses Mal griffen die Räder und blieben in der Spur. Mit vierzig Meilen pro Stunde bog ich in die Wüste ab. Die Reifen versanken im Pulverschnee und ich reduzierte das Tempo auf dreißig Meilen. Der Schnee lag doppelt so hoch wie auf der Straße, doch obwohl ich das Gefühl hatte, wir müssten jeden Augenblick ins Schlingern geraten, behielt ich den Wagen unter Kontrolle. Ich fuhr zwischen dem Beifuß hindurch und blickte angestrengt durch die Windschutzscheibe, um nach dem langen, geraden, vegetationslosen Streifen Ausschau zu halten. Er würde in Richtung Westen führen, ein dünnes, weißes Band im Schnee, dem wir folgen konnten, bis wir die Hütte gefunden hatten.

Orson starrte mich mit offenem Mund an.

»Siehst du irgendwas?«, fragte ich. »Siehst du überhaupt hin?« Der Motor hatte Mühe, die Räder in Bewegung zu halten, und die Nadel des Tachometer pendelte zwischen zwanzig und fünfundzwanzig Meilen. Ich hielt sie mit ungutem Gefühl im Auge.

»Kehr um«, riet er. »Wenn du jetzt umdrehst, finden wir vielleicht zum Highway zurück. Aber wenn du den Wagen hier draußen absaufen lässt, haben wir keine Chance.«

»Halt nach der Piste Ausschau«, sagte ich.

»Andy ...«

»Halt nach der verdammten Piste Ausschau!«

Vier Minuten verstrichen, bis ich merkte, dass er Recht hatte. Ich konnte keine fünfzehn Meter mehr über den Rand der Motorhaube hinaus sehen, und da die Tachonadel inzwischen um die Zehnmeilenmarke pendelte, bezweifelte ich, dass die Geschwindigkeit ausreichte, um zum Highway zurückzukehren.

»Wir kehren um«, sagte ich und drehte das Lenkrad nach rechts. Die beiden Hinterreifen schlitterten nach links und ich verlor die Kontrolle über den Wagen. Vor lauter Schreck trat ich das Gaspedal durch und der Wagen drehte sich um die eigene Achse. Nachdem ich endlich den Fuß vom Gaspedal genommen hatte, fuhren wir keine fünf Meilen pro Stunde mehr, und ich konnte nichts tun, um mehr Fahrt zu bekommen. Ein Beifußbusch brachte den Lexus endgültig zum Stehen.

»In Ordnung. Sag jetzt nichts. Kein Wort«, sagte ich.

Ich trat heftig aufs Gaspedal, die Räder drehten sich, fanden aber keinen Halt mehr. Ich umklammerte das Lenkrad und trat das Pedal komplett durch. Der Motor heulte auf und die Räder wirbelten den Schnee und danach kurz Sand auf. Der Lexus rutschte nach vorne in den frischen Schnee, anschließend ließ ich meinen Fuß so lange auf dem Gaspedal, bis die Motordrehzahl im roten Bereich war und ich roch, dass der Motor kochte. Die Reifen fanden keine Bodenhaftung mehr, und nachdem der Motor endgültig überhitzt war, schaltete ich ihn aus und riss den Schlüssel aus dem Zündschloss.

Ich öffnete meine Tür und rannte hinaus in das Unwetter. Der Sturm verwandelte die Schneeflocken in eisige Nadeln, die mir unbarmherzig ins Gesicht stachen. Das Eis sickerte in meine Turnschuhe, ich bückte mich und kratzte fünfzehn Zentimeter Schnee weg. *Vielleicht stehe ich ja auf der Piste.* Meine Hände taten weh, während ich mich durch den Schnee arbeitete. Als ich schließlich auf Sand stieß, war dieser viel zu locker, um fahrbarer Untergrund zu sein.

Ich starrte in den wütenden weißen Nebel hinauf und schrie, bis meine Kehle schmerzte. Ich spürte, wie mein Gesicht vor Kälte brannte und der Schnee meine Schuhe durchweichte. *Das ist alles nicht wahr,* dachte ich, obwohl mich die Angst, hier draußen mit ihm festzusitzen, zu ersticken drohte. *Das* kann *nicht wahr sein.*

Kapitel 32

Ich stieg wieder in den Lexus und zog meine nassen Sachen aus. Nachdem ich sie in den hinteren Fußbereich geworfen hatte, öffnete ich meinen Koffer und zog eine saubere Unterhose, zwei Paar Socken und einen Jogginganzug an, den ich ursprünglich statt eines Schlafanzugs eingepackt hatte.

»Soll ich den Motor wieder anstellen?«, fragte ich. »Oder ruiniert das die Batterie?«

»Sollte es nicht. Aber warte noch damit, zumindest bis es da draußen stockdunkel ist. Wir müssen wegen der Heizung noch die ganze Nacht den Motor laufen lassen.« Vom Betäubungsmittel noch immer etwas benommen, lehnte er sich wie in Zeitlupe gegen das Fenster. »Wie viel Sprit haben wir noch?«

»Den halben Tank voll.«

Orson legte seine Beine hoch und drehte sich mit dem Rücken zu mir auf die Seite.

»Ist dir kalt?«, fragte ich.

»Ein bisschen.«

Ich kramte eine Jogginghose, Wollsocken und ein graues Sweatshirt mit einem blauen Aufdruck der Universität von Carolina aus Walters Koffer und legte die Sachen in Orsons Schoß. Dann nahm ich den Revolver, der zu meinen Füßen gelegen hatte, und holte den Schlüssel für die Handschellen aus meiner Tasche.

»Ich werde die Handschellen aufschließen, damit du dir den ekligen Bademantel ausziehen kannst«, erklärte ich. »Danach werden sie sofort wieder angelegt.« Nachdem ich die Handschellen von seinen Handgelenken entfernt hatte, zog er den Bademantel aus, ließ ihn zu seinen Füßen fallen und zog Walters Sachen über. Als ich ihm die Handschellen wieder anlegen wollte, sagte er: »Warte eine Sekunde.« Er zog die Jogginghose etwas herunter, um die Brandwunde an seinem Oberschenkel begutachten zu können. »Es tut weh«, erklärte er, und nachdem er an den Rändern der schokotalergroßen Brandblase gekratzt hatte, zog er die Hose wieder hoch, legte seine Hände auf den Rücken und ließ sich wieder fesseln.

Ich drehte die Rückenlehne herunter und lauschte, wie der Wind um das Auto fegte. Blitze zuckten vor dem schneeverhangenen Abendhimmel und der Donner ließ nicht auf sich warten.

»Orson«, begann ich. »Ich möchte, dass du mir sagst, warum du unsere Mutter umgebracht hast.«

»Du weißt es.« Er hatte Recht.

»Ich möchte, dass du es aussprichst. Ich bin wegen Walters Familie hinter dir her. Vielleicht auch nur für mich selbst.«

»Ich war sicher, dass du das tun würdest.«

»Du bist der letzte Abschaum. Ich habe meine eigene Theorie. Willst du sie hören?«

»Klar«, antwortete er und starrte hinaus in den Sturm.

»Weil sie dich auf die Welt gebracht hat.«

Er schaute mich an, als hätte ich ihn dabei erwischt, wie er an Unterhöschen rumschnüffelte.

Die Temperatur im Wagen war bereits deutlich gefallen, als ich aus dem Lebensmittelvorrat eine Schachtel Ritz Crackers, einen zylinderförmigen italienischen Käse und eine Flasche Cabernet Sauvignon fischte.

»Wir werden ihn nicht trinken können«, erklärte ich. »Ich habe keinen Korkenzieher.«

»Im Handschuhfach liegt ein Taschenmesser, da ist einer dran«, meinte Orson.

Ich fand das Schweizer Armeemesser unter einem Stapel Straßenkarten, entkorkte die Flasche und trank gierig von dem würzigen Wein. Anschließend riss ich die Schachtel mit den Crackern auf und breitete sie auf meinen Beinen aus.

»Hast du Hunger?«, fragte ich, während ich den geräucherten Käse mit der stumpfen Klinge bearbeitete. »Hier.« Ich steckte eine Käsescheibe zwischen zwei Cracker und schob sie ihm in den Mund. Dann lehnte ich mich in meinen Sitz zurück und beobachtete, wie die Nacht hereinbrach.

Als die Windschutzscheibe zufror, blieb auch dort der Schnee liegen. Der Wind blies so heftig, dass die Schneeflocken bald an allen Scheiben hafteten und wir innerhalb einer Viertelstunde nichts mehr von dem Schneesturm um uns herum erkennen konnten. Nur das konstante schrille Pfeifen und die unerbittliche Kälte erinnerten uns an seine Allgegenwart.

Orson bemerkte die blutbefleckten Kleidungsstücke zu seinen Füßen.

»Andy«, fragte er, »ist das Blut von Luther?« Ich nickte. »Wow, wo hast du es getan? Im Ricki's?«

»Wir wollten uns um neun dort treffen. Ich bin um sechs hin, um bei der Barkeeperin die Nachricht zu hinterlassen, dass du es nicht schaffen würdest. Luther spazierte rein, als ich gerade gehen wollte. Wenn er nicht so früh gekommen wäre …«

»Er kam so früh, weil er wusste, dass irgendwas nicht stimmte.«

»Woher weißt du das?«

»Er ist schlau. Aber du auch. Du hattest deine Waffe. Sonst würdest du jetzt gerade sterben.«

»Bist du traurig, dass er tot ist?«

»Nein. Aber das richtet sich nicht gegen ihn. Wir haben eine Menge zusammen gemacht.«

»Nun, ich bin froh, dass er tot ist.«

Orson lächelte. »Er war dir gar nicht so unähnlich, Andy.«

»Klar.«

»Ich bin in sein Leben getreten, so wie ich in dein Leben getreten bin. Er hat nur etwas schneller gelernt.«

Ich starrte Orson sprachlos an.

»Du weißt, was du getan hast, ist schlimmer, als wenn du mich einfach getötet hättest«, sagte ich. »Du hast mich zerstört. Du hast mir meine Mutter genommen und meinen besten Freund. Ich kann nicht mehr nach Hause. Es gibt keine Rückkehr für mich.«

»Nein, ich habe dich errettet, Andy. Dein Zuhause war eine Täuschung. Du läufst nicht mehr verblendet umher wie all die anderen, blind gegenüber diesem schwarzen Loch, das du Herz nennst. Sei dankbar. Im Gegensatz zu den meisten Menschen weißt du jetzt, wozu du fähig bist. Wir leben aufrichtig, du und ich. Wahrheit, Andy. Wie hat es Keats ausgedrückt? Er hat es Schönheit genannt. Nicht einfach schöne Wahrheit. Wir haben schwarze Herzen, aber ihnen wohnt Schönheit inne.«

Wir verschlangen die ganze Schachtel Cracker und fast den ganzen Käse. Der Wein minderte meine Wachsamkeit, deshalb trank ich ihn nur noch zurückhaltend.

Als wir mit dem Essen fertig waren, öffnete ich den Reißverschluss meiner Gürteltasche. Mir blieben noch zwei Ampullen Ativan und zwei Ampullen Valium, doch da Ativan das sicherere Mittel war, zog ich es vor.

»Andy«, sagte er, während ich die Nadel in die erste Ampulle stach und die Spritze aufzog.

»Was?«

»Erinnerst du dich an den Sommer, als sie in dem Tunnel

unter der Interstate hinter unserem Haus den Mann gefunden haben?«

»Ja, daran erinnere ich mich.«

Orson setzte sich auf und starrte mich an, dabei hielt er den Kopf schief, so als sei er tief in Gedanken versunken. Ich zog den Inhalt der zweiten Ampulle auf und klopfte gegen die Spritze. Es wurde immer dunkler im Wagen – nicht einmal mehr Zwielicht.

»An was erinnerst du dich?«, wollte er wissen.

»Komm schon, Mann, ich bin müde ...«

»Sag mir nur, an was du dich erinnerst.«

»Wir waren zwölf. Es war Juni.«

»Juli.«

»Gut, Juli. Ach ja, um den Vierten herum. Ja, es war der Vierte, als sie ihn fanden. Ich erinnere mich an den Abend damals. Ich hab im Garten hinterm Haus gesessen und mit einem Gartenschlauch in der Hand beobachtet, wie drei Polizeiwagen um die Ecke bogen. Die Polizisten sind mit zwei Deutschen Schäferhunden durch unseren Garten gerannt. Vater grillte gerade Hamburger, und wir sahen zu, wie die Männer im Wald verschwanden. Ein paar Minuten später haben die Hunde wie verrückt gebellt, und Vater meinte: ›Klingt, als ob sie gefunden hätten, was immer sie gesucht haben.‹«

Orson lächelte. »Willard Bass.«

»Was?«

»So hieß der, den sie in dem Tunnel gefunden haben.«

»Ich kann nicht glauben, dass du dich noch an seinen Namen erinnerst.«

»Ich kann nicht glauben, dass du dich *nicht* mehr daran erinnerst.«

»Warum sollte ich?«

Orson schluckte und blickte mich misstrauisch an. »Er hat mich vergewaltigt, Andy.«

Donner ließ die Scheiben vibrieren. Ich starrte in die halb leere Weinflasche zwischen meinen Beinen. Meine Finger umfassten den kalten Flaschenhals. Ich führte den Cabernet an meine Lippen und ließ ihn die Kehle hinunterrinnen.

»Das stimmt nicht«, sagte ich. »Ich kann dir in die Augen sehen und …«

»Und wenn ich dir in die Augen schaue, sehe ich, dass du weißt, dass es passiert ist.«

»Du lügst.«

»Warum verspürst du dann dieses seltsame Gefühl in dir? Als ob etwas, was du jahrelang nicht angerührt hast, gerade in deinen Eingeweiden zum Leben erwacht.«

Ich trank einen weiteren großen Schluck und stellte die Flasche zwischen meinen Füßen ab.

»Ich erzähle dir jetzt eine Geschichte«, sagte er. »Mal sehen, ob …«

»Nein. Ich gebe dir jetzt das hier, damit du schläfst. Ich sitz nicht hier rum und hör mir an …«

»Hast du eine Brandnarbe von einer Zigarette am Penis?«

Es fühlte sich an, als krabbelten mir tausend Ameisen über den Nacken.

»Ich auch«, erklärte er.

»Das ist niemals passiert. Ich erinnere mich jetzt. Es war eine Geschichte, die du dir ausgedacht hast, nachdem diese Kinder ihn gefunden hatten.«

»Andy.« Ich wollte es nicht wissen, aber ich wusste es. Ich spürte, dass es immer da gewesen war, tief im Unterbewusstsein vergraben. Ich konnte immer mal wieder um die Ecke blicken und spüren, dass da etwas Schreckliches lauerte, ohne dass ich je hinuntergestiegen wäre, um es wirklich in Augenschein zu nehmen.

»Es war eines späten Nachmittags während eines Gewitters«, fing er an. »Im Drainagetunnel unter der Autobahn.

Das Wasser stand nur ein paar Zentimeter hoch, und insgesamt war der Tunnel so groß, dass ein erwachsener Mann ihn aufrecht durchqueren konnte. Wir haben dauernd dort gespielt.

Nach dem Mittagessen hatten wir einen Streifzug durch den Wald unternommen und waren vom Gewitter überrascht worden. Um dem Sturm zu entfliehen, rannten wir den Bach entlang bis zum Tunneleingang. Dachten, besser wir stehen im fließenden Wasser und haben dafür Schutz vor den Blitzen.«

Ich sehe dich in der feuchten Dunkelheit des Tunnels.

»Ich hab dir gesagt«, fuhr er fort, »dass wir von Mama eine ganz schöne Tracht Prügel bekommen würden, weil wir trotz des Gewitters draußen geblieben waren.«

Ich drehte mich von Orson weg und legte die Spritze auf den Boden. Die Nacht war nun endgültig über uns hereingebrochen, es war so dunkel im Auto, dass ich Orson neben mir nicht mehr erkennen konnte. Ich sah nur seine Worte, die bei dem Heulen des Windes kaum zu hören waren und mich in diese Unterführung zogen.

Unser Lachen hallt von den Tunnelwänden wider. Orson bespritzt mich mit Wasser und ich spritze zurück auf seine dünnen, vorpubertären Beine. Wir stehen in der Tunnelöffnung, dort, wo der Ablauf einen halben Meter tiefer in ein brackiges, brusthohes Becken mündet, in dem wir jede Menge Schlangen vermuten.

Sechzig Meter entfernt am anderen Tunnelende hören wir das Geräusch unbekümmerter Schritte im seichten Wasser. Orson und ich drehen uns um und sehen, dass die helle Öffnung von einem Schatten verdeckt ist, der sich auf uns zubewegt.

»Wer ist das?«, fragt Orson flüsternd.

»Keine Ahnung.«

Trotz der Dunkelheit kann ich das winzig kleine Glimmen einer Zigarette ausmachen.

»Komm«, bettelt er. »Lass uns gehen. Wir kriegen sonst Ärger.«

Ein Donner lässt die Tunnelwände erzittern, ich mache einen großen Schritt über das dreckige Bachwasser und stelle mich neben meinen Bruder.

Er sagt mir, dass er Angst hat. Ich habe auch Angst. Es fängt an zu hageln. Tischtennisballgroße Eisstücke klatschen auf den Waldboden und plumpsen schwer in das braungelbe Becken. Da wir mehr Angst vor dem Gewitter haben als vor den sich nähernden Schritten, warten wir besorgt ab. Der Tabakgeruch wird stärker, schon bald spüren wir die erste Rauchwolke.

Der Mann, der aus dem Schatten auftaucht, ist dicklich und hat eine Glatze. Er ist älter als unser Vater, trägt einen grauen, ungepflegten Bart und hat Unterarme so dick wie Balken. Er trägt schmutzige Armeeklamotten und wiegt, obwohl kaum größer als wir, sicher an die fünfzig Kilo mehr. Er stellt sich torkelnd zwischen uns und mustert uns verächtlich von oben bis unten. Sein Blick hätte mich eigentlich ängstigen und verunsichern müssen, aber damals wusste ich über einige Dinge noch nicht Bescheid.

»Ich habe euch den ganzen Nachmittag beobachtet«, sagt er. »Hatte noch nie Zwillinge.« Ich bin nicht sicher, was er damit meint. Er hat einen Nordstaatenakzent und eine tiefe, brummende Stimme, die dem Knurren eines wilden Tieres ähnelt. Sein Atem ist ranzig und riecht nach Alkohol und Rauch. »Ene Mene Muh. Der Bauer hat 'ne Kuh. Ene Mene Muh und aus bist du.« Er bohrt seinen dicklichen, fettverschmierten Zeigefinger in Orsons Brust. Ich will gerade fragen, was er da tut, als mich völlig unerwartet eine Faust am Kinn trifft.

Als ich das Bewusstsein wiedererlange, liege ich mit einer Gesichtshälfte im Wasser und sehe alles verschwommen. Orson stöhnt.

»Ja, wein weiter so, Junge«, stößt der Mann keuchend hervor. »Gut so. Das gefällt mir.«

Mein Blick wird wieder klarer, aber ich verstehe nicht, warum Orson im Wasser kniet, der Mann über ihm hängt und seine gewaltigen, behaarten Beine von hinten gegen Orsons haarlose Schenkel presst. Seine olivgrüne Hose und seine Unterhose hängen über die schwarzen Stiefel herab, während der Mann Orson fest umarmt und mit ihm zusammen vor- und zurückschaukelt.

»Verdammt scharf«, flüstert der Mann. »Oh, guter Gott!« Orson kreischt. Er klingt wie unser Cockerspanielwelpe, und ich verstehe immer noch nicht, was da vor sich geht.

Der Mann und Orson schauen gleichzeitig zu mir rüber und bemerken, dass ich bei Bewusstsein bin und neugierig zusehe. Orson schüttelt den Kopf und wimmert lauter. Ich fange auch an zu weinen.

»Junge«, sagt der Mann mit schweißglänzendem Gesicht zu mir. »Wag ja nicht, dich zu bewegen. Sonst drehe ich deinem Bruder so lange seinen kleinen Hals um, bis ich aus seinem Kopf eine Bowlingkugel machen kann.«

Also bleibe ich da mit dem Gesicht im Wasser liegen und beobachte, wie der Mann stöhnt. Er schließt seine Augen und schaukelt immer schneller auf Orson hin und her. Als er kommt, beißt er Orson durch das blaue T-Shirt in die Schulter und mein Bruder heult auf.

Der Mann sieht so glücklich aus. »Ah! Ahh! Ahhh! Ahhhhh!«

Als Willard seinen Penis rauszieht, bricht Orson im Wasser zusammen. Der Hintern meines Bruders ist voller Blut. Es läuft ihm die Beine entlang. Er liegt halb nackt im Wasser und ist zu benommen, um zu weinen oder sich die Unterhose hochzuziehen. Willard holt eine Zigarette aus seiner Brusttasche und zündet sie an.

»Du bist ein süßes Kerlchen«, sagt er und greift nach unten

zu meinem Bruder, der immer noch zusammengerollt im Wasser liegt. Orson schreit.

Ich setze mich auf und lehne mich gegen die Betonwand des Tunnels. Es hagelt nicht mehr. Willard wankt durch das Wasser auf mich zu, die Hose immer noch um die Knöchel hängend. Ich habe noch nie zuvor eine Erektion bei einem Mann gesehen, und obwohl sie bereits abklingt, ist sein Penis immer noch unglaublich groß. Er bleibt vor mir stehen.

»Mit dir kann ich nicht Liebe machen wie mit ihm«, sagt er und zieht an seiner Zigarette. »Schon mal 'nen Schwanz geleckt?« Ich schüttle den Kopf und er stellt sich über mich. Mein Kinn ist geschwollen, aber ich vergesse den Schmerz, als ich ihn rieche. Er hält seinen Penis in der Hand und reibt ihn an meiner Wange.

»Steck das in den Mund, Junge, oder ich dreh dir den Hals um.«

Tränen laufen mir die Wangen herab. »Ich kann nicht. Ich kann das nicht.«

»Du tust das jetzt, Junge. Und besorg's mir richtig. So als ob's dir gefällt. Und sei vorsichtig.«

Die feuchte, knollenartige Spitze seines Penis berührt meine Lippen und ich habe ihn eine ganze Minute lang im Mund.

Ein grapefruitgroßer Stein fällt neben mir ins Wasser. Willard taumelt rückwärts bis zur gegenüberliegenden Wand und rutscht daran ab, bis er im Wasser sitzt. Er ist benommen, und ich verstehe nicht, was passiert ist, bis ich sehe, wie Orsons Hand den Stein wieder aus dem Wasser hebt.

Da Willard eine Hand an die linke Schläfe hält, sieht er nicht, dass Orson erneut ausholt. Der Stein trifft ihn dieses Mal direkt ins Gesicht und ich höre Knochen brechen. Das Gesicht des Mannes ist jetzt dunkelrot und verformt. Auf Händen und Knien versucht er, die Tunnelöffnung zu erreichen. Orson greift sich erneut den Stein, setzt sich rittlings auf ihn, so wie wir frü-

her auf Vaters Rücken geritten sind, und lässt ihn auf den Hinterkopf des Mannes herabsausen. Er schlägt noch viermal zu, bis Willard endgültig zusammenbricht.

Orson hebt den Stein mit beiden Händen und schlägt auf den Kopf des Mannes ein wie auf eine weiche Frucht. Als er fertig ist, dreht er sich, immer noch auf Willard sitzend, zu mir um, und ich sehe, dass sein Gesicht mit Blut und Hirnmasse bespritzt ist.

»Willst du auch mal draufhauen?«, fragt er mich, obwohl nicht mehr viel zum Draufhauen übrig ist.

»Nein.«

Er wirft den Stein ins Wasserbecken, kommt rüber zu mir und setzt sich neben mich. Ich beuge mich vor und übergebe mich. Nachdem ich mich wieder aufgerichtet habe, frage ich: »Was hat er mit dir gemacht?«

»Hat sein Ding in meinen Hintern gesteckt.«

»Warum?«

»Weiß ich nicht. Sieh mal hier.« Orson zeigt mir seinen kleinen Penis. Beim Anblick der Brandblase auf der Eichel muss ich heulen.

Ich gehe zu Willard hinüber und drehe ihn um. Er hat kein Gesicht mehr. Sein Schädel erinnert mich an eine aufgeplatzte Wassermelone. In seiner Brusttasche finde ich die feuchte Zigarettenschachtel. Ich hole eine Zigarette und das Feuerzeug heraus und setze mich wieder neben meinen Bruder. Ich zünde die Zigarette an, ziehe meine Hose runter und füge mir selbst ein Brandmal zu.

»Wir sind immer noch gleich«, sage ich wimmernd, als ich den Schmerz spüre.

Bis die Hunde Willard Bass fanden, hatten sich längst die Fliegen über ihn hergemacht. Zuvor verboten uns unsere Eltern für den Rest des Sommers, im Wald zu spielen. Dass ihre Söhne vergewaltigt worden waren, schienen sie nie zu bemerken.

Es ist merkwürdig. Ich erinnere mich nicht mehr daran, wann ich es vergessen habe.

Nachdem Orson geendet hatte, herrschte lange Zeit Schweigen. Im Auto war es inzwischen vollkommen dunkel und draußen heulte immer noch der Sturm.

»Ich schätze, du hältst das für eine Erklärung«, begann ich.

»Nein. Willst du wissen, was ich denke? Ich glaube, auch wenn du und ich niemals diesen Tunnel betreten hätten, wären wir dennoch hier in der Wüste. Ich bin nicht der, der ich bin, weil ich mit zwölf vergewaltigt wurde. Willard Bass hat nur Öl in mein Feuer gegossen. Wann wirst du es erkennen?«

»Was?«

»Was wirklich in dir ist.«

»Ich erkenne es durchaus, Orson.«

»Und?«

»Und ich hasse es. Ich fürchte es. Ich respektiere es. Und wenn ich auch nur eine Sekunde das Gefühl hätte, es könnte Oberhand über mich gewinnen, würde ich mir eine Pistole in den Mund stecken. – Zeit für deine Injektion.«

Kapitel 33

Als ich aufwachte, hatte der Wind aufgehört. Die Uhr zeigte zehn. Orson atmete schwer, und obwohl ich ihn schüttelte, bewegte er sich nicht.

Da es im Auto unangenehm heiß geworden war, stellte ich die Heizung aus. Ich schaltete die Scheibenwischer ein, die einen Teil der Schneeschicht zur Seite schoben. Die Sonne schien blendend grell auf die Vordersitze.

Die Schneedecke reichte bis über die Motorhaube, und als ich über die weiße Wüste starrte, konnte ich nur hier und da einen ausgewachsenen Beifußstrauch aus dem Schnee ragen sehen. Der Himmel war azurblau.

In einigen Meilen Entfernung sah ich einen weißen Hügelkamm und überlegte, ob es sich dabei um denjenigen handelte, der hinter der Hütte und der Scheune emporragte.

Als ich meinen schlafenden Bruder auf dem Beifahrersitz ansah, zog sich mir der Magen zusammen. *Scheißkerl!* Ich hatte von Willard Bass geträumt und davon, wie ich seinen Penis in den Mund nehmen musste. Wut gärte in meinen Eingeweiden, die umso heftiger wurde, je mehr ich darüber nachdachte. *Er hätte mir das nicht antun dürfen.*

»Orson, wach auf!« Ich schlug ihm ins Gesicht und seine Augen öffneten sich.

»Oh, Scheiße!«, murmelte er, während er sich aufsetzte.

»Das ist ja mindestens ein Meter Schnee.« Orson verrenkte seinen Nacken. »Lass meine Scheibe herunter.« Ein Schneeklumpen fiel Orson in den Schoß, als sich die Scheibe in die Tür senkte. »Ich kann die Hütte sehen«, sagte er.

»Wo?«

»Zwei schwarze Punkte am Horizont.« Ich blinzelte durch das Beifahrerfenster nach draußen.

»Bist du sicher, dass sie das ist?«

»Es gibt hier innerhalb von fünfzehn Meilen keine weiteren Gebäude.«

»Wie weit ist es bis dahin?«

»Ein oder zwei Meilen.«

Ich griff nach hinten zur Rückbank, holte einen Arm voll Kleidungsstücke aus den Koffern und ließ sie auf die Konsole zwischen Orson und mir fallen. »Bis zur Hütte befreie ich dich von den Handschellen.«

»Du willst da jetzt hinlaufen?«, fragte er ungläubig. »Das werden wir niemals schaffen.«

»Orson, wir können sie sehen. Der Tank ist nicht einmal mehr zu einem Viertel gefüllt. Das reicht nicht mehr, um noch eine Nacht die Heizung laufen zu lassen, und was, wenn noch ein Unwetter aufzieht? Wir gehen zu Fuß.«

»Sind die Klamotten hier wasserdicht?«

»Nein.«

»Dann vergiss es. Die Baumwolle wird sich voll Eiswasser saugen, in so tiefem Schnee brauchen wir mehrere Stunden bis zur Hütte. Schon mal was von Erfrierungen gehört?«

»Ich riskier's trotzdem. Ich bleib nicht noch eine Nacht mit dir hier im Auto.«

Ich kramte den Schlüssel für die Handschellen aus der Tasche.

»Es tut mir Leid, dass ich von Willard angefangen habe«, meinte er. »Andy?«

»Was?«
»Wirst du es wieder vergessen?«
»Halt die Klappe!«

Der Schnee reichte mir bis knapp an die Taille. Ich war noch nie durch so tiefen Schnee gegangen, jeder Schritt erforderte so viel Energie wie eine Treppenstufe für ein Kleinkind, das erst laufen lernt. Ich ließ Orson ein paar Meter vor mir hergehen, und genau wie er es vorausgesagt hatte, hatten wir noch keine fünfzig unbeholfenen Schritte getan, bis das Eiswasser durch sämtliche Schichten meiner Kleidung drang. Nach einer Viertelmeile fingen meine Knie vor Kälte an zu brennen, als würden sich Hunderte feiner Nadeln durch die wunde, rote Haut bohren. Jeder Schritt schmerzte. Doch auch das Stehenbleiben tat weh, und nachdem wir uns eine Meile durch den Schnee gekämpft hatten, brannten auch noch meine Augen von der Reflektion der Sonne auf den Eiskristallen. Ich überlegte, wie in aller Welt ich es bis zu dem winzigen schwarzen Punkt schaffen sollte, der immer noch am Horizont zu kleben schien.

Orson trottete ohne Anzeichen von Schmerzen oder Müdigkeit gleichmäßig weiter. Das Brennen in meinen Beinen war so unerträglich geworden, dass mir der kalte Schweiß auf der Stirn stand.

»Halt an!«, schrie ich, und Orson blieb sechs Meter vor mir stehen. Er trug zwei T-Shirts, ein Sweatshirt und eine schwarze Lederjacke übereinander. Seine Beine wirkten völlig unförmig unter der Latzhose, der Jogginghose und den Jeans, die ich ihm aus Walters Koffer herausgesucht hatte.

»Was ist los?«, fragte er.

»Ich muss nur mal Atem holen.«

Nach einer kurzen Pause hob ich meinen mit Lebensmitteln gefüllten Koffer über den Kopf und wir gingen weiter.

Meine Beine und Füße wurden schnell so taub, dass ich nur noch gegen den stechenden Schmerz in meinen Augen ankämpfen musste. Das Einzige, was dagegen half, war, die Augen zu schließen, doch solange Orson ohne Handschellen vor mir herging, konnte ich sie nicht lange genug schließen, um den Schmerz wirklich zu lindern.

Als die Hütte nur noch drei Fußballfelder entfernt lag, spürte ich meine Beine überhaupt nicht mehr. Ich musste unablässig an die medizinische Definition für Schneeblindheit denken, auf die ich während meiner Recherchen für »Blauer Mörder« gestoßen war – ein Sonnenbrand der Hornhaut. Allein schon bei dem Gedanken daran traten mir Tränen in die Augen, und ich konzentrierte mich ganz darauf, Orson in das eine Schlafzimmer einsperren zu können und unter seiner Fliesdecke in der wohltuenden Dunkelheit der Hütte einschlafen zu können.

Orson drehte sich zu mir um, und ich konnte nicht glauben, dass ich es jetzt erst bemerkte. Er trug meine Sonnenbrille. *Hast du sie von der Ablage auf dem Armaturenbrett runtergeworfen, als wir uns für diese Schneewanderung angezogen haben?* Ich wollte ihn anbrüllen, stehen zu bleiben, doch dann dachte ich: *Scheiß drauf, wir sind fast da.*

Selbst das Blinzeln half nicht mehr, meine Augen vor dem grellen Glitzern zu schützen, so schloss ich sie einen Moment lang ganz und es fühlte sich wundervoll an. *Ich lasse sie nur einen kurzen Augenblick geschlossen,* dachte ich und kämpfte mich ungeschickt und blind weiter durch den Schnee.

Nach sechs großen Schritten öffnete ich die Augen, um Orson wieder beobachten zu können.

Er war verschwunden.

Ich ließ den Koffer fallen, holte meine Glock aus dem Hosenbund und blickte mich in alle Richtungen um – nichts als weicher, unendlicher Schnee, der hier und da kleine Hügel bildete.

»Orson!« Ich schrie, meine Stimme überschlug sich und schallte über die blendend weiße Fläche. »Orson!« Absolute Stille, nicht einmal der Wind war zu hören. Bei dem Versuch, seinen Spuren zu folgen, brannten meine Augen sofort wieder und das Salz der Tränen verschlimmerte den Schmerz.

Plötzlich hatte ich das Gefühl, dass jemand hinter mir war. Ich drehte mich um und zielte mit der Waffe in Richtung des Autos. Der Schnee glitzerte unberührt und menschenleer. Angst kroch mir den Rücken hinauf. Der weiße, unter dem Schnee halb verborgene Lexus war nur noch ein silbernes Glitzern in weiter Ferne. Die Windschutzscheibe reflektierte das Sonnenlicht so stark, als wäre sie aus Glitter.

Er ist dort draußen, dachte ich und drehte mich wieder zur Hütte um. *Er liegt im Schnee. Ich muss nur seinen Fußspuren folgen.* Ich konnte sehen, wo sie endeten: keine fünfzehn Meter vor mir.

»Steh auf!«, schrie ich. »Ich werde dich nicht erschießen, Orson! Los, komm schon, tu das nicht!«

Nichts rührte sich. Ich griff nach dem Koffer und ging drei Schritte, als mir plötzlich etwas in den Sinn kam. Kniend grub ich mir genug Platz frei, um mich hinzusetzen. Mit Lederhandschuhen an den Händen versuchte ich, einen Tunnel in die knapp einen Meter hohe Schneewand zu graben, und musste mit Entsetzen feststellen, dass es möglich war. Während des Unwetters hatte der Wind die Schneemassen so zusammengedrückt, dass ich einen dreißig Zentimeter hohen und sechzig Zentimeter breiten Durchgang graben konnte, ohne die Schneeoberfläche zu beschädigen. Mit anderen Worten, ein Mensch konnte ungesehen unter dem Schnee entlangkriechen.

Ich stand auf, denn ich fror jetzt auch am Oberkörper. Die

Fußspuren vor mir sagten überhaupt nichts aus. Als ich das Ende von Orsons Spuren erreichte und den Koffer sah, den er zurückgelassen hatte, wusste ich, dass er sich irgendwo hier in der Nähe versteckt haben konnte und mir womöglich sechzig Zentimeter unterhalb der Schneedecke auflauerte.

Ich ließ den Koffer erneut fallen und rannte in immer größer werdenden Kreisen durch den Schnee. Ich schrie, mein Bruder solle sich zeigen, und rannte so lange, bis mir schwindelig wurde. Schließlich brach ich dort, wo Orsons Spuren geendet hatten, auf unseren Koffern zusammen.

Kurz davor, zu erblinden, fürchtete ich, dass die Taubheit in meinen Beinen nur die Schmerzen kaschierten, die mich im Warmen umso heftiger überkommen würden. Die Pistole in meinen Händen war nutzlos, und mit der Einsicht, dass er momentan im Vorteil war, erhob ich mich und schleppte mich durch den jungfräulichen Pulverschnee auf die Hütte zu.

Kapitel 34

Aus der Seitentasche meiner steif gefrorenen Hose holte ich den Schlüssel, der, so hatte es Orson versprochen, die vordere Tür aufschließen würde. Ich presste ihn in das zugefrorene Schloss und drehte ihn um. Die Tür schwang auf, und die Koffer hinter mir herziehend, betrat ich die Hütte.

Ich hatte den Eindruck, dass seit Monaten niemand mehr hier gewesen war. Es lag ein widerwärtiger Geruch in der Luft, so als ob ich auf einen Speicher oder in eine muffige Kammer geklettert wäre. Durch meine eingeschränkte Sehkraft wirkte die ganze Hütte düster. Ich überquerte schwankend den Steinboden, um aus dem Fenster zu schauen, das nach Süden zeigte, also in die Richtung, aus der wir gekommen waren. Obwohl es schon später Nachmittag war, blendete die über den Felsen untergehende Sonne immer noch. Nichts bewegte sich auf der weiten, strahlend weißen Fläche, und ich tröstete mich mit dem Wissen, dass ich ihn zweifellos sehen würde, falls er sich gerade der Hütte näherte.

Doch statt weiter an meinen Bruder zu denken, wandte ich meine Aufmerksamkeit dem kranken Zustand meiner Beine zu. Unterhalb der Knie fühlte ich überhaupt nichts mehr. Ich stellte mir vor, dass es so einem Beinamputierten gehen musste, der zum ersten Mal auf Prothesen lief. *Ich brauche Wärme*, dachte ich und humpelte in die Küche.

Durch die Schneeblindheit sah ich alles mit einem Rotstich. Nichts hatte sich verändert. An den Wänden standen immer noch Orsons zahllose Bücherregale, und an der Nordseite des Wohnzimmers befand sich die perfekt eingerichtete Küche, der nur eine funktionierende Spüle fehlte. Die Türen zu den beiden Schlafzimmern waren geschlossen, und als ich sie und den kleinen Monet an der Wand dazwischen erblickte, wurde mir ganz flau im Magen.

Auf einem Hocker neben der vorderen Tür bemerkte ich Orsons Plattenspieler und daneben den Stapel Jazzplatten, den er zurückgelassen hatte. Ich hätte eine Platte aufgelegt, doch es gab keinen Strom. Da dämmerte mir, dass ich vor Einbruch der Dunkelheit den Kraftstofftank finden musste, um den Generator zu starten.

In einer Nische entdeckte ich, wonach ich gesucht hatte – den weißen Ölradiator. Ich fand zwar keinen entsprechenden Ölkanister, doch als ich den kleinen Ofen anhob, hörte ich an dem Gluckern, dass noch ausreichend Öl im Tank sein musste. Ich zog ihn hinter mir her ins Wohnzimmer bis vor das Ledersofa und drückte den Einschaltknopf. Zu meiner Überraschung sprang der Radiator bereits beim ersten Mal an. Wärme durchflutete die ausgekühlte Hütte, und als die ersten Schwaden warmer Luft mein Gesicht trafen, begann ich die Pullover und Sweatshirts auszuziehen, die mir auf der Wanderung vom Auto bis zur Hütte das Leben gerettet hatten.

Ich ließ die Kleidungsstücke zu Boden fallen, sank auf das Sofa nieder, öffnete die Schnürsenkel und zog die eisverkrusteten Stiefel von meinen Füßen. Dann streifte ich die nassen Socken ab und zog Hose, Jogginghose und schließlich die nasse lange Unterhose aus, die an meinen Beinen klebte. Die Haut unterhalb meiner Knie war wachsweiß. Ich berührte meine bleichen Waden, die sich zwar hart und kalt wie die einer Leiche anfühlten, doch das Gewebe darunter war immer noch geschmeidig. Meine Füße sahen viel schlimmer aus. Meine Zehenspitzen waren blau verfärbt, und als ich mir in die Fußsohlen kniff, spürte ich weder den Schmerz noch den Druck.

Ich schaute erneut aus dem Fenster, und da sich in der Wüste immer noch nichts regte, ging ich in die Küche. Auf der Anrichte stand eine große, silberne Schüssel, in der sich noch Reste von dunklem Mehl befanden. Ich trug sie auf die vordere Veranda und füllte sie mit Schnee. Der Ölradiator hatte direkt über den orange glühenden Heizspiralen eine flache Metallabdeckung. Ich stellte die Schüssel mit dem Schnee darauf, legte mich auf das Sofa und sah zu, wie der Schnee schmolz.

Während der Schneehaufen in der Schüssel kleiner wurde, versuchte ich vergeblich, das schreckliche Gefühl abzuschütteln, das sich meiner bemächtigt hatte, seit ich die Hütte betreten hatte. Ich fühlte mich, als sei ich zu meiner eigenen Totenwache gekommen, stünde vor meinem Sarg und würde auf mein lebloses Gesicht herabschauen, das unter der falschen warmen Hautfarbe erst recht unnatürlich wirkte. Kein Geräusch, kein Wind, keine Bewegung in den hinteren Schlafzimmern – meine Hände zitterten.

Ich sollte nicht hier sein. Das alles ist nicht richtig.

Der Schnee war schon einige Zeit geschmolzen, bis sich Dampfschwaden von der Wasseroberfläche lösten. Ich streckte den Arm aus und tauchte einen Finger in die Schüssel. Das Wasser war warm, daher fasste ich die Schüssel mit meinen Socken an, um sie auf den Boden zu stellen. Vorsichtig stellte ich meine blauen Füße in die Schüssel, spürte allerdings weder die Temperatur noch das Wasser an sich. Ich lehnte mich wieder auf dem Sofa zurück und schloss die Augen, während meine Beine langsam zum Leben erwachten und zwischen Knöcheln und Knien zu prickeln begannen.

Fünf Minuten später spürte ich meine Zehen immer noch nicht. Ich streckte meinen Arm aus, tauchte meine Hand ins Wasser und stellte fest, dass es durch meine Füße schneller abgekühlt war als durch zwei Eisquader. Ich stellte die Schüssel zurück auf den Radiator, und als sich das Wasser erneut erwärmt hatte, tauchte ich meine Füße wieder hinein.

Es bedurfte zwei weiterer Durchgänge, bis ich spüren konnte, wie etwas in meinen Zehenknochen erwachte – ein schmerzhaftes Brennen setzte ein. Ich versuchte mich zu entspannen und an mein Seehaus im Frühling zu denken – wie ich auf der hinteren Veranda unter den Kiefern saß, mit Blick auf den grünen Wald und dem Gefühl des vom See kommenden Windes auf meiner Haut.

Das lauwarme Wasser brannte wie Säure und ich biss die Zähne zusammen. Schweiß rann mir in die empfindlichen Augen, denn meine Füße schmerzten, als hielte ich sie ins Feuer. Ich wimmerte vor Schmerzen, und obwohl der Impuls, die Füße aus dem Wasser zu ziehen, immer heftiger wurde, wusste ich, dass das Brennen dadurch nicht nachlassen würde. Das war der Preis dafür, dass ich mit wasserdurchlässigen Stiefeln stundenlang durch den Schnee gewandert war. Ich konnte nichts tun, als auf dem Sofa zu sitzen und die vermutlich schlimmsten Schmerzen meines bisherigen Lebens über mich ergehen zu lassen.

Gegen achtzehn Uhr wurde der Schmerz langsam erträglich, obwohl ich meine Umgebung immer noch wie durch eine rote Brille sah. Es war inzwischen sinnlos, weiter durchs Fenster nach Orson Ausschau zu halten. Die Sonne war untergegangen, die Wüste war schwärzer als der Zwischenraum zwischen den Sternen.

Ich zog meine Füße aus dem kalten Wasser und stand wackelig auf, froh, wenigstens wieder etwas Gefühl in den Knöcheln zu haben. Meine Zehenspitzen verfärbten sich langsam schwarz, aber es gab nichts, was ich noch hätte tun können. Immerhin hatte ich wohl meine Füße gerettet. Wer zum Teufel braucht schon rosa Zehen?

Beim Durchsuchen der Küchenschubladen stieß ich auf eine Kerze und eine Streichholzschachtel. Als die Flamme ihr weiches, gelbes Licht gegen die Holzwände warf, überprüfte ich ein drittes Mal den Riegel und sicherte die vier Wohnzimmerfenster. Die matt messingfarben schimmernde Kerze fest umklammert, ging ich durch den engen Flur in den hinteren Teil der Hütte.

Der Schlüssel zum Vorhängeschloss an der vorderen Tür schloss auch die Tür zu meinem ehemaligen Gefängnis auf. Das karge und enge Zimmer sah noch genauso aus, wie ich es verlassen hatte. Obwohl das Fenster an der anderen Wand immer noch vergittert war, griff ich hindurch und probierte den Fensterriegel. Dann öffnete ich die Schubladen der Kommode, doch sie waren leer. Ich schaute unter dem Bett nach. Das Zimmer barg absolut nichts Besonderes – eine sichere Zelle, nichts weiter.

Ich ging zurück auf den Flur und blieb vor Orsons Tür stehen. Ich berührte den Türknauf und zögerte. *Du bist allein. Scheiß auf die Angst!* Ich trat ein.

Die Tiefkühltruhe stand unverschlossen unter dem Fenster. Ich öffnete sie. Leer. Ich verriegelte das Fenster. Nun musste er Glas zerbrechen, um hereinzugelangen.

Nachdem ich die Kerze auf Orsons Kiefernholzkommode gestellt hatte, öffnete ich sämtliche Schubladen. Die obersten drei waren leer, doch die letzte klemmte. Ich zerrte daran herum, und als sie sich auch dadurch nicht öffnen ließ, trat ich schließlich dagegen. Das Holz knarrte, ich zog noch einmal ruckartig an beiden Griffen. Die Schublade kam mir entgegen und landete auf dem Boden.

Danke, lieber Gott!

Ich fand darin fünf Videokassetten, einen Stapel Schnellhefter, eine Schachtel mit Mikrokassetten und drei Notizbücher. Ich nahm die Kerze von der Kommode, hielt sie über die Schublade, griff nach einer Videokassette und las das mit seiner akkuraten Handschrift beschriftete Etikett: Jessica Horowitz: 29.5.92; Jim Yountz: 20.6.92; Trevor Kistling: 25.6.92; Mandy Sommers: 6.7.92; alle auf einem Etikett, und es gab fünf solcher Videos, die drei, die ich in Woodside zerstört hatte, nicht mitgerechnet. Mir fiel auf, dass alle Kassetten ausnahmslos in den Monaten Mai, Juni, Juli und August bespielt worden waren: seiner Jagdsaison.

Auf den Mikrokassetten standen nur Daten, und ich nahm an, dass sie dasselbe selbstgefällige Gefasel enthielten, wie es Orson auch in Vermont in sein Diktiergerät gesprochen hatte. Ich nahm ein grünes, mit Spiralheftung gebundenes Notizheft, legte mich auf den Bauch und blätterte es bei Kerzenschein durch. Dieses Heft war von vorne bis hinten mit Gedichten voll geschrieben. Ich las mir laut ein kurzes Gedicht ohne Titel vor, um den Rhythmus seiner Verse zu begutachten, ließ seine klare, vielschichtige Stimme durch meine hindurchfließen:

Du bist immer bei mir
Wenn ich im Dunkeln im Bett liege
Wenn ich durch belebte Straßen gehe
Wenn ich zum Nachthimmel aufschaue
Wenn ich scheiße
Wenn ich lache
Wenn ich sie alle besitze, wie du mich besitzt
Du bist allgegenwärtig, aber nicht mein Gott
Du hast mich aufgezogen, aber nicht geschaffen
Du bist Gas, aber nicht das Feuer

Ich bin unergründlicher
Ich bin unkalkulierbar
Ich bin

Die beiden anderen Notizhefte enthielten Kurzgeschichten, hirnverbrannte Ideen und die fragmentarischen Gedanken eines Menschen, der den Ehrgeiz hat, zu schreiben. Orson hätte keinen Erfolg als Schriftsteller. Er konnte hübsche Sätze formulieren, aber insgesamt besaßen seine Gedichte und seine Prosa zu wenig Eleganz und zu viel Mehrdeutigkeit, so dass ein Versuch, einen Verleger zu finden, von vornherein zum Scheitern verurteilt wäre. Ich wollte ihm das sagen und auch, dass seine Poesie prosaisch war. Ich wollte, dass er mir zusah, wie ich seine Notizhefte und Videokassetten verbrannte.

Es gab noch drei Schnellhefter. Im ersten, überschrieben mit »In den Nachrichten«, befanden sich lauter Zeitungsartikel über das Auffinden oder das Verschwinden von Orsons Opfern. Der zweite Hefter, »Erinnerungen«, war voll gestopft mit Fotos, die ich mir alle genau anschaute. Auf einem halben Dutzend Fotos sah ich mich selbst, doch sie schockierten mich weniger, als ich befürchtet hatte. Sogar das Bild, wie ich Sekunden nach Jeffs Exekution auf ihn hinabstarre, machte mir nichts aus.

Eine Hand voll Fotos zeigten Luther und seine abscheulichen Taten. Auf einem Bild starrte er trotzig, mit Fingernagelspuren auf beiden Wangen und toten, seelenlosen Augen in die Kamera.

Im dritten, als »Die Minuten« betitelten Hefter hatte Orson auf unlinierten losen Papierbogen eine Chronik über seine bisher sechs mörderischen Sommer geführt. Ich blätterte bis zum Ende und überflog die Quintessenz unserer gemeinsamen Zeit, bis ich zum letzten Absatz kam:

Wyoming, 2. Juni 1996

Er war nicht so einfach oder so produktiv wie Luther, doch ich spüre in ihm ein Potenzial, das weit über das meines anderen Schülers hinausgeht. Daher lasse ich ihn frei. Eine weitere Woche hier und er würde den Verstand verlieren, dabei möchte ich, dass seine Wut so lange in ihm gärt, bis er trunken vor Hass ist. Er ist mein Bruder. Er ist in vielerlei Hinsicht wie ich. Ich liebe ihn, und das wenigste, was ich für ihn tun kann, ist, ihm zu helfen, sich selbst kennen zu lernen. Obwohl ich ihn gerne noch einmal hierher holen würde, will ich eine Voraussage machen: Es wird nicht nötig sein. Er wird mich heimsuchen, und es gibt nichts, was ich tun könnte, um das zu verhindern. Andy ist schlau und bemerkenswert grausam, wenn es sein muss. Falls er mich aufspürt, gebe ich ihm das Geschenk, denn er wird dann dafür bereit sein. Merkwürdig – diese Selbstlosigkeit, die er in mir auslöst.

Kapitel 35

Der Mond stieg über den Winds-Bergen auf und verwandelte die Schneedecke in ein Feld voller blauer Diamanten. Ich erwärmte mir auf dem kleinen Ölofen eine Dose Schweinefleisch mit Bohnen, und während ich weiter hinaus in die Wüste spähte und nach Orson Ausschau hielt, füllte ihr süßlicher Räucherduft die Hütte.

Wir hatten den Wagen gegen Mittag verlassen, inzwischen war es beinah halb neun. So lange konnte er nicht in der Wüste überlebt haben. Die Temperatur war den ganzen Tag nicht über minus zehn Grad gestiegen, und bei der unzureichenden Kleidung, mit der er durch den Schnee marschiert war, musste er längst erfroren sein. Also lag er entweder irgendwo da draußen tot herum oder er hatte Schutz gefunden. Die einzigen möglichen Zufluchtsorte waren der Lexus, die Scheune oder diese Hütte. In der Hütte war er nicht. Ich hatte in den vier Schränken und unter den beiden Betten nachgesehen und wusste mit Sicherheit, dass ich hier alleine war. Die Scheune glänzte im Mondenschein. Ich konnte sie durch das Fenster neben der vorderen Tür sehen. Wenn ich die Nerven dazu gehabt hätte, wäre ich vielleicht nach draußen gegangen und hätte nach Spuren gesucht, die zur Scheune führten. Doch ich konnte mich nicht entschließen, noch einmal hinaus in die eisige Kälte zu gehen und nach ihm Ausschau zu halten, zumal sich an meinen Beinen allmählich Frostbeulen bildeten. *Wo bist du?*, dachte ich. *Und was planst du?*

Als ich mein Abendessen beendet hatte, setzte ich mich auf den Boden neben den Ölradiator und holte mir den Schuhkarton vom Sofa, den ich unter der unbrauchbaren Spüle gefunden hatte und der alle möglichen Schätze enthielt, darunter Führerscheine für die Bundesstaaten Indiana, Oregon, Kalifornien und Louisiana. Außer Orson Thomas und David Parker war er noch Roger Garrison, Brad Harping, Patrick Mulligan und Vincent Carmichael. Mit Ausnahme von Roger Garrison besaß er auch für alle Namen Pässe, und beim Durchblättern stellte ich fest, dass er auch Europa und Südamerika ausgiebig bereist hatte.

Der Fund, der mich am meisten freute, war jedoch ein von einem Gummiband zusammengehaltenes Bündel Hundertdollarnoten. Ich zählte 52 800 Dollar – genug, um zu verschwinden.

Ich schloss den Schuhkarton und steckte ihn in die Schublade zu den Videokassetten und Schnellheftern, die ich mit ins Wohnzimmer genommen hatte. Nachdem ich die gesamte Hütte durchkämmt hatte, lagen nun alle belastenden Beweismittel in dieser einen Schublade, und zu meiner großen Beruhigung waren sie endlich in meinem Besitz. Ich stand auf und ging zum Fenster neben der Tür. Eine Meile hinter der Scheune ragten die Felsen gleich riesigen weißen Sanddünen über der Wüste auf. *Orson,* dachte ich. *Nur noch du. Das Einzige, was noch zerstört werden muss.*

Wenn er mich heimsuchen würde, dann in der Nacht; doch die Erschöpfung hatte längst mein Hirn und meinen Körper übermannt. *Ich werde bis Mitternacht schlafen,* dachte ich. *Ich bin jetzt sowieso zu nichts mehr in der Lage.* Nach allem, was ich wusste, würde er nie kommen. Er könnte jetzt dort draußen liegen, statuenhaft unter dem Schnee.

Ich stellte den Radiator aus und ging in sein Schlafzimmer. In die Fliesdecke gewickelt, die Pistole neben dem Kopfkissen und die Handschellen in der Hosentasche, rollte ich mich zusammen. Ohne den Wind und den brummenden Generator waren die einzigen hörbaren Geräusche mein Atem und mein Herzschlag.

Ich träumte eine Erinnerung: *Orson und ich sind zehn Jahre alt. Der Gottesdienst in der Third Creek Baptist Church, einer von Großmutter besuchten Kapelle auf dem Land nördlich von Winston-Salem, ist gerade zu Ende. Da es der letzte Sonntag des Monats ist, strömt die Gemeinde nach draußen an das Büfett. Neben dem kleinen Backsteingebäude, einer Miniaturausgabe reizloser Baptistenkirchen, stehen ein halbes Dutzend gedeckter Tische, auf denen sich die Spezialitäten der ländlichen Küche türmen.*

Schon seit dem späten Vormittag sind drei Grills in Betrieb und der Duft von Hotdogs, Hamburgern und einem Spanferkel legt sich über diesen Augustnachmittag. Nach dem Essen setzen sich Orson und ich unter einen Walnussbaum und beobachten, wie sich eine Ameisenkolonie über die Schale einer Wassermelone hermacht. Es ist klar und heiß und wir schwitzen nicht schlecht in unseren gleichen hellblauen Anzügen mit gelben Fliegen.

Ich sehe sie auf uns zukommen, wie sie elegant die Familien umrundet, die voll gegessen und schläfrig auf den Decken im Gras sitzen. Sie ist neu in der Gemeinde und ihr knielanges, ärmelloses Kleid ist genauso hellgelb wie die von der Sonne versengten Blätter der Pappeln. Sie bleibt bei der Wassermelonenschale stehen. Ich beobachte, wie eine Ameise über ihren unlackierten großen Zeh läuft.

Wenn sie spricht, macht sie ein ganz eigenartiges Geräusch, wie wenn eine Messerklinge über einen Schärfstein gezogen wird: »Schlick! Oh, ihr beiden seit ja wohl die hübschesten kleinen Engel, die ich je gesehen habe.«

Orson und ich schauen auf und blicken in ihr stark gepudertes Gesicht. Ihr lockiges, platinblondes Haar sieht aus wie festgeklebt und sie riecht nach einer billigen Parfümmischung.

»Ihr Schätze!«, ruft sie aus und grinst, so dass wir ihre falschen Zähne sehen, zwischen denen immer noch Brokkoli hängt. Hier kommt sie – die Frage, die sich offensichtlich jedem aufdrängt, obwohl Orson und ich uns zum Verwechseln ähnlich sehen. »Seid ihr Zwillinge?«

Großer Gott, wie wir das hassen! Ich öffne den Mund, um zu erklären, dass wir eineiige Zwillinge sind, doch Orsons Blick lässt mich innehalten. Er sieht ihr in die Augen und lässt seine Unterlippe zittern.

»Jetzt schon«, sagt er.

»Wie meinst du das, junger Mann?«

»Unser Drillingsbruder Timmy – er ist vor drei Tagen bei dem Feuer verbrannt.«

Unter dem Puder läuft ihr Gesicht rot an und sie hält sich eine Hand vor den Mund. »Schlick! Oh, das tut mir aber Leid. Ich wollte nicht …« Sie hockt sich hin, und ich zwicke mir von hinten in die Waden, um nicht zu lachen. »Nun, er weilt jetzt bei Jesus«, sagt sie sanft, »also …«

»Nein, ihm wurde nicht vergeben«, erklärt Orson. »Er wollte es diesen Sonntag beichten. Glauben Sie, er ist jetzt bei Satan in der Hölle? Ich meine, wenn man nicht gebeichtet hat, kommt man doch in die Hölle, oder? Zumindest hat Pfarrer Rob das gesagt.«

Sie steht wieder auf. »Darüber sprecht ihr besser mit euren Eltern. Schlick!« Ihr vorgetäuschtes Mitgefühl löst sich in Luft auf und sie blickt hinüber zum angrenzenden Wald. Mit all ihrer Schminke erinnert sie mich an einen traurigen Clown. »Schlick! Nun, es tut mir aufrichtig Leid«, sagt sie, und wir se-

hen zu, wie sie wieder in der Menge untertaucht. Dann laufen wir hinter den Walnussbaum und lachen, bis uns Tränen über die Wangen laufen.

Ich erwachte und ertappte mich dabei, wie ich senkrecht in Orsons Bett saß und mir selbst die Glock gegen die Schläfe drückte. Inzwischen überraschte mich nichts mehr. Ich schlüpfte unter der Fliesdecke hervor und ging mit der Pistole in der Hand ins Wohnzimmer. Ohne die Wärme des Ölradiators war die Hütte wieder ausgekühlt, also beugte ich mich herab, um ihn wieder einzuschalten, als mir plötzlich das Blut stockte: Ich erinnerte mich an den Traum und an den ungewöhnlichen, nervösen Tick der Frau: schlick, schlick, schlick! Statt wie beabsichtigt, den Radiator einzuschalten, schloss ich das Vorhängeschloss am Riegel der vorderen Tür auf und öffnete sie einen Spaltbreit. Eisige Nachtluft flutete in die Hütte.

Seit ich gestern am späten Nachmittag die Hütte erreicht hatte, war ich nicht mehr draußen gewesen und meine Fußspuren verliefen in Richtung Süden zum Auto hin. Ein Adrenalinstoß sträubte mir all meine Nackenhaare – eine weitere Spur, die nicht von mir stammte, führte von der Scheune geradewegs hierher, die Stufen hinauf, bis zu der Tür, an der ich gerade stand. Er ist in der Hütte! Ich schloss die Tür, drehte mich um, lud eine Patrone und bedauerte, nicht in jedem Raum eine brennende Votivkerze aufgestellt zu haben. Ich ging zurück in die rote Dunkelheit, blickte in alle Ecken und Winkel der Küche und des Wohnzimmers und versuchte angestrengt, jedes noch so leise Geräusch wahrzunehmen – ein schweres Atmen oder ein Herz, das so heftig pochte wie meins.

Beobachtest du mich gerade?, dachte ich, als ich vom Wohnzimmer zurück in den Flur schlich. Die Tür zum zweiten

Schlafzimmer stand einen Spaltbreit offen, und ich konnte mich nicht daran erinnern, sie so hinterlassen zu haben. Ich näherte mich der Tür, trat sie auf, eilte hinein, drehte mich in der Dunkelheit im Kreis, immer mit dem Finger am Abzugshahn, und erwartete, dass er mich anspringen würde. Doch das Zimmer war leer, genauso, wie ich es verlassen hatte.

Ich ging zurück in den Flur. *Dein Zimmer. Du hast mich beim Schlafen beobachtet.* Ungeachtet meiner Angst trat ich über die Schwelle. Der einzige Platz im Raum, den ich nicht einsehen konnte, war auf der anderen Seite seiner Kommode. Mit erhobener Pistole, schussbereit, stürzte ich mich in das Zimmer und wollte schon den Abzugshahn drücken, als der leere Fleck zwischen Kommode und Kühltruhe sichtbar wurde. Dort war er nicht.

Die vier Schränke waren das Einzige, was ich jetzt noch durchkämmen konnte, doch ich konnte mir nicht vorstellen, dass er sich in einen von ihnen hineingequetscht hatte. Sie waren mit Vorräten gefüllt – einer mit Nahrungsmitteln, ein anderer mit Gas- und Wasserflaschen. Davon abgesehen hätte ich sein Rumoren in der Dunkelheit hören müssen.

Ich verließ sein Schlafzimmer. Zwei Schränke standen auf je einer Seite des vier Meter langen Flurs, der die Schlafzimmer und das Wohnzimmer miteinander verband. *Du wartest darauf, dass ich wieder vorbeikomme, damit du mir eine Tür ins Gesicht schlagen kannst.* Ich rannte durch den Flur zurück ins Wohnzimmer.

Ich stand neben dem kalten Ölofen und begann einen Plan zu ersinnen, wie ich ihn aus seinem Versteck locken konnte, als mir ein Wassertropfen auf den kahl geschorenen Schädel fiel. Geschmolzener Schnee. Über mir knackte Holz und ich schaute auf ins Gebälk. Ein Schatten schwang sich von einem Balken herab, dann traf etwas Stumpfes und Hartes meinen Hinterkopf.

Ich kam auf dem Boden wieder zu mir, doch die Glock war verschwunden. Mühsam versuchte ich, auf die Beine zu kommen. Die von kleinen Lichtblitzen durchzogene rote Dunkelheit drehte sich um mich. *Träume ich?*

Eine Messerspitze glitt von hinten zwischen meinen rechten Arm und meinen Oberkörper und berührte den Solarplexus. Ich sah den Elfenbeingriff, und als ich seinen Atem hinter meinem Ohr spürte, lief mir im nächsten Moment meine eigene Pisse am Bein runter und bildete eine Pfütze um meine bloßen Füße. Als ich versuchte auszuweichen, presste er die Klinge gegen meine Kehle.

»Dieses Messer durchtrennt deine Luftröhre, als wäre sie aus Gelee.«

»Töte mich nicht.«

»Was ist das für ein Klingeln?« Er griff nach unten und betastete die Taschen meiner Jogginghose. »Oh, da schau her!« Er zog die Handschellen heraus, in deren Schloss immer noch der Schlüssel steckte, und fesselte meine linke Hand. »Halt die andere hin.« Ich nahm die rechte Hand hinter den Rücken und er drückte die Handschellen zu. »Also los, nach dir«, flüsterte er und presste die Klinge dabei weiter gegen meine Kehle. »In der Scheune ist eine Überraschung für dich.«

Kapitel 36

Obwohl ich barfuß war, spürte ich das Eis zwischen den Zehen nicht. Ich malte mir aus, dass der silberne Mond unsere Gesichter bläulich und unheilvoll aussehen ließ. Die Nacht war surreal, und ich dachte: *Ich bin nicht hier. Ich gehe nicht mit ihm in diese Scheune.* Orson blieb dicht hinter mir und stöhnte bei jedem Atemzug, als hätte er Mühe, mit mir Schritt zu halten. *Erschöpfung oder Erfrierungen oder beides.* Als ich die hintere Tür der Scheune erreicht hatte, blieb ich stehen und drehte mich um. Er schwankte auf mich zu und hielt die Pistole unsicher auf meinen Kopf gerichtet. Im Mondlicht konnte ich sein Gesicht sehen – die Ränder seiner Ohren waren schwarz, seine Wangen, Lippen und die Stirn von der Kälte leichenweiß.

»Du hast deine Buttermilch zu gierig getrunken«, sagte er grinsend. »Geh rein. Es ist offen.«

Ich drückte mit der Schulter gegen die Tür und sie ging auf. Als ich sah, was er getan hatte, dachte ich, mir würden vor Grauen die Beine versagen. Der gesamte Innenraum der Scheune stand voller Kerzen – dutzendweise waren sie auf dem Boden und den Regalen angeordnet. Unzählige Schatten tanzten über den Zementboden, die Wände und bis ins Gebälk hinauf. Ich sah den Pfahl, das Lederhalsband und die auf dem Boden ausgebreitete Plastikplane, um mein Blut aufzufangen.

»Alles für dich«, flüsterte er. »Ein Tod bei Kerzenschein.«

»Orson, bitte …« Die Messerspitze pikste mir in den Rücken und zwang mich einzutreten. Während ich in die Scheune ging, starrte ich auf das Loch in der Ecke der gegenüberliegenden Wand. Vermutlich war er nach Einbruch der Dunkelheit aus dem Schnee gekrochen und dort hereingelangt. Das fehlende Kiefernholzbrett lag auf dem Boden.

»Los, auf die Plastikplane!«, befahl er. Als ich zögerte, kam er drei Schritte auf mich zu und richtete die Glock auf mein linkes Knie. Sofort kniete ich mich auf die Plane. »Auf den Bauch!«, befahl er, und ich gehorchte. Ich roch das Lederhalsband, als er es über meinen Kopf streifte und um meinen Hals festzog – der Geruch nach Schweiß und Blut und Tränen und Speichel von unglücklichen Fremden. Ich spürte eine schreckliche, tiefe Verbundenheit mit diesen verdammten Seelen, die dieses stinkende Halsband vor mir getragen hatten. Wir waren jetzt Blutsverwandte – Orsons abscheuliche Kinder. Papa holte einen Hocker aus der Ecke und setzte sich gerade außerhalb meiner Reichweite darauf.

Er schob die Glock zurück in den Hosenbund von Walters Jeans, zog den Schleifstein aus der Tasche und begann, die Messerklinge erneut darüber zu ziehen: *schlick, schlick, schlick!* Im düsteren, gelblichen Licht der Kerzen, die um die Plastikplane herumstanden, wurde der Schmerz, mit dem die Handschellen in meine Handgelenke schnitten, immer stärker.

Sie gehörten mir. Ich besaß sie seit einer Halloween-Party 1987. Ein Freund hatte sie mir und meiner damaligen Freundin Sophie als Gag geschenkt. Zuerst empfanden wir es als peinlich, doch dann fesselte ich sie in jener Nacht damit an meinen Bettpfosten. Ich habe auch andere Frauen mit diesen Handschellen gefesselt und ihnen umgekehrt erlaubt, sie mir anzulegen. Ich hatte Orson damit gefesselt. Jetzt fesselte er meine Hände damit. Verdammt haltbares Metall.

Ich setzte mich auf und schaute ihn an. Verzweifelt und unauffällig versuchte ich, die Handschellen auseinander zu ziehen, und als meine Hände taub wurden, zerrte ich noch fester daran. In »Die Angst, zu leben« zerreißt ein Mörder namens Sizzle, der seine Opfer verbrannt hat, die Kette zwischen den Handschellen, während er auf dem Rücksitz eines Polizeiwagens sitzt. Anschließend tötet er den Polizisten, der ihn verhaftet hat. Während ich immer noch versuchte, meine Hände auseinander zu drücken, fiel mir der geschickt formulierte Satz wieder ein: »Die Kette zerbarst, O'Malleys Nacken zerbarst und Sizzle kletterte hinter das Lenkrad und stieß den Polizisten auf die nasse Straße.« *So einfach. Nun geh schon kaputt, du blödes Ding!*

»Du vergeudest wertvolle Energie«, meinte Orson lässig, während er eine Unebenheit in seiner Klinge begutachtete. »Ich habe es nicht mal geschafft, sie zu zerreißen, als du mir die Flamme unter das Auge gehalten hast.« Er fixierte mich jetzt mit seinem Blick und fuhr dabei fort, die Klinge zu schärfen. »Da tut ein Kerl dir einen Gefallen nach dem anderen, und das ist dein Dank dafür. Das ist Verrat.« Mein Mund war völlig ausgetrocknet; ich hatte keine Spucke mehr.

»Ich weiß nicht, was deine Definition für Gefallen ist ...«

»Ich habe das alles für dich getan«, erklärte er. »Washington. Mutter. Zusammen hätten wir unglaublich sein können, Bruder. Ich hätte dich befreien können. Genau wie Luther. Auch ihm habe ich den Spiegel vorgehalten, verstehst du? Habe ihm den Dämon gezeigt. Er hat mir nicht ins Gesicht gespuckt.« Orson begann sich in die Wangen zu kneifen und Hautfetzen mit dem Messer vom Gesicht abzuziehen, als amüsierte ihn die Gefühllosigkeit seiner spröden Oberhaut. Er blutete an mehreren Stellen. »Du bist in mein Haus eingedrungen«, fuhr er fort. »Während ich in meinem Bett geschlafen habe. Du hast mich gefoltert.« Er starrte mir in die

Augen. »Du jagst mir Angst ein, Andy. Und das durfte nicht passieren.«

»Ich schwöre …«

»Ich weiß – du wirst mich nie wieder jagen. Andy, Menschen, die wissen, dass ihr Tod kurz bevorsteht, erzählen alles Mögliche. Einmal habe ich einen Typen aufgeschlitzt, der mir dabei erzählt hat, dass er früher von seinem Großvater vergewaltigt worden ist. Sprudelte einfach so raus aus ihm zwischen den Schreien, als ob das irgendwas hätte ändern können.« Er lachte betrübt. »Wirst du mit mir reden, während ich dich aufschlitze? Nein, ich wette, du gehörst zu denen, die einfach nur schreien.«

Orson stieg von seinem Hocker herab. Die größte Kerze in der Scheune war rot, ein nach Zimt duftender Wachszylinder von der Größe einer Suppendose. Sie stand in dem Regal neben der hinteren Tür und er hielt die Messerklinge über die Flamme und zog die Pistole aus dem Hosenbund.

»Such dir ein Knie aus«, sagte er.

»Warum?«

»Verstümmelung. Folter. Tod. In dieser Reihenfolge. Es geht jetzt los. Such dir ein Knie aus.«

Mich überkam eine außergewöhnliche Ruhe. *Du wirst mir nicht wehtun.* Ich stand auf und suchte seinen Blick, um die unumstößliche Liebe zu erflehen, auf die wir Anspruch hatten.

»Orson. Lass uns reden …«

Ein Hohlspitzgeschoss bohrte sich in das Fleisch meiner linken Schulter. Ich ging in die Knie, Blut spritzte auf die Plastikplane. Ich roch Schießpulver. Ich roch Blut. Ich verlor das Bewusstsein.

Auf dem Rücken liegend starrte ich von der Plastikplane hinauf ins Gebälk, wobei meine Hände immer noch mit den Handschellen auf dem Rücken gefesselt waren. Ich versuchte, meine Füße zu bewegen, doch sie waren mit einem dicken Seil zusammengebunden. Einhundertfünfundachtzig Pfund krachten auf meine Rippen und ich stöhnte.

Orson hatte sich rittlings auf mich gesetzt und nahm das Messer von der roten Kerze, deren Wachs inzwischen auf die Plastikplane tropfte. Die Karbonstahlklinge glühte wie flüssige Lava, das Metall rauchte.

Ich trug ein T-Shirt, ein Sweatshirt und einen schäbigen burgunderfarbenen Pullover. Die Messerklinge fuhr durch alle Kleidungsschichten von der Taille bis zur Kehle, als wären sie aus hauchdünnem Papier. Orson riss den Stoff auseinander und legte meine Brust frei. Die von den Kerzen in der eisigen Scheune erzeugte Luftbewegung bewegte meine Brusthaare ganz leicht hin und her. Trotz meines klopfenden Herzens meinte ich ein Geräusch in der Wüste zu hören, ein entferntes Summen, so als flöge eine Mücke hinter meinem Ohr herum.

»Wow! Sieh mal an, wie schnell dein Herz schlägt«, sagte Orson und legte eine Hand auf meine zitternde Brust. Er klopfte mein Brustbein ab. »Ich werde das jetzt durchsägen. Bist du aufgeregt?«

Als die Messerspitze meine linke Brustwarze berührte, biss ich die Zähne zusammen und spannte jeden einzelnen Muskel an, so als könnte diese Spannung das Eindringen der glühenden Klinge verhindern.

»Ganz ruhig«, sagte er. »Ich möchte, dass du dich entspannst. Es tut sonst noch mehr weh.« Orson führte die Klinge von der Brustwarze aus fünf Zentimeter nach links und ließ sie drei Millimeter tief eindringen. Das Metall war unmenschlich kalt, und ich zitterte, während ich zusah, wie er mit dem Messer einen zehn Zentimeter großen, ungleichmäßigen Kreis zog. In meinem Nabel sammelte sich Blut, und Orson sprach zu mir, während er meine Haut aufschlitzte. Seine Stimme strahlte eine psychotische Ruhe aus.

»Dein Herz liegt zu zwei Dritteln links vom Sternum. Daher markiere ich mir erst die Stelle, an der ich hinterher arbeiten will.« Er seufzte. »Ich hätte es dir beigebracht, weißt du? An jemand anderem. Sieh dir das an.« Er hielt mir die Messerspitze so vor das Auge, dass ich sehen konnte, wie mein Blut auf der bernsteinfarbenen Klinge verglühte. »Ich weiß, dass du jetzt noch nichts spürst«, erklärte er. »Das ist die Kraft des Adrenalins. Deine Schmerzrezeptoren sind blockiert.« Er lächelte. »Aber das wird nicht mehr lange so gehen. Das Adrenalin kann nur ein gewisses Maß an Schmerz unterdrücken.«

»Orson«, flehte ich, den Tränen nah. »Was ist mit dem Geschenk?«

Er schaute verwirrt auf mich herab, doch dann erinnerte er sich. »Ach ja, das Geschenk. Du neugieriger Kerl!« Er legte seine Lippen an mein Ohr. »Willard war das Geschenk.«

Er drückte seine linke Hand gegen meine Stirn und umklammerte mit der anderen Hand das Messer. »Glaub nicht, dass ich nicht stolz auf dich wäre, Andy. Besser, du beißt jetzt die Zähne zusammen.«

Es klopfte an der hinteren Tür. Orsons Körper wurde steif. »Nur einen Mucks«, flüsterte er, während er sich erhob, »und ich schwöre bei Gott, dass ich dich tagelang am Leben lasse.« Er legte das Messer auf den Hocker, ging zur Tür und zog die Pistole.

Percy Maddings Stimme war durch die Tür zu hören: »Dave, sind Sie da drin? Alles in Ordnung?«

Ich versuchte mich auf der Plastikplane aufzusetzen.

Orson gab acht Schüsse durch das Holz ab und zielte dabei auf Brusthöhe. Als er sich zu mir umwandte, lächelte er. »Das, Andy, nennt man ein …«

Der Knall einer Schrotflinte erschütterte die Tür und Orsons Brust wurde von einer vollen Ladung 4-mm-Schrot getroffen. Es riss ihn von den Füßen und warf ihn auf den Rücken, als hätte ihn jemand umgehauen. Orson mühte sich auf alle viere und starrte mich verwundert an, während kleine Blutklümpchen aus seiner Brust zu Boden fielen. Percy brach durch die Tür und kickte ihm mit dem Fuß die Pistole aus der Hand. Mein Bruder kroch in meine Richtung, fiel dann aber wieder keuchend zu Boden, sein Atem ging nur noch flach und stoßweise.

Percy lehnte seine Doppelflinte gegen den Türrahmen, näherte sich der Plastikplane und hockte sich neben mich. Da er nur oberflächlich atmete, wusste ich, dass er getroffen war. Er schaute verwundert auf den Pfahl, die Leine, die Plane und den zackigen, blutigen Kreis auf meiner Brust.

»Hat er den Schlüssel zu den Handschellen bei sich?«, fragte er schroff und zwirbelte dabei an seinem vereisten Schnurrbart herum. Seine Stimme klang kräftig, aber seine Hände zitterten. Als ich nickte, ging er hinüber zu Orson und durchsuchte dessen Taschen, bis er den Schlüssel fand. Er wies mich an, mich auf den Bauch zu rollen, und nachdem er die Handschellen aufgeschlossen hatte, zog er ein Jagdmesser aus dem Gürtel und zerschnitt das Seil, das meine Füße gefesselt hatte.

»Sind Sie getroffen?«, fragte ich. Er tastete seine Seite ab. Daunen quollen aus einem Loch in seiner Schutzweste.

»Nur ein Streifschuss«, erwiderte er, während ich mein Halsband öffnete. »Wie ich sehe, haben Sie was an der Schulter abbekommen. Hohlspitzgeschosse, oder?«

»Ja, Sir.«

»Dann steckt die Kugel immer noch drin.« Percy ging wieder zu Orson und presste zwei Finger an seinen Hals. »Ist das Ihr Bruder?«, fragte er und wartete auf einen Puls. Ich nickte. »Was zur Hölle hat er mit Ihnen gemacht?« Ich schwieg. »Schätze, wir suchen besser ’nen Arzt auf.«

Ich stand auf, ging zur Hintertür und sagte: »Ich muss erst noch ein paar Sachen aus der Hütte holen. Würden Sie mir dabei helfen?«

»Darauf können Sie wetten.«

Percy ließ Orsons leere Augen offen stehen, nahm seine Schrotflinte und folgte mir durch die zerstörte Tür nach draußen in den Schnee. Er rief mir etwas wegen meines Freundes hinterher, doch seine Stimme ging in meinem keuchenden Atem unter, und ich blieb nicht stehen, um mich danach zu erkundigen. Meine Schulter brannte.

Vor der Hütte stand ein Schneemobil im Leerlauf. Als ich die vordere Tür erreichte, schaute ich zurück und sah, dass Percy, dessen linke Hand seine Seite stützte und dessen rechte Hand die Doppelflinte hielt, knapp fünf Meter hinter mir zurückgeblieben war.

Ich betrat die Hütte und schloss die Tür hinter mir. Es war so dunkel, dass ich nichts erkennen konnte. *So wird Percy auch nichts erkennen.* Ich schaute aus dem Fenster und sah im Licht des einen Schneemobilscheinwerfers, wie sich Percy langsam durch den Schnee mühte. Ich wich in den Schatten zurück, damit er mich nicht sehen würde, und dachte: *Ich werde ihn nur bewusstlos schlagen. Hier sind Lebensmittel und er ist nicht so schlimm verletzt. Irgendjemand wird schon kommen und ihn suchen. Es gibt keinen anderen Weg.* Seine Stiefel hämmerten auf den Treppenstufen. Ich stellte mich neben die Türangeln, um hinter ihm zu sein, wenn er hereinkam.

»Dave!«, rief er, als die Tür aufschwang. »Was haben Sie gesagt, über …«

Ammoniak.

Warmer Atem befeuchtete meinen Nacken.

Ich drehte mich um und schaute in Luthers Gesicht. Er grinste in die Dunkelheit.

Epilog

Luther begrüßt lächelnd den jungen Morgen. Er schwingt sich aus dem Bett, zieht sich Jeans und zwei Pullover an und geht ins Wohnzimmer. Beim Anblick von Percys gefrorener, dunkelroter Pfütze auf dem Steinboden schmunzelt er.

Während der Kaffee durchläuft, geht er hinaus auf die vordere Veranda. Große Schneeflocken fallen gleichgültig aus dem verhangenen Himmel.

»Hallo, Jungs!«

Orson und Percy antworten nicht. Reglos wie Skulpturen sitzen sie auf beiden Seiten der Tür in Schaukelstühlen und ihre weit aufgerissenen Augen starren in die Wüste, ins Nichts. Sie sind verärgert über ihn, weil er sie die ganze Nacht draußen in der Kälte gelassen hat.

Er setzt sich auf die Stufen und lauscht, aber er kann noch nichts hören. Das ist in Ordnung so. Es ist erst Viertel vor eins. Er ist nicht besorgt. Hinter der Scheune hüpft ein brauner Fleck durch den Schnee – ein Kojote auf Nahrungssuche. Er hat Luther letzte Nacht geweckt, als er den Mond angeheult hat.

Er hört ein ganz leises Brummen. Er steht gemächlich auf, reckt seine Arme über den Kopf und holt Percys Doppelflinte vom Frühstückstisch. Er stellt sie neben sich auf die vordere Veranda, setzt sich wieder auf die Stufen und wartet.

Das Schneemobil gleitet durch die Wüste, ein schwarzer, gleichmäßig wandernder Punkt im Schnee.

Percys Frau hält ihr Schneemobil an und parkt es neben dem ihres verstorbenen Mannes. Sie trägt eine dunkelbraune Skihose und einen schwarzen Anorak, steigt ab und nimmt dabei den Helm ab. Der Schnee reicht ihr bis zu den Hüften. Ihr Gesicht ist ähnlich derb und faltig wie Percys, die Haare fallen ihr lang und grau über die Schultern. Sie lächelt Luther zu und lehnt sich gegen ihr Schneemobil, um Luft zu holen. Er kann in ihrer Sonnenbrille zwei Hütten sehen.

»Hallo«, begrüßt er sie fröhlich. »Pam, nicht wahr?«

»Genau.«

»Es war sehr freundlich, dass Percy mich letzte Nacht hier rausgebracht hat. Ich war bei dem Unwetter sehr besorgt um meine Freunde.«

»Nun, ich weiß es zu schätzen, dass ihr Jungs ihm letzte Nacht Gesellschaft geleistet habt. Hier, ich hab dir deine Werkzeugkiste mitgebracht, Percy, also vielleicht kriegst du dein Schneemobil so weit wieder hin, dass du nach Hause fahren kannst. Hab ihm immer gesagt, ich würde ihm kräftig in den Arsch treten, wenn er ohne Ersatzbatterie losfährt. Was sagst du dazu, Percy?« Sie wirft einen Blick auf ihren Mann, der rechts von Luther sitzt.

»Haben Sie ihn bei irgendwem als vermisst gemeldet?«, fragt Luther und wehrt gleichzeitig einen weiteren Anflug von Benommenheit ab. Pam macht einen Schritt nach vorn und schaut ihren Mann merkwürdig schief an. Luther holt zwei Patronen 4-mm-Schrot aus seiner Tasche.

»Nicht seit ich Sie über Funk erwischt habe«, antwortet sie, allerdings ohne ihn dabei anzuschauen. »Hey, Percy!« Sie nimmt ihre Sonnenbrille ab und blinzelt argwöhnisch erst ihren Mann und dann Luther an. Über Luthers linke Stiefelspitze läuft Blut in den Schnee. »Was zum Teufel ist los mit ihm?«

»Oh, er ist tot.« Sie lächelt, als ob er einen Witz gemacht hätte, und tritt noch einen Schritt näher heran. Als sie Percys Kehle sieht, schaut sie auf Luther, dann auf Orson und schreit. Ein Rabe fliegt verärgert krächzend neben der Scheune aus dem Schnee auf. Pam dreht sich um und macht einen Satz rückwärts in Richtung des Schneemobils.

Luther öffnet die Verschlussnase der Doppelflinte und legt zwei Patronen ein.

Drei Stunden später entspannt er sich auf der vorderen Veranda und schlürft schwarzen Kaffee aus einem Becher. Er kann auch gefällig sein. Er hat Pam und Percy erlaubt, nebeneinander zu sitzen, und sogar Pams Hand so hingelegt, dass sie im Schoß ihres Mannes ruht. Sie werden zusammen steif frieren. Das ist schließlich nicht gänzlich unromantisch.

»Ich werde euch Jungs einen neuen Freund holen«, sagt er. »Wie gefällt euch das?« Er schaut zu Orson und haut ihm auf den Rücken, ein arktischer Fels. »Du redest nicht viel, oder?«, sagt Luther und lacht dabei schallend.

Er hält sich jetzt für die Perfektion von Orson und brennt vor Ekstase.

Erneut läuft ihm warmes Blut die Innenseite des Schenkels hinab …

Luther wacht auf dem Rücken liegend auf. Er starrt an die Decke der überdachten Veranda, der verschüttete Kaffee ist in der Wolle seines Pullovers bereits zu Eis geworden. Er setzt sich auf. Die Wolken sind verschwunden, die Sonne steht tief am Himmel, halb verdeckt von den weißen Felsen in der Ferne. Sein Blick ist bereits durch tanzende schwarze Flecken getrübt – Vorboten des Sterbens, das ihn bald überkommen wird. Unter seinen Füßen ist eine kleine, in der untergehenden Sonne rosa schimmernde, gefrorene Blutlache. Er hat

Frostbeulen vor Kälte. Der Schmerz ist wieder da, doch er reagiert darauf nicht nach Menschenart mit Wimmern. Er ist unbezwingbar, doch sollte er bald aufbrechen, wenn er die Kugel, die Andrew Thomas ihm verpasst hat, überleben will.

Er steht auf, nimmt die Doppelflinte und geht wankend zurück in die Hütte. Am Ende des Flurs schließt er die Tür zum Gästezimmer auf und tritt sie mit dem Fuß auf.

Andrew Thomas liegt reglos auf dem Bett.

»Steh auf«, sagt Luther. Seit letzter Nacht, nachdem er Andrew hier hereingeschleift hatte, hat er den Raum nicht mehr betreten. Andrew setzt sich mühsam auf und lehnt sich gegen die Bretter. Das Atmen fällt ihm schwer und ist sehr schmerzhaft. Der Quilt ist immer noch um seine Schultern gewickelt, er zittert und sein Atem dampft.

»Komm mit!«, befiehlt Luther.

Andrew schaut als Besiegter zu ihm auf. »Ich habe einen Schrotschuss gehört. Sind sie alle tot?«

»Komm mit!«

Orsons Bruder schaut mit Tränen in den Augen zu Boden. »Töte mich doch einfach.«

Luther taumelt. Er fällt gegen die Wand, Blut tropft vom Saum seiner Jeans, er versucht zu zielen, doch die Schrotflinte entgleitet seinen Händen und er sackt zu Boden.

Ich hebe die Schrotflinte auf und berühre mit meinem Finger einen der beiden Abzugshähne. Als ich die Mündung des Laufes gegen Luthers Brust drücke, schmecke ich den Wahnsinn, und großer Gott!, er schmeckt süß.

Ich ziehe den sterbenden Luther hinter mir her bis auf die Veranda und binde ihn mit einem Seil auf dem letzten noch freien Schaukelstuhl fest. Dann hebe ich die rote Fliesdecke auf, die ich von Orsons Bett geholt hatte, und wickele sie um

Percy Madding und die neben ihm sitzende Frau, vermutlich seine Ehefrau. Ich würde sie gerne begraben, doch der Boden unter dem Schnee ist gefroren. Es gibt nichts, was ich noch tun könnte für den Mann, der mir das Leben gerettet hat.

Nachdem es mir gelungen ist, Percys Augen zu schließen, gehe ich mühsam ein paar Schritte hinein in den Schnee, drehe mich um und betrachte den Sterbenden und die Toten.

Die letzten kalten Lichtstrahlen der Sonne werfen ein goldenes Licht auf die Veranda – ein Anblick, der mich bis in alle Ewigkeiten verfolgen wird: Percy Madding, seine Frau, Orson und Luther Kite, jeder in einem Schaukelstuhl, drei tot und einer nicht mehr weit davon entfernt.

Ich zucke zusammen, als Luther die Stimme erhebt. Er zittert inzwischen und kann nicht verhindern, dass seine Zähne klappern. Ich kann mir nicht vorstellen, dass er die Nacht überlebt, und überlege, ob er wohl verblutet oder erfriert.

»Du wirkst entsetzt«, sagt er. »Worüber, Andrew?«

»Überall dieses Blut, Luther.«

»Jeder will Blut. Wir *sind* Krieg. Das ist der Kodex. Krieg und Regression und immer mehr Blut. Willst du mir erzählen, dass dich das nicht anspricht?« Sein schwarzes Haar hängt ihm über das blasse, blutleere Gesicht. Er wartet auf meine Antwort, aber ich habe keine.

Schließlich gehe ich zu meinem Bruder. Unsere Gesichter sind nur Zentimeter voneinander entfernt. Orsons Augen sind immer noch offen und der Mund zu einem leichten Grinsen erstarrt. Der Gedanke an das brutale, verachtungswürdige Vergehen an den Maddings und an all den anderen, die er abgeschlachtet hat, bringt mich fast um, und meine Stimme schallt über die Wüste, als ich ihn rasend vor Wut anbrülle: »Ist das Schönheit, Orson? Ist das Wahrheit?«

Und dann, als hätte ich den Höhepunkt des Fiebers überstanden, fange ich an zu weinen.

Richtung Osten zur 191 gleite ich unter der purpurroten Unendlichkeit von Wyomings Himmel durch den Schnee und mit dem langsamen Verschwinden der Hütte hinter meinem Rücken lässt auch der Wahnsinn nach. Ich frage mich, ob Luther wohl schon tot ist. Ich stelle mir viele Fragen.

Die Kufen kratzen auf dem Straßenbelag und ich halte das Schneemobil auf der anderen Straßenseite an. Ich sitze ab und binde die beiden Koffer los, in die ich Kleidung und den Inhalt aus Orsons Schublade gepackt habe. Ich setze mich auf den Standstreifen. Der Highway ist geräumt worden – der einzige Schnee auf der Straße ist vom Wind aufgewirbelter Pulverschnee. Um mich herum herrscht absolute Stille. Ich spüre einen pochenden Schmerz im linken Arm, doch glücklicherweise hatte Percy Unrecht. Es war ein Durchschuss – ich habe das pilzförmige Projektil heute Morgen aus meiner Schulter gezogen.

Die Sonne ist verschwunden. Uralte Sternbilder und Planeten tauchen langsam am Nachthimmel auf. Der Mond geht über den Winds-Bergen in meinem Rücken auf und sein Licht wirft meinen Schatten auf die Straße. Der leere, bereifte Highway erstreckt sich nach Norden und Süden, so weit ich sehen kann.

Mir ist sehr kalt. Ich stehe auf und stampfe auf der Straße herum. Statt mich wieder auf den Standstreifen zu setzen, gehe ich in eine knietiefe Schneeverwehung hinein und forme einen Schneeengel. Ich liege flach auf dem Rücken, eine weiße Wand umschließt mich, und das Einzige, was ich noch sehen kann, ist das Weltall. Das Einzige, was ich noch spüre, ist die beständig zunehmende Kälte.

Meine Gedanken sind wie elektrisiert.

Ich denke an Orsons Gedicht. Trotzig. Vielleicht mutig.

Wenn wir deinen Tunnel nie betreten hätten, würden wir dennoch in dieser Wüste sein.

Mutter …

Walter …

Ich werde nicht nach North Carolina zurückkehren.

Mit zunehmender Kälte scheint der Wahnsinn weiter abzuebben und mein Verstand wird klar.

Ein Gefühl des Friedens überkommt mich.

Fast wäre ich eingeschlafen, als das entfernte Dröhnen eines Automotors an mein Ohr dringt. Einen Moment lang überlege ich, ob ich hier liegen bleiben und sterben soll. Ich habe aufgehört zu zittern, eine falsche Wärme durchströmt mich.

Ich setze mich mühsam auf. Scheinwerfer tauchen auf und zeigen nach Norden von Rock Springs weg. Ich stehe auf, klopfe mir den Schnee von Percys Anorak und Skihose und trotte steif auf die Straße. *Ein Sattelschlepper,* schätze ich, stelle mich auf die gestrichelte Linie und wedle mit den Armen, bis ich in den Lichtkegel komme.

Zu meiner Überraschung hält die Stoßstange eines langen, weißen Station-Wagons keine drei Meter vor mir. Als ich mich der Fahrerseite nähere, lässt ein junger Mann die Scheibe herunter und lächelt mir entgegen, bis er die Blutergüsse in meinem Gesicht sieht. Seine hübsche Frau stützt den Ellbogen auf die Mittelkonsole und mustert mich aufmerksam. Ihre eine Gesichtshälfte wird von der Hintergrundbeleuchtung der Uhr im Armaturenbrett bläulich erhellt. Auf den Rücksitzen schlafen drei Kinder. Sie liegen übereinander zwischen einem Haufen kleiner Spielsachen.

»Alles in Ordnung?«, fragt der Ehemann.

»Ich weiß nicht. Ich muss nur … müsste in die nächste Stadt mitgenommen werden. Wo auch immer Sie hinfahren. Bitte!« Der Mann blickt zu seiner Frau. Sie spitzt die Lippen.

»Wo ist Ihr Wagen?«

»Ich habe keinen.«

»Wie sind Sie dann hierher gekommen?«

Würden Sie mich bitte bis in die nächste Stadt mitnehmen? Sie sind die Ersten, die heute Abend hier vorbeigekommen sind.«

Der Mann dreht sich wieder zu seiner Frau. Sie beraten sich mit Blicken.

»Schauen Sie, wir wollen unsere Familienangehörigen in Montana besuchen«, sagt er. »Aber Pinedale liegt ungefähr fünfzig Meilen von hier. Bis dorthin nehmen wir Sie mit. Sie können hinten einsteigen.«

»Danke. Ich hol schnell meine Sachen.«

»Richard …«, murrt seine Frau.

Ich hebe meine Koffer aus dem Schnee und gehe zum hinteren Teil des Station-Wagons. Ich öffne die Hecktür, verstaue mein Gepäck auf dem Boden und klettere hinein.

»Bitte seien Sie leise dort hinten«, flüstert die Frau. »Wir wollen, dass sie die Nacht durchschlafen.« Sie zeigt auf ihre Kinder, als wären es ausgestellte Edelsteine.

Die hinterste Sitzbank ist herausgenommen worden, daher setze ich mich auf den Boden zwischen das Gepäck der Familie: eine rote Kühlbox, Seesäcke, Koffer, ein mit Spielsachen gefüllter Wäschekorb. Mit den Koffern neben meinen Füßen lehne ich mich an die Kühlbox und ziehe die Knie bis zum Kinn hoch. Als wir losfahren, schaue ich aus dem Heckfenster und beobachte, wie der vom Mondschein beleuchtete Highwaystreifen zwischen den Reifen mit zunehmender Geschwindigkeit immer schneller ausgerollt wird.

Eine halbe Stunde lang führt die Straße sanft bergauf. Als wir ein Plateau erreichen, blicke ich zurück über das öde Flachland und halte nach zwei schwarzen Punkten in der unendlichen Schneelandschaft Ausschau.

Auf dem Vordersitz flüstert die Frau: »Du bist süß, Rich.« Sie streichelt über den Nacken ihres Mannes.

Die Lüftung bläst Wärme in mein Gesicht und die Lautsprecher verbreiten eine tröstliche Meeresatmosphäre: spärliches Klavier, Wellen und Möwen, die ruhige Stimme eines Vorlesers.

Und während Orson, Pam und Percy auf der Veranda der Hütte inmitten der unendlichen Stille der Wüste zu Eis erstarren, wärme ich mich wohlig am Atem der Kinder.